양면의 조개껍데기

양면의 조개껍데기

김초엽
소설집

차례

수브다니의 여름휴가　　7
양면의 조개껍데기　　59
진동새와 손편지　　109
소금물 주파수　　133
고요와 소란　　183
달고 미지근한 슬픔　　237
비구름을 따라서　　295

작가의 말　　375
추천의 말　　381

수브다니의 여름휴가

도영 언니, 그동안 잘 지냈어요? 사실 언니는 별로 걱정이 안 돼요. 언니는 어떤 상황에서든 늘 씩씩하게 지내잖아요. 그래도 너무 늦게 소식 전해서 정말 미안해요. 메시지 보낼 여건이 안 됐거든요. 제 위치를 숨겨야 하는 상황이기도 했고요.

본론부터 이야기하면, 전 지금 잘 살아 있답니다. 당분간 몸을 좀 사려야겠지만요.

지난번 언니가 보낸 메시지를 읽고 엄청 미안했어요. 생각해보니 언니 입장에서는 진짜 황당했을 것 같더라고요. 친한 동생이 갑자기 멀쩡히 다니던 회사를 때려치우고 잠적하더니, 몇 달 뒤에 새로운 일을 시작했다는데 무슨 일인지는 말도 안 해주고, 가끔 만날 때마다 넋 나간 듯 허허 웃고만 있고. 그러다 애가 실종이 됐는데, 동생인지 사칭인지 모를 이름으로 남긴 메시지의 주소로 가봤더니 방에 시체 조각인지 내장인지 모를 살점과 피부 껍데기, 인체 해부도 따위가 널려 있고, 그런데 여기가 걔가 살던 집이라 그러고…….

아휴, 진짜 제 쥣값을 생각하면 아득하네요. 그래도 솔직히 말하면 경악한 언니 표정이 떠올라 좀 웃었어요. 그 현장을 보고도 언니는 차라리 제가 사람을 죽였으면 죽였지, 살해당한 건 절대 아닐 거라고 굳게 믿었다면서요? 그럴 줄 알고 일부러 다른 사람이 아닌 도영 언니에게 연락한 거예요. 만약 저희 엄마나 오빠가 그 방 꼴을 먼저 봤으면, 분명 우리 현이 죽인 놈 찾겠다고 소리를 지르며 전국을 들쑤시고 다녔을걸요. 그럼 제일 곤란한 건 죽지도 않은 제가 됐을 거고요.

정말이지, 언니를 일부러 난감하게 하려고 한 건 절대 아니었어요. 급하게 짐만 챙겨서 도망쳐야 하는 사정이 있었거든요. 그런데 떠난 다음에야 방에 피부 조각들을 놔두고 온 게 생각난 거 있죠? 그래도 일주일 정도는 형체를 유지하고 있을 줄 알았는데…… 그렇게 빨리 부패가 시작되다니. 날씨가 워낙 더워서였나.

청소 업체에서 얼른 인공피부라는 걸 알아채서 다행이에요. 전문가들이야 금방 알아보긴 하지만. 만약 수상한 범죄현장이랍시고 경찰에 신고라도 했으면, 언니도 무슨 살인 현장 목격자나 증인 같은 걸로 불려 다녔을 거 아니에요. 그러면 제가 언니에게 미안해서 고개를 못 들었겠죠. 물론 방을 수습해준 것만으로도 정말 고마워요. 돌아가면 꼭 보답할게요.

도대체 어디서 무슨 일을 하고 지냈던 거냐고, 무슨 사고를 친 거냐고 물었죠? 이젠 솔직히 털어놓을 때가 된 것 같아요.

일단, 강조하고 싶은 게 있어요.

마약은 절대 아니에요.

살인 청부도 아니에요.

어떤 종류의 폭력이나 불건전한 사건에도 휘말리지 않았어요. 절대 그럴 생각도 없었고요. 음, 불건전을 무엇으로 정의하느냐에 따라 다를 것 같긴 하지만…….

저는 그동안 뭐랄까, 좀 이상한 가게에서 일했어요. '솜솜 피부관리숍'이라는 곳이었죠. 고작 몇 달이었는데, 그사이 참 많은 일들이 일어났고요. 결국 불미스러운 사건에 엮이고 말았지만, 절대 나쁜 일을 하는 곳은 아니었어요. 정말이에요.

말이 되니, 그럼 네 방의 그 징그럽고 냄새나던 살점들은 뭔데! 하고 어이없어할 언니를 위해서, 하나씩 차근차근 이야기해볼게요.

결국 이 모든 소동은 다 그 작은 피부관리숍과 수상한 손님, 수브다니에게서 시작됐거든요.

*

언니가 기겁할까 봐 한 번도 자세히 이야기한 적은 없지만, 저는 작년 가을까지 인공장기 배양 회사에서 일했어요. 처음에는 심장 파트에서, 다음에는 간 파트에서요. 의뢰자들에게 세포와 유전자 샘플을 제공받아 면역반응이 없는 이식용 세포 기반 인공장기를 길러내는 일이었죠.

적성에 꽤 잘 맞았어요. 사실 평소에는 심장이나 간을 꺼내 볼 일이 없잖아요. 그래서인지 바이오리액터 안의 장기들은 묘하게 현실감이 없었어요. 영화 속 소품 같다고 해야 하나. 무덤덤하게 배양액 탱크를 갈아 끼우고, 이물질을 제거하고, 아직 손톱만 한 미성숙 심장들이 심겨 있는 플레이트에서 불량품을 핀셋으로 골라냈어요.

문제는 그다음이었는데, 다시 떠올리기 싫은 매니저와의 지긋지긋한 말다툼이 좀 있었고……. 그러고 나서 저는 안구 배양 파트로 옮겨졌어요. 제 의사는 전혀 반영되지 않았죠. 전 물고기 눈알 공포증이 있거든요. 그래도 물고기 눈과 인간 눈은 다르겠지 하고 첫 출근을 했는데, 제 눈앞에 펼쳐진 풍경은 이랬어요.

어두운 조명 아래 금속 라인을 따라 줄지어 선 유리관, 붉은빛의 반투명한 배양액, 그 안에 둥둥 떠 있는 실핏줄 가득한 커다란 눈알들. 퀴퀴한 먼지 냄새와 피비린내. 머리 위에서 우웅— 하고 신경을 긁는 기계음.

호러영화의 물리적 실현이었죠. 정말 최악이었어요.

악몽을 꿨어요. 천 개의 안구가 데굴데굴 구르며 나를 따라오는 꿈, 눈알들의 바다에서 헤엄치는 꿈……. 그렇게 불면에 시달린 지 사흘째, 미성숙 안구가 들어 있는 시험관을 깨뜨렸어요. 시험관은 넘어지며 다음 시험관을, 그다음 시험관을 깨뜨렸고 바닥에 자라다 만 안구들이 쏟아져 굴러다녔죠. 저를 원망하는 눈빛이었어요. 그걸 보며 생각했답니다. 와, 빨리 도망쳐야겠다!

그게 제가 뜬금없이 회사를 때려치우고 나온 이유예요. 이 얘기를 어쩌다 해주면 다들 의아하다는 눈빛으로 "심장이나 간은 괜찮은데, 눈알은 무서워?" 하고 묻거든요. 그래서 일부러 말 안 하고 있었죠, 어쨌든.

경력을 인정해주는 회사로 옮기고 싶었는데, 안구를 아예 안 다루는 인공장기 회사는 드물더라고요. 저축한 돈을 하루하루 까먹으며 가족들의 전화를 차단하고 팔자 좋은 백수 생활을 하던 석 달째, 그 공고를 발견했어요.

솜솜 피부관리숍
성수동 버드나무 거리 입구.
재료와 표면, 인간 본질의 상호 관계를 탐구함.
실험적 피부 개선 및 관리 지향.
파트타임 가능. 인공장기 및 오가노이드 배양 경험자 우대.

어딘가 좀 성의가 없지 않나요? 공고만으로는 뭘 하는 곳인지 알 수가 없잖아요. 그 점이 오히려 눈에 들어왔어요. 한번 구경이라도 해보고 싶어졌죠.

만약 언니가 버드나무 거리, 그러니까 바이오해커 거리에 대해 안다면, 분명 움찔했을 거라고 생각해요. 저도 일단은 긴장했어요. 거리 대부분의 가게가 불법과 합법을 아슬아슬 오가는, 단속과 소송의 온상지라 들었죠. 온갖 생명 윤리와 기술 규제에 대한 토론거리가 쏟아지고, 종교 단체 사람들이 몰려와 통성기도를 하다가 지나가는 이들을 붙잡고 회개하라고 울부짖는 그런 곳이라고요.

음, 면접을 보러 가봤더니 실제 느낌은 다르더라고요. 상상과 달리 바이오해커 거리는 활기찬 분위기였어요. 공방과 소규모 가게들이 들어선 널찍한 길과 바쁘게 물건을 나르는 기계들, 들뜬 발걸음으로 돌아다니는 밝은 표정의 사람들. 괴상한 신체 변형을 시도한 사람들이 유독 많다든지, 공원 입구의 핫도그 트럭에서 유전자 개조 셀프 키트를 같이 팔고 있다든지 하는 게 좀 특이했지만 뭐, 그리 큰 문제는 아니었고요.

솜솜 피부관리숍은 커스텀 인공피부를 만드는 곳이었어요. 고객이 원하는 피부를 설계하고 배양해서 이식 가능한 형태로 제작하는 가게였죠. 사장은 오랫동안 생체 재료를 이용한 시각예술을 하다가 몇 년 전 작품 활동을 그만두고 이곳에 와서 가게를 차렸다고 했어요.

사장이 수줍게 보여준 자신의 이전 작품들은 주로 인체 기관과 조직으로 만든 기묘한 형태의 조각 위에 끈적끈적한 점액과 오일, 오물을 얹은 것들이었죠. 사장은 원래 단단한 재료로 조각을 하다가 유동적이고 쉽게 뭉개지는 재료로 넘어왔는데, 그랬더니 형상을 조형하는 방식도, 감각하는 방식도, 상상하는 방식도 바뀌더래요. 사장은 이런 생각에 도달했죠. 인간의 재료가 달라진다면 인간과 세계의 상호작용도 바뀌지 않을까? 우리가 매끈한 가죽과 살을 가진 존재가 아니라 까끌까끌한 털로 뒤덮인 존재라면, 혹은 석고처럼 단단해 보이지만 잘 부스러지는 존재라면? 인간의 부드럽고 말랑말랑하고 매끈한 피부는 인간의 본질에 얼마나 많은 영향을 미치고 있을까?

사장의 말을 들으며 궁금해졌죠. 커스텀 인공피부가 그런

심오한 질문에 대한 답이 된다는 걸까? 사장은 저의 의문 가득한 눈빛 따위 신경 쓰지 않고 설명을 계속했어요. 이제 제가 가게에서 맡을 일은 디자인 단계의 피부를 미니 오가노이드로 만들어 면역반응과 기능 테스트를 하는 것, 그리고 배양을 돕는 것이라고 했어요. 다행히 인공피부는 여러 기관 중에서도 배양하기 수월한 편이에요. 문제는 거기서 다루는 피부들이 결코 평범하지 않았다는 거였지만요.

사장이 보여준 피부 샘플들은 이런 것들이었어요. 물고기, 부엉이, 펭귄, 늑대, 고양이, 모래, 바위⋯⋯. 흉내만 낸 게 아니었어요. 전부 진짜 같았어요. 물고기 비늘처럼 선명한 무늬가 도드라졌고, 어떤 것은 당장이라도 갈라질 바위처럼 균열이 보였어요. 그리고 동시에 진짜 피부였죠. 인간의 온몸을 덮는 껍데기, 기능성 기관이요. 음, 사장의 표현대로 그건 몹시 실험적이었어요. 그 정도로 과감한 피부라면 재료가 본질을 바꿀 수도 있을 것 같았죠. 하지만 한 가지 도저히 해소되지 않는 의문 하나가 있었어요.

"어, 좋아요. 그런데⋯⋯ 대체 누가 이런 피부를 원하는 거예요?"

제가 묻자, 사장이 눈을 또르르 굴리더니 "글쎄, 꽤 많은 사람이?" 하고 대답했던 게 기억나요.

*

 어떤 사람들은 지금의 자신이 아닌 다른 존재가 되기를 꿈꿔요. 그 욕망 중 쉽게 승인되는 것들은 거대한 시장을 이루죠. 하지만 승인받지 못한 욕망들도 결국은 어디론가 흘러들어 조그만 웅덩이를 만들어요. 그런 갈망은 쉽게 떨쳐버릴 수 있는 게 아니니까요.
 우리 가게의 손님들은 주로 자신이 인간이 아닌 다른 종이라고 믿는 아더킨(otherkin)들이었어요. 이해하기 힘들었지만, 그들은 자신이 인간의 몸을 지니고 태어난 고양이나 늑대, 혹은 드래곤 같은 것이라고 진심으로 믿어요. 아더킨들 중에는 인간 신체를 완전히 버리고 다른 종이 될 방법을 찾아 세계 각지의 바이오해커들을 물색하는 극단적 변형주의자들도 있어요. 그렇지만 보통은 메이크업이나 옷차림, 가벼운 신체 변형 정도로 타협하죠. 생활 방식을 좀 더 자신의 진정한 본성에 맞게 바꾸기도 하고요. 이를테면 늑대처럼 옷을 입고 털 달린 마스크를 쓰고 날고기를 많이 먹는다든지, 부엉이 눈 같은 컬러 렌즈를 끼고 야행성 생활을 한다든지. 그런 사람들이 우리 가게의 고객이었죠.
 처음에는 당황스러웠지만 빠르게 익숙해졌어요. 그들을 만나기 전에 아더킨이라는 개념을 먼저 접했다면 분명 저도 그들을 정신 나간 사람들쯤으로 생각했겠지만, 저는 부피와 질량을 가진 물질로서, 손에 닿는 피부의 생생한 감촉으로서 그들을 만났거든요. 빽빽한 검은 깃털이 심긴 펭귄 가죽이라니! 농담으로라도 제 피부 대신 그걸 이식하고 싶진 않았어요. 그런데도 어떤 이들은 그 피부를 진심으로 원하죠. 다른 존재가 되고 싶다는 갈망, 혹은 진짜 내가 되고 싶다는 갈망이란 대체 뭘까요? 그것은 어떻게 태어나고 자라서 한 사람의 뼈를 이루게 되는 걸까요.

그 마음을 이해할 수는 없었지만, 손끝에 닿는 두툼한 인공피부의 감촉을 느낄 때면 알 수 있었죠. 아, 이 갈망은 분명 여기 실재하는 것이구나.

약간은 괴짜 같고, 약간은 수줍음을 타는 손님들이 많았어요. 한눈에 '아, 저 사람은 곰이 되고 싶은 거구나' 하고 알아챌 수 있는 손님도 있었고, 거듭 만나 이야기해보아도 어떤 피부를 원하는 건지 알 수 없는 손님도 있었죠. 도대체 뭘 어떻게 해달라는 건지 짐작하기도 힘든 손님과 두 시간쯤 상담할 때 옆에 있으면 지켜보는 것만으로 진이 쭉 빠졌지만, 사장은 이게 당연한 거라고 했어요. 욕망의 형태 역시 처음에는 추상적이라, 조각을 빚듯 구체화하기 전에는 무엇인지 알 수 없는 거라고 했죠.

일은 재미있었답니다. 이상하지만 친절한 손님들을 만나는 것도 좋았고, 눈알이 나오는 악몽에 시달리지 않아도 돼서 좋았어요. 요령이 좀 필요한 업무였지만 적성에 잘 맞았어요. 그래도 가족들이랑 주위 친구들에겐 도저히 못 말하겠더라고요. 자신이 인간이 아니라고 생각하는 사람들을 위해 희한한 인공피부를 제작해주고 있다고 하면, 음…… 장난치지 말고 제대로 취업하라는 얘길 들었겠죠? 그래도 이렇게 될 줄 알았다면, 언니에게라도 슬쩍 귀띔해둘 걸 그랬나 봐요.

겨울이 지나고 봄이 되자 사장은 저에게 정직원으로 일하면 어떻겠냐고 제안했어요. 저 덕분에 예전보다 작업이 훨씬 빨라졌다고 했죠. 손님들은 점점 늘어나고 가게 일도 많아졌어요. 분명 좋은 제안이었죠. 어차피 눈알공포증 때문에 원래 일하던 회사 같은 곳은 글렀고, 여기 일은 재미있었으니까요. 하지만 이 가게의 일이 사회적으로 '승인'된 일이 아니라는 게 마음에 걸렸어요. 뉴스에서는 성수동을 악의 근원지나 윤리적 파산의 현장처럼 묘사했거든요. 계속해볼까 말까, 이건 기회일까 함정일까 고민하던 날들이었어요.

그러던 어느 날 가게로 낯선 의뢰 신청서가 도착했어요.

좀처럼 보기 드물게 우표를 붙인 종이 신청서였죠.

성명란에는 '수브다니'라는 이름만 적혀 있고요.

의뢰 신청서를 사장에게 가져다주었더니 표정이 약간 일그러졌어요. 대체로 손님들을 늘 정중하게 칭하던 사장이 웬일인지 한숨을 푹 내쉬며 투덜거렸죠.
"하, 이 인간. 그렇게 안 된다고, 못 한다 했는데, 또 이러네."
"왜요. 누군데요?"
"진상이야, 진상. 아주 지긋지긋해."

*

 수브다니의 첫인상은, 음…… 사실 그렇게 진상 손님 같지는 않았어요. 웃는 눈이 반달 같은, 선량한 인상과 수려한 외모를 지닌 마른 체격의 남자였죠. 가게에 올 때면 그는 늘 정중한 미소와 함께 제게 인사를 건네고는 상담실로 들어갔어요. 상담실에서는 수브다니의 차분한 목소리와 사장의 약간 흥분한 목소리가 번갈아 새어 나왔어요. 상담이 끝나면 수브다니는 처음 왔을 때와 똑같은 표정으로 흐트러짐 없는 얼굴을 하고 가게를 떠났고, 사장은 잔뜩 지쳐 있었죠. 하지만 솔직히 저는 처음 열흘째까지만 해도 사장의 험담을 믿지 않았어요. 어딘가 미친 사람이다, 광기가 어려 있다, 말도 안 되는 주장을 계속 밀어붙인다……. 그렇게 상냥한 태도를 가진, 세상으로부터 좋은 대우만 받아왔을 것처럼 생긴 사람이 그럴 것 같지는 않았단 말이죠.
 벌써 방문이 몇 번째인데 디자인도 샘플 제작도 시작했다는 말이 없는 게 이상하긴 했지만, 사장이 할 수 있는 범위와 손님이 원하는 범위가 약간 불일치하는 거야 흔한 일이고요. 좀 까다로운 손님도 있을 수 있죠. 자기 피부인데 당연하잖아요. 보통은 의견이 안 맞아도 적정선에서 타협에 다다르니까, 저는 그냥 사장의 과잉 반응이라고 생각했어요.

네, 맞아요. 그건 외모만 보고 가졌던 제 선입견이었죠.

뭔가 이상하다고 생각한 건, 책상 정리를 하다가 사장의 서랍 위에 쌓인 의뢰서 뭉치를 보았을 때였어요. 그중 절반이 수브다니의 것이었죠. 수브다니의 요구 사항에는 이렇게만 적혀 있었어요.

금속 피부. 전신. 금속 종류는 무관. 단, 물이나 산성 물질에 대한 내구력이 높지 않아야 함.

열 장이 넘는 의뢰서의 요구 사항이 전부 같았어요. 소름 돋게도 모든 문장의 필체도 똑같았죠. 인쇄한 것처럼요. 그리고 그와 대조되는 엉망진창 필체의 코멘트가 의뢰서마다 따라붙어 있었어요. 사장의 의견이었죠. 맨 처음에는 현실적으로 금속 피부 작업이 어려운 이유라든지, 금속 피부 대신 제안해볼 만한 금속 느낌의 샘플 시트 번호 따위가 성실하게 적혀 있었어요. 상담에 참고하기 위한 메모 같았죠. 하지만 가장 최근 날짜의 의뢰서에는 이렇게만 썼더라고요.

역시 미친놈! 상대하지 말자.

그날 저녁에야 알게 된 건, 사장이 이미 수브다니의 연락 폭탄에 시달린 적이 있다는 거였어요. 몇 달 전 전화를 걸어 대뜸 금속 피부를 달아달라고 요구하는 수브다니에게 사장은 금속 피부를 이식할 수 없는 이유를 상세하게 설명했는데, 수브다니는 절충안도 싫고, 금속을 흉내 낸 피부도 싫으니 방법을 꼭 찾아달라며 계속 고집만 부렸다는 거예요.

당혹스러운 건 차치하고, 이유가 궁금했어요. 불편과 위험을 감수하고 금속 피부를 달고 싶은 이유가 뭘까요? 수브다니는 혹시 기계가 되고 싶은 걸까요? 하긴, 고양이가 되고 싶어 하거나 자신이 늑대의 영혼을 지니고 있다고 믿는 사람들이 우리 가게 손님들인데, 사람이 기계가 되고 싶은 게 뭐 그리 이상한 욕망이겠어요.

문제는 금속 피부가 피부로서 최소한의 기능을 못 한다는 거예요. 금속은 우리가 평소 다루던 재료도 아니었고요. 사장은 고개를 내저으며 이렇게 말했어요.

"갑옷을 하루 온종일 착용하는데 무슨 짓을 해도 그걸 못 벗는다고 생각해봐. 일상생활이 제대로 될 리가 없지. 위생이

나 유지는 또 어쩌고. 목숨 걸린 일인데 그걸 해줘? 어디 하나 잘못되어봐라, 당장 소송 걸릴걸."

이 가게에 와서야 새삼 깨달은 건 피부가 엄연한 기능성 기관이라는 거였어요. 피부는 감염원과 화학물질, 가벼운 물리적 충격으로부터 몸을 보호하고, 탈수를 막고, 체온을 조절하고, 외부 자극을 감지해요. 손님들은 그 사실을 쉽게 잊어버려요. 손님들에게는 피부의 기능 따위보다 자신이 되고 싶은 모습이 우선이거든요. 피부가 자기표현의 매개체라고만 생각하는 거예요.

그래도 사장과 저는 기능을 잊으면 안 되죠. 손님들이 체온 조절을 못 해 익어버리거나 속수무책으로 감염되면 안 되잖아요. 팔과 다리에 잔뜩 염증이 생겨 긁다가 피딱지가 생기고, 깃털이 우수수 떨어지고 붉은 살점이 드러나기 시작하면, 되고자 했던 모습은 둘째 치고 제대로 살아갈 수가 없으니까요.

하지만 그런 것 따위 신경 쓰지 않는 수브다니는 갖가지 방법으로 우리를 귀찮게 하기 시작했어요.

수브다니의 의뢰서가 매일매일 쌓였죠. 가게도 날마다 찾아왔고요. 사장이 상담을 거부한 날에는 가게 앞 벤치를 차지하고는 멀뚱히 앉아 있었죠. 하루는 어디서 구했는지 모를 금속판들을 가져와 가게 앞에서 그걸 든 채로 한참을 서 있기도 하고, 계속해서 가게 근처를 얼쩡거리고, 나중에는 우리 가게 단골손님들과 담소를 나누며 친해지더니, 손님들이 왜 수브다니의 의뢰를 거부하냐고 넌지시 물어보는 상황을 만들질 않나……. 사장은 신경질을 잔뜩 내며 경찰에게 영업을 방해하는 놈이 있다고 전화를 걸었는데, 경찰이 고작 그게 영업 방해냐고 퉁명스레 대꾸를 하더래요. 사실 그렇잖아요? 가게 근처를 그냥 얼쩡거리는 게 영업 방해라고 하면, 그건 좀.

수브다니가 꽤나 눈길을 끄는 얼굴이다 보니, 바이오해커 거리의 사람들 시선이 다 우리 가게로 쏠렸어요. 옆 가게 사장님들이 키득거리고, 거리를 지나던 사람들이 들러서는 그 홍보 모델 대체 누구냐고 묻고요. 사장은 과시를 좋아하지만 한편으로는 또 수줍음을 많이 타는 성격이라 이런 불편하고 신경 쓰이는 상황을 도무지 못 견뎌 했죠. 저야 귀찮긴 해도 좀 웃기다는 쪽이었지만. 사장은 저를 부르더니, 제발 수브다니를 설득해달라고 했어요. 정확히는 설득이라기보다 쫓아내달라는 부탁이었죠.

그렇게 '수브다니 쫓아내기' 미션을 받은 저는 처음으로 상담실에서 수브다니와 마주 앉았어요. 가까이서 보니, 수브다니의 눈빛이 참 선량하다는 것이 느껴졌어요. 이 착해 보이는 눈빛 뒤에 그런 광기가 숨어 있을 줄이야.

"그게 정말, 꼭 해드리고 싶은데, 현실적으로 여러 문제가 있어서요."

저는 먼저 우리 가게의 주요 상품과 시술의 한계, 피부라는 기관의 특징, 여기서 제작하는 상품이 피부의 기능 수행이라는 최소한의 조건을 벗어나 제작될 수 없는 이유를 장황하게 설명했죠. 그러고 나서 이렇게 물었어요.

"그럼 이제, 수브다니 씨가 워낙 간절하게 금속 피부를 원하시니까 같이 다른 방법을 한번 생각해보려고 하는데요. 혹시 금속 피부를 원하는 특별한 이유가 있으신가요?"

"금속 피부를 원하는 특별한 이유요?"

수브다니의 목소리는 그때 처음으로 가까이서 들어봤어요. 내심 놀랐죠. 굉장히 매끄럽고 마치 구름 저편에서 들려온 듯한, 꿈결 같은 목소리였거든요. 저는 애써 침착하게 다시 물었어요.

"기계가 되고 싶으신 건가요?"

"음, 기계가 되고 싶냐고요······."

"진짜 기계가 되고 싶은 거라면, 이런 동네 구멍가게 말고 보스턴으로 가셔야 해요. 구멍가게라고 해서 사장님한테 좀 미안하긴 한데, 현실이 그래요. 만약 그냥 기계처럼 보이는 정도로도 괜찮으시면, 사실 금속을 흉내 낸 피부만으로도 충분히 가능해요. 사장님이 그런 질감 표현은 기가 막히게

수브다니의 여름휴가   25

잘하거든요."

"그렇군요. 질감 표현이라······."

슬슬 수브다니의 화법이 좀 이상하다고 느끼던 참이었어요. 자기 의견은 하나도 말 않고 제 말을 앵무새처럼 반복하고 있지 뭐예요. 왜 이러는 걸까 생각하던 차에 수브다니가 물었어요.

"무언가를 원하는 데에 특별한 이유가 필요할까요?"

"꼭 그런 건 아니지만 그래도 보통은 이유가 있죠. 우리가 살아가면서 원하는 것을 곧바로 달성하긴 쉽지 않잖아요. 그럼 자신이 바라는 게 무엇인지 꼼꼼하게 살펴보고, 차선책을 고민하는 게 답이 될 수 있죠. 금속 피부를 왜 필요로 하시는지, 이유가 뭔지 알면 저도 같이 대안을 고민해드릴 수 있어요."

"아무도 이해 못 할 이유인걸요."

"그래도 한번 말해보세요. 사장님에게는 말 안 할게요."

"녹슬고 싶어요."

"네?"

"녹슬고 싶어요."

수브다니의 대답에 순간 당황했죠. 녹슬고 싶다고? 그게 이유가 될 수 있나? 저는 잠시 입만 뻥긋거리다 다시 물었어요.

"저 그러면, 녹슨 금속 표면처럼 보이는 피부를 만들어드릴까요? 어렵지 않아요. 누가 봐도 녹슨 것처럼 보일 거예요. 사장님 솜씨라면 녹슨 금속을 흉내 내는 일도 얼마든지 가능한데……."

"녹슨 것처럼 보이는 게 아니라, 정말로 녹슬고 싶어요."

수브다니는 꿈결 같은 목소리로 말했어요.

정말이지, 뭐라고 대답해야 할지 모르겠더라고요.

*

약속대로 저는 '녹슬고 싶다'라는 수브다니의 진짜 이유를 사장에게 말하지 않았지만, 사실 수브다니는 의뢰서를 통해 이미 분명하게 요구한 셈이었어요. '물이나 산성 물질에 대한 내구력이 높지 않아야 함'이라고 강조해두었으니까요.

가게 손님들이 바라는 점에 대해서는, 꼭 필요하지 않다면 이유를 추궁하지 않는 것이 원칙이에요. 하지만 저는 수브다니가 녹슬기 위해 금속 피부를 원하는 이유를 계속 생각할 수밖에 없었죠.

혹시 수브다니는 기계 정체성을 가지고 있는 인간인 걸까요? 그러니까 수십 년 동안 유행했던 '인간이 되고 싶은 기계'가 아니라, 기계가 되고 싶은 인간의 탄생일까요? 그렇지만 그게 왜 녹스는 것과 관련이 있을까요? 수브다니는 기계가 되는 것뿐만 아니라, 기계로서의 손상을 경험하고 싶은 걸까요? 하긴, 세상에 영영 이해 못 할 사람이 한둘인가요. 멀쩡한 몸을 두고 전신 기계화를 원한다는 사람도 있는 마당에…… 아니, 잠깐.

무언가 이상한 생각이 떠올랐어요.

"사장님, 제가 수브다니 씨의 피부 샘플 분석을 해봐도 될까요?"

사장은 떨떠름해 보였지만 그렇게 뭔가 시늉이라도 하면 수브다니가 사장을 덜 곤란하게 할 것 같았는지, 분석해도 좋다고 했어요. 저는 수브다니의 동의를 받고 피부 샘플을 극미량 채취한 다음, 가게의 실험방을 차지하고 피부를 배양하기 시작했죠.

세포 기반 인공피부를 제작하는 과정에는 고객의 피부 세포를 배양하고 정밀하게 분석해서 면역반응을 최소화하는 일이 포함돼요. 세포마다 잘 반응하는 배양액 성분, 배합, 온도, 시간이 다 달라서 숙련된 기술이 필요한 일이지만 저는 자신 있었죠.

하지만 수브다니의 샘플 배양 결과는 모두 같았어요.

실패. 실패. 실패.

모든 방식에서 배양이 실패했죠. 어쩌면 저는 바로 그 결과를 기다리고 있었는지도 몰라요. 저는 마지막 남은 수브다니의 피부 샘플을 분쇄해서 크리스퍼 유전자 표지 실험을 수행했어요. 그리고 아주 재미있는 사실을 발견했답니다.

수브다니의 피부는 인간의 피부가 아니라, 안드로이드에 인간화 시술을 하는 매우 특수한 경우에 한정해 사용되는 세포 기반 인공피부였어요. 그 결과가 말해주는 건 분명했죠. 수브다니는 원래 안드로이드였어요. 그리고 인간화 시술을 받아서 거의 사람처럼 보이게 된 것이고요.

그러니까 아주 단순하게 요약해보면, 수브다니는 인간이 되고 싶은 기계도 아니고, 기계가 되고 싶은 인간도 아니고, 기계였다가 인간이 되었다가 이제 다시 기계가 되려는 존재였던 거예요.

물론 이 말에는 추측과 비약이 많이 섞여 있어요. 만약 수브다니에게 금속 피부 시술을 한다고 해도, 그건 표면만을 바꾸는 것일 테고, 원래 그가 속해 있던 기계의 몸으로 되돌아가는 건 아니니까요. 게다가 정교한 인간형 안드로이드의 특성상 처음에도 기계 티가 나는 광택의 금속 피부보다는 바이오플라스틱으로 외관이 덮여 있었을 가능성이 크죠. 그건 금속보다는 고무나 섬유에 가까운 질감이고요. 저는 궁금했어요. 그럼 수브다니가 갈망하는 것은 기계성일까요, 아니면 금속성일까요? 다시 말해 그는 자신을 기계로 여기고 있기 때문에 다시 기계가 되고 싶어 하는 것일까요, 아니면 단지 금속 피부를 갈망하는 걸까요?

저는 새롭게 알게 된 사실을 곧장 사장에게 전달했어요. 다음 날 아침, 가게 문을 열기도 전부터 수브다니가 문 앞에 서 있었죠. 수브다니에게 인사하자 언제나처럼 선량한 미소가 되돌아왔어요. 그제야 저는 수브다니의 기묘한 고집도, 상대의 말을 계속 따라 하는 습관도, 친절함을 끝까지 유지하는 미소에도 불구하고 근육 경직이 오지 않는 튼튼한 안면 근육도, 이미 그가 누구인지에 대해 꽤 많은 것을 말해주고 있었다는 사실을 알았답니다.

"사장님이 수브다니 씨의 의뢰를 맡겠대요."

수브다니는 처음에 제 말을 잘 이해하지 못 한 것 같더라고요. 그는 평소와 같은 친절한 표정으로 "음, 사장님이 제 의뢰를……" 하고 제 말을 따라 중얼거리더니 "아!" 하고 얼굴에 화색을 띠었어요. 그건 어쩐지, 사람을 무장해제시키는 미소였어요.

*

사장이 결국 수브다니의 제안을 받아들인 것에는 여러 이유가 있었을 거예요. 수브다니가 생각보다 더 이상한 존재라는 사실에 대한 호기심, 일단 시도라도 해보자는 도전 정신.

무엇보다, 완전한 인간 신체보다 인간화 시술을 한 전(前)-안드로이드의 신체가 금속 적합성이 좀 더 높다는 이유가 있었죠. 잘못될 확률이 그나마 적었다는 이야기예요.

하지만 역시 원래 만들던 종류의 피부는 아니어서, 우리는 평소보다 근무 시간을 늘리는 수밖에 없었어요. 사장은 표면의 금속 면적을 최대화하면서 피부의 기능을 유지하는 피부 디자인을 연구했죠. 저는 사장의 디자인을 적용한 미니 오가노이드를 만들어 면역반응과 체온 조절, 촉각 기능 테스트를 했어요. 정말 쉽지 않았어요. 전-안드로이드가 고객인 건 처음인 데다, 애초에 그런 존재를 만나는 것도 처음이었거든요. 수브다니와 같은 완전 인간형 안드로이드는 제가 유치원에 다니던 때 단 몇 년간 생산되었고, 윤리적 문제로 생산이 금지되어버렸죠. 그런데 이미 인간화 시술을 한 안드로이드가 다시 금속 피부를 달았던 사례 같은 게 있을 리가요. 참고할 자료가 거의 없었죠. 무작정 부딪히는 수밖에 없었어요.

수브다니는 자신의 신체에 대한 전문가용 매뉴얼을 우리에게 보내줬어요. 수브다니의 신체 일부는 여전히 기계였지만, 소화기관은 대체로 세포 기반 인공장기에 기계 부품이 결합된 형태였죠. 인간화 시술을 했던 이유는 굳이 묻지 않았어요. 인간보다 뛰어난 성능을 지닌 기계로 태어났으면서 고생해서 인간이 되다니. 그게 무슨 바보짓인가 싶지만, 그때는 수브다니도 무언가가 필요했겠죠? 아마도 인간과 동등한 지위 같은 것 말이에요.

음, 다시 떠올려봐도 작업은 정말 곤란했어요. 금속 면적을 넓히되, 관절과 근육 움직임을 방해하지 않아야 했고, 수브다니의 몸속을 흐르는 유사-혈액 솔루션과 진피층의 면역 적합성도 확인해야 했거든요. 사장은 수십 종류의 디자인을 만들었고, 저는 그걸 다 테스트해보느라 날밤을 새웠죠. 이식 시술을 맡을 사람을 구하는 것도 곤란했어요. 다들 한 번도 해본 적 없는 일이라고 고개를 내젓는 와중에, 겨우 연결된 의사는 실험 정신이 너무나 투철해서 오히려 불안했거든요.

물론 사장과 제가 그 고생을 자처한 게 단지 수브다니의 이상한 꿈을 이뤄주기 위해서만은 아니에요. 수브다니는 모든 불평을 잠재울 만한 거금을 지불했죠. 사장은 제가 불만을 품고 도망치지 않도록 콩고물을 듬뿍 흘려줬고요.

하지만 언니, 그때도 미심쩍은 점이 분명 있긴 했어요. 일단, 전-안드로이드였던 수브다니에게 대체 왜 그렇게 많은 돈이 있었을까요? 게다가 수브다니의 피부를 제작하는 동안 유독 수상한 행색의 남자들이 가게 앞을 자주 왔다 갔다 했던 게 기억나요. 다들 검은색 마스크를 쓰고 선글라스를 낀 데다가 온몸을 갑갑한 정장으로 가리고 있었죠. 그 거리 사람들은 대개 자신의 개조 신체를 보여주느라 노출이 심한 편인데도요.

 또 하루는 저녁에 누군가가 기자라며 문을 두드려댔어요. 창문 안쪽은 불이 켜져 있었지만 사장과 저는 끝까지 문을 열어주지 않았죠. 바이오해커 거리를 취재하러 온 사람이 이 거리에 호의적일 리가 없고, 괜히 뉴스에 나가봤자 욕만 먹을 테니까요. 그래도 굳이 그 많은 가게 중 규모가 크지도 않은 우리 가게를 찾아온 게 좀 이상하다고 생각했어요.

 아무튼 그런 일들 사이에서도 수브다니의 금속 피부는 순조롭게 제작되고 있었답니다. 사장은 이식을 맡을 의사와 안드로이드 전문가를 섭외했고요. 혹시 모를 문제 상황에 대비해 시술에는 사장이 동행하기로 했어요.

 제작이 거의 마무리될 무렵, 수브다니가 천에 싸인 금속 조각들을 들고 작업실로 찾아왔어요. 자신에게 중요한 의미가 있는 금속 조각들이라며, 피부 위에 장식용으로 덧댈 수 있겠느냐고 우리에게 물었죠. 파편이 되어서 원래 형체를 알아보기 힘든, 녹슨 금속판과 조각, 덩어리들이었어요. 양이 꽤 많았는데, 그것들을 살펴본 사장은 일부는 쓸 수 있고 일부는 그냥 폐기하는 게 낫겠다고 했죠. 그래도 일부를 장식으로 쓸 수 있다는 말에 수브다니는 만족스러워 보였어요.

 그리고 이식 전날, 결국 일이 터지고 말았죠.

 "절도 사건 관련해서 조사 나왔습니다."

경찰이 그렇게 말하며 사장과 저를 가게 앞으로 불러냈어요. 저는 설마 하면서도 그게 수브다니와 관련된 일이라고는 생각도 못 했죠. 이 거리가 워낙 합법과 불법의 선을 아슬아슬 넘나드는 곳인 데다가, 괴짜 손님도 많다 보니 경찰을 보는 일이 흔했거든요.

"이 사람, 보신 적 있습니까?"

그런데 경찰이 내민 사진에는 누구인지 한눈에 알아볼 수 있는 얼굴이 있었던 거예요. 수브다니였죠. 사진 아래에는 다른 이름이 적혀 있었지만요. 저는 얼른 표정 관리를 하며 사장을 흘끔 곁눈질했어요. 사장은 눈에 띄게 당황한 것 같았어요. 다행히 경찰은 저를 주시하던 중이었고 저는 하하 웃으면서 대답했어요.

"아뇨. 여기 '수안 최'라는 분은 처음 보는데요."

경찰은 의심스럽다는 듯이 저와 사장을 여러 번 훑어보았고, 정말로 본 적이 없느냐며 캐물었어요. 수안 최가 이 거리를 지나는 것을 본 목격자들이 있다, 특히 이 가게에 자주 방문했다는 증언이 있다, 가벼운 사건이 아니라서 숨기면 문제가 될 수 있다, 그런 협박도요.

"글쎄, 여기 지나는 사람이 한둘이어야죠. 지금도 바빠죽겠는걸요."

제가 일부러 과장된 어조로 투덜대자, 마침 가게 앞에서 우리를 기다리던 단골 곰-인간 손님이 크어엉, 하고 곰 울음소리를 냈어요. 갈색 털이 수북한 팔을 허공에 휘두르는 것도 잊지 않았죠. 경찰은 털북숭이 손님을 보고 인상을 잔뜩 찌푸리더니, 그 뒤 손님의 물고기 비늘 피부를 보고는 됐다는 듯이 한숨을 쉬며 고개를 저었어요. 그리고 이 더러운 거리 따위 신경도 쓰고 싶지 않다는 듯 자리를 떠나버렸죠. 저는 손님들에게 감사의 마음을 담아 엄지를 치켜올렸고요.

경찰이 떠난 이후에도 사장은 왠지 멍해 보였어요. 저는 그 모습을 보며, 사장이 '수안 최'가 누군지 이미 알고 있다고 확신했어요.

"원래 아는 사람이에요? 수안 최?"

"설마 수브다니가 그 녀석일 줄이야."

"그 녀석이 누군데요?"

"남상아라는 아티스트와 2인조 작업을 자주 했던 작가야."

"그럼 수안이 본명이겠네요? 한국식으로는 최수안? 어쩐지, 수브다니가 사람 이름이라니 이상하긴 했어요. 아티스트 같은 이미지는 아니었는데."

"해외에서 활동을 시작하고 한국에는 나중에 알려져서 다들 수안 최라고 불렀지. 얼굴을 자주 본 건 아닌데, 어쩐지 낯익다는 생각은 했지만. 하필이면 이렇게 알게 되다니 황당하네. 그러고 보니 안드로이드였는데 인간화 시술을 한 것도 그렇고, 처음부터 나한테 연락한 것도……."

제 말은 전혀 듣지 않고, 수브다니의 정체를 계속 곱씹고 있는 사장을 저는 슬쩍 째려봤어요.

"신고할 거예요?"

"아니, 그건 아니지. 안 할 거야. 무슨 사정인지 몰라도, 설령 수브다니가 국보를 훔쳤어도 피부는 붙여놓고 신고해야지. 일단은 우리 손님인데. 그냥 좀 당황했어. 나는 수안 최를 알고 있거든. 분명 수안의 작품을 본 적도 있고, 먼발치지만 직접 마주친 적도 있었어. 그런데 동일 인물이라고는 상상도 못 했지."

아, 사장도 예전에 그쪽 업계에 있었지. 저는 빠르게 납득했어요. 한참을 고생시킨 손님이 알고 보니 예전에 간접적으로 연이 있던 사이였다니 엄청 놀라는 게 당연하겠죠. 세상 참 좁네, 하는 느낌으로요.

집에 돌아가서 수안 최의 이름을 검색해봤어요. 사장의 말대로 남상아와 2인조 작업을 했던 시각예술 작가라는 설명이 뜨더라고요. 검색 결과가 꽤 많았는데, 대부분 남상아라는 이름과 같이 거론되었죠. 시각예술에 전혀 관심이 없던 저에게는 남상아라는 작가가 낯설었지만 알고 보니 엄청나게 알려진 이름이더라고요. 수안 최의 예전 얼굴은 확실히 사장이 못 알아본 게 이해될 만큼, 지금과 좀 다른 인상이었어요.

비슷한 얼굴이긴 한데 왠지 모를 딱딱함이 있다고 할까요. 대부분의 사진이 인간화 시술 전에 찍은 것 같았어요.

전시 소개 글과 리뷰 따위를 훑어봤는데, 필자들이 수안 최를 다루는 어조가 굉장히 미묘했어요. 경멸이랄까, 약간 깔보는 시선이랄까, 그런 게 느껴졌죠. 2인조 컬렉티브라고는 하지만 실제로는 남상아가 전부 작업을 하고, 수안 최는 그저 보조 작가이거나 남상아의 부속품이기라도 한 것처럼 썼더라고요.

어쨌든 절도라니, 경찰이 찾아온 건 또 무슨 일 때문인가 싶어 찾아보았지만 나오는 게 없었어요. 아무리 그래도 그렇게 선량한 얼굴을 한 사람이 절도를 저지를까요? 오해일 것 같았어요. 수브다니는 오해를 사기 딱 좋은 행동을 많이 하잖아요. 아무래도 전-안드로이드여서 그런 거겠지만. 저는 수브다니에 대해 새로 알게 된 사실을 생각하면서, 그 사람 참 양파처럼 여러 겹의 껍질을 가지고 있구나 생각도 하면서, 와르르 몰려드는 졸음에 항복하고 말았어요.

*

시술 당일, 초여름 새벽 공기에는 풀 냄새가 가득했어요. 해도 뜨기 전에 가게 앞으로 간 저와 사장은 이식 작업에 필요한 각종 약품과 도구, 그리고 묵직한 금속 피부를 트럭으로 날랐어요. 사람의 전신 피부를 다 모아놓으면 꽤 무게가 나가거든요. 금속 피부는 제가 다뤄본 모든 피부 중에서도 정말 무게가 어마어마했어요. 수브다니가 이걸 걸치고 제대로 걸을 수 있을지 의문일 정도로요. 그 밖에도 사장은 패혈증이니, 체온 조절이니 걱정할 거리가 이만저만이 아니었지만, 초조한 사장과 달리 수브다니는 침착해 보였죠.

수브다니가 시술실로 들어서기 전, 제가 물었어요.

"시술 끝나면 가장 먼저 뭘 할 거예요?"

"여름휴가를 가려고요. 내내 못 갔잖아요."

수브다니가 미소 지으며 대답했어요. 그 고생을 몇 달이나 해놓고 가장 먼저 할 일이 고작 여름휴가를 가는 거라니! 예술가들이란.

돌발 상황에 대비해 사장은 시술장 바로 옆에서 대기하기로 했죠. 저는 근처 카페에 앉아 시술이 끝나기를 기다렸어요. 시술은 평소보다 오래 걸렸어요. 사장은 오전에 한 번 '잘되고 있다'라고 메시지를 보내왔고, 저는 카페에서 커피를 두 잔이나 마셨죠. 그리고 오후에 사장의 긴급한 메시지가 도착했어요.

―급하다. 지금 빨리 가게 앞으로 가봐. 모자 쓰고 얼굴 가리고.

가게 앞으로 뛰어간 저는 몹시 당황했어요. 적게 잡아도 수십 명은 될 것 같은 사람들이 가게 앞에 바글바글 몰려 있었거든요. 사람들이 가게 문을 두드리고, 창문 안을 들여다보고, 앞에 돗자리를 깔고 앉고, 카메라 플래시를 터뜨렸어요. 3분의 1은 카메라를 든 기자 같았고, 또 3분의 1은 무시무시한 덩치의 남자들로 누군가 사람을 찾으려고 고용한 것 같았고, 나머지는 사람들이 왜 저러고 있나 궁금해서 몰려든 행인들 같았어요.

"안에 아무도 없어? 빨리 문 열어!"

"최수안을 내놔!"

"이 사기꾼! 절도범!"

"최수안, 쓰레기 같은 개자식!"

도대체 왜 이런 아수라장이 펼쳐진 건지는 몰라도 저 사람들이 수브다니에게 원한을 갖고 있다는 것 정도는 알 수 있었죠. 저는 사장에게 빠르게 상황을 보고하고, 이 난장판을 피해 몰래 뒷문으로 들어가 테이블 위에 널린 피부 샘플들을 냉동고로 옮겨야 한다는 사실에 경악한 다음, 그나마 지금이 아니면 기자들이 점점 더 몰려들어 기회가 없을 거란 생각에 잠입을 시도했어요. 다행히 창고와 연결된 통로 쪽으로는 아직까지 사람들이 몰려들지 않았고요.

하지만 제가 임무를 마치고 멀찍이 물러나 숨을 좀 돌릴

즈음에는, 솜솜 피부관리숍 앞의 인파가 더 거대해진 상태였어요. 어디서 소문을 듣고 왔는지 상황을 촬영해 소셜 미디어에 올리는 사람들과, 마침 거리를 지나가던 뿔 달린 사람, 온몸에서 노래방 조명을 발산하는 사람, 털 달린 부엉이-인간, 손끝에 단 스피커로 삑—삑— 이상한 소리를 연신 내는 사람, 영업 방해 하지 말라며 항의하는 근처 가게 사장들과 직원들이 합세해서 더 시끄럽고 혼란스러워졌죠.

사람들은 서로 거의 소리치듯이 대화했고, 그 와중에 최수안을 찾는 사람들은 더 크게 악을 썼어요. 저는 그 당혹스러운 풍경을 사장에게도 꼭 공유해주고 싶어서, 가게를 둘러싼 아수라장을 얼른 동영상으로 찍어 메시지에 첨부해 사장에게 보냈답니다.

―사장님, 우리 몇 달은 장사 그른 것 같은데요.

그랬더니 기가 찬다는 듯한 답변이 돌아왔죠.

―몇 달뿐이겠니?

슬슬 근처 가게 사장들이 저를 알아보는 것 같아서 저는 황급히 피신했어요. 뒤에서 최수안 나오라고, 이 깡통 면상 좀 보자고 소리치는 목소리들이 점점 멀어졌죠.

그날 밤, 성수동에서 한참 떨어진 서울의 변두리 동네 바에서 다시 만난 사장은 무척이나 지친 얼굴을 하고 있었어요.

"수브다니는요?"

"시술 잘 끝났어. 바로 떠났지."

"어디로요?"

"그거야 나도 모르지. 사람들에게 안 걸릴 만한 곳으로? 우리한텐 미안하다며 송금을 더 해준다더라."

"대체 수브다니가 무슨 일을 저지른 거래요? 우리와는 상관없는 일 같은데, 왜 갑자기 가게에 그렇게 몰려들어서……."

사장은 제 말에 한숨을 푹 쉬더니, 술을 잔에 따라서 한입에 털어 넣고는 이야기를 시작했어요.

그러니까 사장의 말에 의하면, 이 모든 일은 남상아와 수안 최의 오래된 스캔들과 관련이 있었다고 해요. 남상아는 오래전부터 미술계에서 유명했던, 좋은 의미로든 나쁜 의미로든 구설을 몰고 다니는 작가였대요. 대중적인 인기도 많고 작품 가치도 높은, 그렇지만 복잡한 사생활과 연인 관계로 늘 지저분한 뉴스에 휘말리는, 어떻게 보면 방탕한 예술가의 스테레오 타입 같은 사람이었던 거죠. 그런데 어느 날 남상아가 뜬금없이 한 무명작가와 작업을 시작한 거예요. 그가 바로 수안 최였어요.

처음 남상아와 수안 최가 2인조로 내놓은 몇 작품은 대체로 그저 그런 평가를 받았어요. 금속을 이용한 거대한 조각이나 다른 재료와 혼합된 설치물, 퍼포먼스 같은 것이 잇달아 발표됐는데 괜찮긴 하지만 남상아의 명성에는 약간 못 미치는 작품이라는 평이었죠.

그런데 몇 달 뒤에 수안 최가 안드로이드 제조사인 델타존이 소유하고 있던 홍보용 최첨단 안드로이드였다는 충격적인 사실이 알려진 거예요. 이전까지 안드로이드의 예술 활동이 이따금 뉴스에서 화제가 되는 경우는 있어도, 유명한 인간 아티스트와 본격적으로 팀을 이루고 작업을 해온 사례는 이때가 처음이었던 거죠. 언젠가 델타존에 기술 자문을 받기 위해 방문했던 남상아가, 놀라운 감수성과 예술적 재능을 지닌 홍보용 모델 수안을 발견하고는 거금을 주고 소유권을 사들였고, 그런 다음 수안을 어느 회사나 개인에게 속하지 않는 자유로운 신분으로 만들어주었다는 배경이 공개되었어요. 둘의 작업물에 대한 평가가 급격히 바뀌기 시작했죠. 게다가 남상아와 수안이 사실은 연인 관계라는 자극적인 매체 보도와, 파파라치들의 더 자극적인 제보 사진이 잇따르면서 둘은 미술계의 가장 유명한 연인이 되어버려요.

그저 그런 평을 받았던 둘의 기존 작품에는 '기계와 인간의 경계에 대한 당사자적 관점에 기반한 전복적 탐구'와 같은 새로운 평이 붙었죠. 새로 발표하는 작품들마다 엄청난 주목을 받고, 사람들은 처음으로 공개된 유명인과 안드로이드의 로맨스라는 가십을 신이 나서 소비하고, 작품의 값은 천정부지로 치솟았어요. 두 사람은 수년간 전 세계를 바쁘게 돌아다니며 작품 활동을 했죠. 그사이 안드로이드 뮤즈에 대한 영화가 나오고, 안드로이드 룩이 패션 트렌드가 되고, 기계와의 사랑이 유행처럼 번졌다가 성 착취 논란이 사회적 이슈로 불거지고…… 이런 일들이 이어졌죠. 그러다 어떤 일을 계기로 남상아와 수안의 관계는 망가지기 시작했어요.

"그 무렵 두 사람을 직접 본 적이 있었지. 베를린의 한 전시회에 초청된 날이었는데, 내 작품은 그냥 복도의 한구석에 놓여 있었어. 그런데 그 맞은편이 남상아와 수안 최의 작품을 따로 설치한 별도의 공간이었고, 프레스 명찰을 목에 건 기자들이 그 앞에 가득했어. 두 사람이 자주 내놓던 금속을 이용한 실험적인 작품이었는데, 수안의 기계 내부 장치를 강물에 녹슬게 해서 만든…… 제목이 뭐였더라, 죽음의 실천이었나, 실천적 죽음이었나. 아무튼 작품은 잘 기억이 나지 않지만, 기자들 앞에 서 있던 남상아와 수안 최의 모습은 분명 기억나. 분위기가 안 좋았거든. 표정도 딱딱하게 굳어 있었고, 기자들의 대답에도 날카롭게 대답해서 무슨 무례한 질문이라도 받았나, 나쁜 일이 있었나 생각했지. 몇 달 뒤에 기사가 뜨더라고. 수안이 인간화 시술을 했다고 말야."

수안은 인간화 시술을 하고, 반(半)인간이 되었죠. 그리고 둘은 반인간과 인간의 결혼을 허용하는 타이베이로 가서 결혼했는데, 몇 년 뒤에 다시 이혼 발표를 했어요. 수안은 남상아가 자신에게 인간화 시술을 강요했고, 그 과정이 매우 고통스러웠다고 주장했어요. 그리고 남상아는 즉시 반박 입장을 냈는데, 수안이 받은 시술은 인간이 되고 싶어 했던 수안의 의지를 전적으로 존중하여 이루어졌으며, 안드로이드를 인간화하는 최첨단 시술에 필요한 수백만 달러의 비용은 전부 남상아가 부담했다는 내용이었죠. 인간화 시술 강요에 대한 진실 공방은 둘의 작업물 기여도에 대한 논쟁으로도 이어졌어요. 수안은 남상아와 만들었던 여러 작품의 중요 아이디어가 모조리 자신에게서 비롯되었다고 주장했고, 남상아가 자신의 역할을 과하게 축소했다고도 말했죠. 반면 남상아는 말도 안 되는 주장이라며, 수안의 예술적 재능은 어디까지나 안드로이드치고 놀라운 수준이었을 뿐 협업 작품들의 오리지널리티는 남상아 자신이 아니었다면 존재할 수 없었다고 반박했어요. 어느 쪽이 진실인지, 미술에 대해서는 문외한인 저로서는 판단하기가 어려웠지만, 세기의 연인이었던 남상아와 수안의 로맨스가 서로에 대한 비난, 훼방, 헐뜯기로 너저분하게 얼룩진 채 끝나고 말았다는 건 알 수 있었죠.

"잠깐. 그런 복잡한 스캔들이 있었다는 건 알겠는데, 그게 이 사건과 무슨 상관이 있어요? 그러니까 갑자기 경찰이 들이닥치고, 기자들이 가게 앞에 찾아오고, 험상궂은 사람들이 최수안을 우리더러 내놓으라고 하고, 이게 다 뭐예요?"

사장은 한숨을 쉬더니 말했습니다.

"그러니까 그게, 어떻게 보면 우리가 의도치 않게 최수안의 기행에 가담한 셈이 됐는데. 시술 직전에 우리에게 가져왔던 금속 조각들. 그게 사실은 남상아의 작품들이었다는 거야."

수브다니는 시술이 완전히 끝난 후에야 그 사실을 사장에게 말해주었다고 해요. 일부는 수브다니의 어깨 장식으로 달고 나머지는 모두 폐기해버린 그 금속들이, 남상아의 가장 값비싼 작품 일부와 유작 컬렉션이었다는 사실을요.

남상아는 3년 전에 죽었어요. 남은 작품들이 수브다니의 손에 들어가게 된 경로는 명확하지 않은데, 그것 역시 복잡한 법정 다툼이 엮인 것 같다며 사장은 또 한숨을 쉬었어요. 유족들과 남상아 문화재단, 그리고 수안 사이에 치열한 소유권 싸움이 있었대요. 뭐 어쨌든 대충 이야기를 들어보니, 수브다니가 상당수의 작품을 올바르지 않은 방법으로 취득한 것 같긴 하더라고요. 사실 그뿐만이라면 다툼의 여지가 있을 텐데, 수브다니가 한 짓은 더 극단적이었죠. 수브다니는 그렇게 얻은 수천만 달러 가치가 있는 남상아의 작품들을 해체하고 부수고 녹여서 뭉쳐서 자기 껍데기에 붙여버린 거예요. 고작 어깨 장식으로!

그렇게 많은 사람이 최수안을 찾겠답시고 벼르며 가게 앞에 모여 있는 것도 이해가 갔죠. 그들이 최수안을 발견했다면, 유작의 행방을 알았다면, 그래도 남상아의 유작을 회수해 가려고 했을까요? 어쩌면 피부를 조각조각 뜯어가서, 그간의 이야기까지 더해 유작의 가격을 더 올려보려고 했을지도……. 수브다니가 도망쳐서 다행이었던 거죠. 이 모든 걸 시술 전 미리 알았다면 제가 말려봤을지도 몰라요. 하지만 이미 벌어진 일을 어쩌겠어요?

사장은 가게 문을 열지 말고 상황을 지켜보자고 했죠. 어차피 낯선 사람들이 계속 가게를 기웃거리는 데다 바이오해커 거리 전체로 불똥이 튄 상황이라, 정상 영업을 하는 건 무리였어요. 사장과 저는 다른 동네의 작업장을 빌려 기존의 아더킨 고객들을 위한 보수 작업도 하고, 새벽에 가게에 몰래 들러 필요한 재료를 가져오고, 새로운 피부 디자인을 구상하기도 하면서 사태가 잠잠해지기를 기다렸어요. 사람들의 관심이 줄어들고, 더는 최수안이 이 거리에 오지 않는다는 걸 다들 알게 되면, 그때 다시 가게 문을 열자고요.

하지만 그런 일은 불행히도 일어나지 않았어요.

수브다니의 사망 소식이 전해졌거든요.

*

이름도 낯선 먼 타국에서 최수안으로 추정되는 변사체가

발견되었다는 뉴스를 저는 허망한 기분으로 읽어 내려갔어요. 정확한 사인은 적혀 있지 않았지만 금속 피부가 주된 이유였을 거라고밖에 짐작할 수 없었어요. 어딘가 부서지기라도 하면 혼자서는 보수도 할 수 없고, 그렇게 조각난 외피가 내부 장기를 파괴할 수도 있고, 스스로 재생되는 재료도 아니고, 이음새는 감염에 취약하고, 관절과 근육에 무리가 가고…… 시술 거절의 이유로 사장이 이야기했던 문제들을 하나씩 손꼽아봤어요.

뭐가 문제였을까. 바라던 모습을 겨우 얻었는데, 그렇게 허망하게 가다니. 아마도 남상아 유작 스캔들이 아니었다면 수브다니는 한국에 머물렀을 것이고, 그러면 문제가 생겨도 제때 조치를 취할 수 있었겠죠.

짧은 애도의 시간도 잠시, 우리는 더 큰 폭풍우에 휘말리고 말았어요. 수브다니의 죽음에 대한 관심이 바이오해커 거리에 대한 그릇된 관심으로 옮겨 갔거든요. 한 매체에서 수안의 죽음에 대한 자극적인 보도를 내보내면서, 수안이 금속 피부로 자신의 몸을 변형한 이유를 추측했어요. 수안의 남상아에 대한 집착이자 안드로이드적 성도착증이 아니겠는가 하는 거였죠. 그러자 사람들은 대체 그런 정신 나간 수술을 해주는 동네는 뭘 하는 데냐고 묻기 시작했고, 얼마 지나지 않아 온갖 당황스러운 기사가 쏟아졌어요.

자신을 데이터로 마인드 업로딩 하려고 의뢰했던 누군가의 사연이 잔인한 토막 살인 사건으로 둔갑하고, 스스로에게 유전자 편집 실험을 하는 해커들은 신인류가 되어 한국을 지배하려는 소름 돋는 음모를 꾸미는 사람들로, 자기장 센서나 조명을 다는 신체 개조를 즐기는 이들은 기계 부품 성도 착증을 가진 사람들로 알려졌죠. 우리 가게의 단골손님들은, 너희가 진짜 짐승이라면 약육강식에 의한 사냥도 받아들여야 하지 않겠느냐며 엽총을 들고 낄낄거리는 사람들 때문에 몸을 사려야 했대요.

바이오해커 거리는 한동안 쑥대밭이 됐고, 종교 단체들의 시위가 단 하루도 끊이질 않았어요. 저는 친하게 지내던 옆 가게 사장님들을 걱정했는데, 거리 이웃들의 반응은 반반이라더군요. 이 모든 사태의 발단이 된 솜솜 피부관리숍 앞에서 간판을 한참 노려보고 왔다는 사람도 있고, 그냥저냥 안쓰럽게 여기는 사람도 있고. 그렇지만 기이하기로 치면 우리 가게는 그 동네에선 약한 편이었으니까 언젠가 한 번은 터질 폭탄이었다는 게 이웃들의 결론이었나 봐요.

최수안을 열렬히 경멸하지만 최수안을 죽게 한 이들도 경멸하는 모순적인 사람들 때문에, 저는 위협을 여러 번 겪었어요. 귀찮은 일을 피하려면 몇 달 동안 한국에 들어오지 마라, 한국에서 오는 전화와 메시지는 전부 무시해라, 그렇게 조언하는 사장의 말을 따라 저는 결국 짐을 챙겼죠. 출국을 며칠 앞둔 어느 날, 가게에서부터 제가 사는 동네까지 따라붙는 누군가의 존재를 느끼고는 소름이 돋아서 출국을 바로 다음 날로 앞당겼고요.

그때 제가 정리를 제대로 못 하고 떠난 탓에 도영 언니를 곤란하게 해버린 거예요. 다급히 책상 위를 치우고 작업하던 인공피부 샘플들을 처분하려고 했는데, 갑자기 초인종이 울렸거든요. 황급히 숨어서 기다리다가 다시 정신없이 방을 치우느라 옆에 정리하려고 꺼내놨던 피부 샘플들을 깜빡하고 말았죠. 나중에야 생각이 났어요. 그때 폐기를 했었나? 폐기하려고 키트만 꺼내뒀던가? 실온에 놔뒀다면 분명 며칠 내로 부패가 시작될 텐데, 누가 봐도 잔혹한 살인자의 살육 파티 흔적으로 보일 텐데. 정말 버린 게 맞는지 아무리 되새겨봐도 기억에 없다는 사실을 깨달았을 때의 소름 끼침이란.

이미 사막 횡단 투어에 오른 다음이어서 어찌할까 고민하다가, 끔찍한 냄새를 풍기며 부패하기 전에 얼른 언니에게 부탁해봐야겠다고 결심했죠. 사막을 건너는 중이라 메시지를 길게 쓰기가 쉽지 않았어요. 통신이 제대로 안 되는 지역이었거든요. 옆 투어팀이 도시로 가는 걸 알고 겨우 사정해서 집 주소와 메시지를 언니한테 보낸 거죠. 하지만 그때는 이미……

아무튼 지금까지가 제가 썩어가는 살점 몇 개만 남겨놓고 황급히 한국을 떠난 이유랍니다. 정말 미안하고 고마워요, 언니. 얼마 전에 작은 소포를 보냈는데, 꼭 받아주세요. 고작 이 정도로는 저의 죄를 지울 수 없다는 건 알지만, 그냥 언니에게 고마운 마음을 전하고 싶었어요. 보고 싶은 마음도요.

몇 달이 지난 지금도 우리 가게에 대한 기사가 뜨고, 제 메일 주소를 어떻게 알았는지 대뜸 비난하는 메시지도 와요. 자기는 최수안을 좋아하지도 않으면서, 그를 타락하게 했다고 비난하는 식이죠. 타락이라니. 굳이 따지자면 수브다니가 자신의 계획에 우릴 끌어들인 셈인데 말이에요. 어쨌든 그렇게 손가락질하는 메일은 끊이지 않지만, 그중에는 자신의 은밀한 갈망을 숨기지 못하는 사람들의 메시지도 섞여 있죠. '그들처럼 되려면 어떻게 해야 하나요?', '나도 그런 존재가 되고 싶어요', '우연히 당신들의 가게를 뉴스에서 봤는데요'……

저는 '당신을 만나고 싶습니다'로 시작하는, 긴장과 초조함과 두려움이 섞인, 그러나 다른 세계로 넘어가려는 욕망으로 가득 찬 그 메일들을 여러 번 읽어요. 언젠가는 다시 그 거리로 돌아가야 할지도 모르겠어요. 싫지 않았거든요. 무언가가 되고 싶다는 마음에 자기 온몸을 바치는 사람들을 만나는 일이요.

저는 수안의, 아니, 수브다니의 명복을 빌었어요.

수브다니가 바랐던 것이 금속성인지 기계성인지, 남상아에 대한 복수인지, 그냥 수많은 사람들에게 엿을 날리는 거였는지, 그가 정말로 뭘 원했는지 저는 몰라요.

하지만 수브다니가 무언가를 간절히 원했다는 것만은 알아요.

그는 정말로 금속 피부를 달고 싶어 했죠.

다른 사람들이 그걸 받아들이든 받아들이지 않든, 수브다니에게는 중요하지 않았던 거예요.

*

언니, 제 꿈이 인형이 되는 거였다는 이야기를 한 적이 있던가요?

일곱 살 때인가, 저는 정말 인형이 되고 싶었어요. 인어공주도 아닌 마법 소녀도 아닌 인형이요. 될 수 없다는 생각 같은 건 안 해봤어요. 침대 머리맡에 놓인 인형들은 보송보송 부드러웠고, 옆이 터져서 솜이 조금 흘러나와도 그다지 아프지 않아 보였고, 때가 까맣게 타도 더럽지 않고 포근해 보였죠. 어떤 느낌일까 궁금했어요. 보송보송한 몸으로 살아간다는 건. 넘어져도 뚝 부러지지 않고, 높은 데서 떨어져도 큰 소리 하나 내지 않고 그저 툭, 바닥에 놓인다는 건. 겨울이 되어도 얼음장처럼 차지 않고, 누군가에게 폭 안겨도 자신의 건조한 체온을 지키는, 그건 어떤 것일까.

이 이야기를 했더니 언니도 어렸을 때 꿈이 인형이었던 적이 있다면서 웃었잖아요. 저는 진짜로 학교에서 했던 장래 희망 조사표에도 인형이라고 써서 냈거든요. 선생님이 막 웃으면서 그래, 우리 현이는 인형이 되고 싶구나 하고 절 쓰다듬어줬던 기억이 나요. 하지만 그다음 해에는 선생님도 더는 웃지 않았어요. 집에 돌아왔더니 엄마가 심각한 표정으로 현이너, 혹시 장래 희망이 무슨 뜻인지는 알고 있니, 하고 진지하게 물었죠.

언니는 이제 어떤지 모르겠지만, 전 아직도 가끔 솜 인간이 되는 상상을 해요. 마음이 무거울 땐 펑펑 울어서 물먹은 솜이 되고 기분 좋은 날은 햇볕에 바짝 마른 보송한 솜이 되는 거예요. 화가 날 땐 나 자신을 마구 때려도 되겠죠. 솜 인간에게는 자해든 자기 파괴든 조금은 덜 위험하고 더 보송한 일이 될 거예요. 축축한 마음은 시간이 지나면 마를 거예요. 다시 산뜻하게 살아갈 수 있도록요.

어쩌다 보니 쫓기듯 한국을 떠나게 되었지만, 밖에는 참 재미있는 일이 많아요. 제가 꽤 오래 머물렀던 이곳 사막에는 자신에게 모래의 영혼이 있다고 믿는 사람들이 살거든요. 그들은 인간의 몸을 가지고 있지만 자신들의 영혼이 손에 움켜

쥐면 아래로 흘러내리는, 바람에 휩쓸리면 모래 폭풍을 만드는, 뜨겁게 달아오르고 빠르게 식는 고운 모래 같은 것이라고 생각한대요.

그들의 설명을 들으며 제 영혼을 모래처럼 빚고 또 흐르게 놔두는 상상을 해보았어요. 함께 명상을 했죠. 저는 영혼의 존재를 믿지 않지만, 그래도요. 그렇게 한참 눈을 감고 있으니까 어느 순간 제 몸이 모래처럼 흐르고, 입자들로 흩어지고, 바람을 따라 줄무늬를 그리는 것 같았어요. 재미있는 경험이었죠. 내가 어떤 존재다, 라는 인식은 어떻게 생겨나는 걸까요? 저는 뭐가 되고 싶은 걸까요? 요즘은 그런 생각을 하며 여기저기를 떠돌고 있어요.

한국에 있는 사장은 몇 주간 경찰 조사를 받는다고 한참 고생했대요. 수시로 전화를 걸어오는 기자들한테 시달리기도 했고요. 다행히 수브다니의 강력한 자의로 피부 이식이 이루어졌다는 게 조사 과정에서 밝혀져서 아주 곤란한 상황에서는 벗어났나 봐요. 그래도 여전히 귀찮은 일은 잔뜩 있는 모양이지만.

그런데 언니, 이 사건에는 재미있는 뒷이야기가 더 있답니다.

그러니까 사실은…… 수브다니가 멀쩡하게 살아 있었던 거예요! 죽은 줄로만 알았던 그 수브다니가요.

우린 수브다니가 아무 말도 없이 새벽에 메일로 덜렁 보낸 몇 장의 사진을 보고서야 그 사실을 알았죠. 처음에는 무슨 농담 같은 건가 했어요. 죽은 수브다니를 두고 누군가가 장난을 친 건 줄로요.

그런데 자세히 살펴보니 그건 정말 금속 피부를 이식한 수브다니였던 거예요. 쨍하게 파란 하늘과, 하얗게 펼쳐진 모래사장, 그리고 수브다니의 모습을 담은 사진이었죠. 도대체 저런 곳은 어떻게 찾았는지 다른 사람은 하나도 안 보이고, 카메라를 모래사장에 어설프게 세운 듯 사진이 기우뚱했죠.

저는 곧바로 사장에게 영상통화를 걸었어요. 화면 너머 사장도 황당해 보였죠. 같은 심정이었나 봐요. 우리에게 그렇게 많은 곤경을 안겨놓고, 바다에 놀러 갔다고? 우린 내내 수브다니가 죽은 줄로 알고, 온갖 난감한 상황에 처하고, 죄책감까지 느끼고 있었는데!

"어이가 없구만, 어이가."

사장은 그렇게 투덜거린 다음에야 수브다니가 보낸 사진을 자세히 보기 시작했어요. 저는 사진을 쭉 내리다가 그게 어디선가 본 이미지와 비슷하다는 걸 알았죠.

"아, 이거 그거잖아요. 〈변화의 실행〉."

"〈변화의 실행〉?"

베를린에서 사장이 보았다는 남상아와 수안의 마지막 공

동 작업은 정확히는 죽음의 실천도 아니고, 실천적 죽음도 아닌 '변화의 실행'이라는 제목의 작품이었어요. 몇 달 전에 그 작품의 메이킹 영상을 온라인에서 본 적이 있어요. 이상하게도 최종 결과물인 금속 전시품의 도록 사진도, 전시용 영상도 전부 저작권 문제로 내려갔는데, 메이킹 영상만 남아 있었거든요.

그 영상 속에서 수안은 폐기된 금속 로봇들 수십 대를 해변가에 가져다 놓아요. 파도가 치며 몸을 반쯤 적셨다가 다시 빠져나가는 위치에다가요. 그리고 자기 자신도 그 수많은 금속 로봇 사이에 자리 잡고, 로봇들과 자신의 손목을 끈으로 연결해요. 마치 인신 공양 같기도 하고 집단 자살 같기도 한 이 기이한 장면은, 아름답게 빛나는 바다와 환한 모래사장, 맑은 하늘이 합쳐져서 경쾌한 분위기를 연출하죠. 남상아는 옆에서 카메라를 들고 이 장면을 찍고, 폐기된 금속 로봇들을 가까이서 찍고, 또 물을 튀기기도 하면서 돌아다녀요. 둘 다 환하게 웃고 있죠. 그리고 수안은 녹슬기를 기다려요. 바닷물에 몸을 담그고 천천히 오랜 시간 물살과 바람을 맞으면서요. 하지만 수안은 녹슬지 않죠. 그는 그때 녹슬지 않는 바이오플라스틱 피부를 가지고 있었거든요. 시간이 흐르고 폐기된 로봇 동료들이 녹슬고 손상되어갈 때도 수안은 끝까지 녹슬지 않아요.

그게 무슨 의미인지, 어떤 의도로 만들어진 작품인지 저는 몰라요. 결과물이 뭐였는지도 모르고요. 하지만 그 메이킹 영상을 기억하는 건 수안이 너무 환하게 웃고 있었기 때문이죠. 자꾸 흔들리는 카메라와, 렌즈에 튀는 모래와 물방울, 그 너머 웃고 있는 수안. 남상아를 바라보는 수안. 저는 영상 속의 수안을 계속 보았어요. 그 끝이 어떻게 되었든, 두 사람의 관계가 결국 어떻게 망가졌든, 적어도 그 순간에는 너무나 행복해 보이는 수안을요.

그리고 이제 메일 속에는 그때의 모습을 재현하는 수브다니가 있었죠.

"세상에."

진저리치는 사장의 목소리가 들렸어요.

"다 녹슬었잖아. 시술해준 지 얼마나 됐다고. 도대체 얼마나 저기 담그고 있던 거야?"

수브다니는 몸을 바닷물에 담그고 있었어요. 팔꿈치 아래쪽의 피부는 다 녹슬어 있었죠. 여름의 태양이 수브다니의 금속 피부 위로 아주 맹렬하게 쏟아졌고, 빛이 반사되어 수브다니의 표정은 잘 보이지 않았어요. 수브다니는 〈변화의 실행〉을 재현하고 있었어요. 그때와는 달리 녹슬어버리는 금속 피부를 붙인 채 돌아와서요.

그건 남상아에 대한 복수일까요? 단지 그해의 여름휴가가 그리웠던 것뿐일까요? 혹은 이 작품은 나에게 속해 있다, 그런 말을 하고 싶었던 걸까요? 아니면 남상아와는 마무리하지 못했던 미완의 작품을 마저 완성하려고 했던 걸까요?

 밀려드는 질문들을 저는 멈춰 세웠어요. 이유가 뭐였든 수브다니는 자신이 원했던 걸 얻은 거잖아요. 이제 더 뭐가 부럽겠어요? 그저 간지럽게 찰랑이는 바닷물에 몸을 담그고 하루하루 녹슬어가면서, 세상이 금속 피부에 부딪혀 스며들었다 빠져나가는 걸 느끼겠죠. 햇볕은 녹슨 피부 위로 쏟아지고, 손끝에는 짠맛의 소금 결정이 남을 거예요. 그 순간 아무것도 수브다니를 방해하지 않을 거예요.

 "정말, 멋진 휴가를 보내고 있나 봐요."

 제 말에 사장이 이상한 표정을 짓더니, 잠시 뒤 웃으며 고개를 끄덕였어요.

양면의 조개껍데기

"전화로 문의하고 오셨다고요."

나는 고개를 끄덕인다. 책상 위 스크린 차트에는 이름과 출신, 나이 따위를 기록한 프로필이 떠 있다. 샐리, 셸븐인, 여성, 28세. 단출하지만 의사가 내 문제를 알아차리기에는 충분한 정보값이다.

"그러니까…… 지금 당신을 뭐라고 부르면 됩니까? 지금은 어느 쪽이죠? 각각 따로 이름이 있는 겁니까?"

의사는 애써 침착하게 묻고 있지만 혼란스러워 보인다. 셸븐인 환자를 처음 대하는 게 분명하다. 나는 슬쩍 웃으며 대답한다.

"그냥 샐리라고 불러주세요."

"좋아요. 샐리, 전화로도 들었겠지만 이건 간단한 시술이 아닙니다. 셸븐인을 대상으로 한 대부분의 의료적 처치가 그렇지만, 특히 이 시술은 셸븐인 의사를 동반해야 한다는 규정이 있어요. 그런데 여긴 그럴 여건이 안 됩니다. 이미 알고 계시겠지만요."

"네. 여기는 셸븐인 의사가 한 명도 없다고 하더라고요. 저도 확인해봤어요."

"꼭 지금 시술을 받아야 하는 이유가 있습니까? 경계 지역까지 가서 시술하는 게 낫지 않겠어요? 거긴 셸븐인 의사가 최소 한 명 이상 있을 겁니다. 병원 상황도 여기보다는 훨씬 나을 테고요."

"혹시 여기서는 못 받나요?"

"불가피한 상황도 있으니 원격 허가를 받아 진행하는 방법도 있습니다만 준비하실 서류가 많아요. 부작용에 대처하기도 어렵고요. 지금 꼭 받아야 하는 게 아니라면 미루는 것이 좋을 겁니다."

"지금 꼭 받아야 하는 이유가 있어요."

"어떤 사유입니까?"

"설명하자면 너무 사적인, 개인 사정이요. 하지만 아주 긴급해요. 이건 분명해요."

"아, 그러시군요. 개인 사정이라고요."

의사는 책상 위에서 펜을 딸각 굴리고는 나를 보았다.

"다들 그런 사정이 있지요."

내키지 않는 눈치다. 하지만 나는 의사를 어떻게든 설득해야 한다. 루피너스 행성계에서 셀븐인 뇌신경조절술을 할 수 있는 다섯 군데의 병원에 모두 문의했는데 딱 잘라 거절하지 않은 곳은 오직 이 병원뿐이었다.

"업무 계약이 있어서 당분간은 여길 떠날 수 없어요. 무엇보다 제가 터널 멀미가 심해서요. 완행 우주선을 타야 하거든요. 그걸 타면, 가장 가까운 경계 지역까지 가는 데만도 1년이 넘게 걸리겠죠."

터널 드라이브를 생각하는 것만으로도 토할 것 같은 기분이 된다. 내가 구역질하자 의사는 조금 당황하며 뒤로 물러난다. 나는 울적한 얼굴로 말한다.

"그렇게 오래 기다릴 순 없어요. 당장 분리가 필요해요."

"전환 안정제를 처방해드릴까요? 꼭 시술만이 답은 아닙니다. 그리고 샐리 씨는 여기 기록에 의하면, 여태까지는 그다지 문제가 없으셨던 모양인데요."

꼭 시술만이 답은 아니다……. 아마 그건 매뉴얼에 적힌 말일 것이다. 지구 출신 의사가 내 고통을 제대로 이해할 리가 없다. 시술을 권하기 전에 안정제를 좀 더 처방해보라든지, 그런 뻔한 말이 적혀 있는 것이겠지.

"맞아요. 그동안은 괜찮다고 생각했어요. 하지만 균열이라는 게 그렇잖아요. 잘 밀봉해왔다고 믿었지만 한번 틈이 생면, 사실은 그 전에도 괜찮지 않았다는 걸 알게 되죠. 계속 충격이 가해지고 있었는데, 자세히 들여다보면 아주 위태로웠는데, 겉으로는 부서지지 않았으니 현실을 외면하고 있었던 거예요. 지금은 견디다 못해 빠그작, 이미 갈라졌고요."

나는 의사를 설득하기 위해 좀 더 극적인 어조를 취한다. 의사는 내 표정을 유심히 살피더니 스크린 위에 무언가를 휘갈겨 쓴다.

"샐리 씨, 잘 생각하셔야 합니다. 대안이 없다고 생각하면 시술을 해드리겠지만, 다른 의사들이 다 안 된다고 말한 것도 이유가 있어요. 시술 이후에 찾아오는 정신적 부작용이 클 거예요. 루피너스에는 당신에게 도움이 될 만한 셀본인 상담사도, 같은 행성 출신 사람들도 거의 없어요. 당신은 충분한 도움을 받지 못할 거예요."

"마음의 준비를 하고 있어요. 은하 네트워크에서 책을 많이 다운받았어요. 명상과 정신 수련에 도움이 되는 책들요."

의사는 황당한 듯 눈썹을 조금 찡그린다. 나는 덧붙인다.

"대안이 없다고 생각해요. 진심이에요. 뒤따르는 문제들은 이미 각오했어요."

그는 한숨을 푹 내쉬고, 스크린에 다른 화면을 띄우더니 나에게 준비 과정을 설명한다. 특별 허가를 받기 위해 필요한 긴 서류 목록이 있다. 원격 시술 프로토콜을 준수하려면 50일간 통합-정신조절제를 먹어야 하고, 그 과정에서 발생하는 우울과 무력감, 신체적 통증을 관찰해야 한다. 시술 자체는 한 시간이면 끝이 나지만 일주일간 입원해서 경과를 볼 것이다. 돌발적으로 자해를 시도하거나 높은 곳에서 뛰어내리는 사람들이 있기 때문이다. 무시무시한 설명은 계속해서 이어진다. 이 시술을 받은 뒤 약 64퍼센트가 후회하고, 그중 30퍼센트는 다시 예전으로 되돌리는 통합 시술을 시도한다. 그 경우 경과는 좋지 않다. 한번 끊은 뇌관 교류체가 다시 반응하지 않을 가능성이 높다. 나는 끔찍한 후유증과 시술 부작용으로 자살한 셸븐인들에 대한 설명을 듣는다.

"잘 알겠습니다."

의사는 스크린을 다시 바꾸어 전자 서명 서류를 띄운다.

"그러면 우선 여기 서명을 해주세요. 부작용에 관한 설명을 충분히 들었다는 내용과, 특별 허가 조항을 준수하며 시술 준비에 들어가겠다는 동의서입니다."

내가 손을 내미는 순간, 그 애가 말했다.

"그만둬."

상담실의 공기가 약간 싸늘해졌다. 나는 웃으면서 말했다.

"지금 당장 서명할게요."

"안 된다고."

"지금 안 된다고 말씀하신 것 같은데요."

"아뇨, 저는 '지금 당장 서명할게요'라고 했어요."
"그렇게 말씀하셨지만, 동시에 안 된다고도 하셨죠."
의사는 무슨 일이 일어난 것인지 알아차린 기색이었다. 나는 얼굴에서 웃음기를 지웠다.
"그래요. 그냥 제 말은, 얘 조금…… 뭐랄까, 미숙해요. 사회화가 덜 된 거죠. 바로 이런 상황 때문에 시술이 필요한 거예요. 우린 액체처럼 자꾸 서로에게 흘러들어요. 그건 제가 주로 일하는 물속에서 특히 치명적이에요. 전환이 제대로 되지 않아서 죽을 뻔한 적도 있어요. 그러니까 같이 살기 위해서 시술이 필요한 거라고요. 이제 선생님도 제가 평소에 얼마나 힘들지 조금 짐작하실 거예요."
의사는 곤란한 표정으로 나를 보고 있다.
"그 서류 주세요. 바로 서명할게요."
팔을 뻗었지만 의사는 스크린을 나에게 내밀 생각이 없어 보인다. 직감적으로 느껴진다. 망했다. 이번에도 망했어. 몸에서 힘이 빠져나가고, 그동안 온 힘을 다해 억누르고 있던 그 애의 목소리가 아무렇게나 지껄여대기 시작했다.
"그래, 의사 선생님, 잘 생각했어요. 이 녀석은 질투심에 돌아버린 거니까, 그 빌어먹을 동의서는 당장 찢어요. 우리에게 필요한 건 망할 정신 약물과 뇌 수술이 아니라 부부 심리상담 클리닉이라고. 이렇게 날 배신힐 거야, 사기?"

"여길 나가면 널 죽일 거야."

나는 진심으로 말했다. 함부로 성대를 뺏어 지껄이는 녀석을 향한 말이었지만, 맞은편에서 의사가 흠, 크흠, 하고 헛기침을 했다. 의사를 향해 '널 죽여버리겠다'라고 말한 것처럼 보였을 수도 있겠다. 의사의 시선이 잠시 비상 신고 버튼을 향했지만, 내가 어떻게든 입을 다물고 있자 의사는 다시 낮은 목소리로 권유했다.

"샐리 씨, 알고 있죠? 이런 상태에서는 안 돼요. 두 분……아니, 그보다 더 많나요? 어쨌든 타자아들 사이의 합의를 거치셔야 합니다. 설령 동의서에 혼자 사인하는 데에 성공한다고 해도, 두 달 가까이 되는 시술 준비 과정에서까지 다른 자아를 속일 수는 없어요. 자기 자신을 온전히 속이는 게 불가능한 것과 마찬가지인 겁니다."

"저기, 선생님. 잘 보세요. 지금 이 녀석이 제게 미치고 있는 해악이 명백하잖아요."

"샐리 씨."

"이 녀석 성격에, 지금 당장 하지 않으면 언제가 될지 모른다고요. 일단 동의서에 서명하면 설득도 쉬워질 거예요……"

끝까지 억지를 부리다 결국 병원 대기실로 쫓겨났다. 접수처 직원은 세상 불행을 다 짊어진 얼굴을 한 나에게 진료비는 3,700어스라고 친절하게 통보했다. 청구서를 내미는 지구인 직원의 표정에 약간의 경멸이 담겨 있는 것처럼 보였던 건, 순전히 나의 피해망상이었을까? 카운터에는 '은하인 정신건강센터 지정 기관'이라는 공식 로고가 붙어 있었다. 은하인은 무슨. 망할 지구중심주의자들.

문을 열고 나오면서 나는 깊은 곳에서 부글부글 끓어오르는 분노를 느꼈다. 무엇을 향한 분노인지, 그 분노가 내 것인지, 레몬의 것인지조차 구분할 수 없었다.

*

일주일 내내 비가 내려서 촬영이 계속 지연되고 있었다.

촬영팀은 루피너스의 햇살이 바다를 비출 때, 수면 아래에서 위를 올려다볼 때의 찬란한 빛을 영상에 담고 싶어 했다. 빛과 물결 사이를 여유롭게 헤엄치는 다이버들과, 얕은 수심에 사는 루피너스의 생물들이 서로 스쳐 가는 순간을. 분명 '첫 접촉'에 집착하는 류 감독의 생각이었을 것이다.

사실 루피너스의 진짜 모습은 매일 축축한 비가 내리는, 흐리고 습하고 비에 젖은 모래가 질척이는 풍경에 가깝다. 그래도 촬영팀을 이해할 수 없는 건 아니었다. 그들이 화면으로 보여주고 싶은 건 현실이 아니라 환상일 테니까. 촬영팀 스태프들은 일주일에 단 하루, 구름이 흩어지고 태양 빛이 내리쬐는 그 짧은 순간을 기다리며 매일 해안가 오두막에서 대기했다. 며칠 전에 잠시 햇살이 비추긴 했지만, 그날은 물속 풍경이 좋지 않았다. 다이버들이 초콜릿도넛이라고 장난삼아 부르는, 끈적이는 고무 타이어 같은 몸통에 자그만 발이 수없이 달린 생물들이 해안가로 잔뜩 밀려온 것이다. 그 생물들은 충분히 익숙해지면 꽤 귀여워 보인다. 하지만 그러기 전에는, 그러니까 루피너스의 해양 생태계를 처음 목격하는 대부분의 지구인에게는 동그랗게 말린 지네 같은 모습이 혐오감을 불러일으킨다.

프로듀서 요제프는 징그러운 생물들을 영상에 내보이는 것을 되도록 피하려 했다. 지구인들은 외계의 바다에 대한 호기심보다 두려움이 더 크다고, 그 두려움을 굳이 증폭할 필요는 없다고 했다. 이 다큐멘터리의 목적이 성급한 행성 개발의 문제를 알리고, 생태 보존 운동에 호소하는 것이라는 점에서는 일리가 있지만……. 정말 그런가? 다들 지구의 바다에는 익숙하고, 외계의 바다는 두려워하나? 보통의 지구인들이라면 그럴지도 모르겠다.

외계의 바다가 나에게 주는 기이한 안도감에 대해 생각한다. 외계의 바다는 낯선 것들로 가득 차 있다. 나는 그 일관성을 사랑한다. 지구의 바다도 낯선 것들로 가득하니까. 불가사리나 초롱아귀의 사진을 계속 접한다고 해서 그 존재들이 우리에게 끝내 익숙해지는 건 아니다. 바다는 외계에서도 지구에서도 낯설고, 아득하고, 어둡고, 먹먹하며, 기괴하고 물컹대는 생물들로 북적인다. 나는 종종 인류의 조상이 반(半)수중 생활을 했다는 수생 유인원 가설(aquatic ape hypothesis)을 떠올린다. 불행히도 그 가설은 조롱만 받다가 결국 쓰레기통에 처박혔지만, 인간이 물에서 왔다는 상상은 여전히 낭만적인 구석이 있다. 물을 떠난 유인원들에게, 그들이 떠나온 물속은 우주보다도 낯설고 두려운 미지의 세계인 것이다.

물론 실제로는 가설과 정반대의 순서로 일이 일어났다. 유인원들은 물에서 오지 않았다. 설령 인류의 공통 조상이 한때 물에서 살았다고 해도, 그건 차마 '조상'이나 '친척' 같은 이름을 붙일 수 없을 정도로 까마득히 먼 옛날의 생물들이다. 대신 땅 위의 유인원들은 바다 깊은 곳은 거들떠보지도 않은 채 곧장 하늘을 가로질러 우주 곳곳으로 퍼져 나갔고, 시간이 흘러서야 비로소 그들의 수생종 친척들이 등장했다. 그게 바로 내가 여기 있는 이유다.

"샐리, 오후에는 해가 뜰 수도 있다고 하니까, 미리 몸을 좀 풀어둬. 이거 하나 먹고."

텐트로 들어온 요제프가 작은 에너지바를 내밀었다. 나는 그걸 받아 들어 한 입 대충 베어 물고 우물거리며 물었다.

"그저께 했던 촬영은 어땠어요?"

"아, 그래. 그날 왜 안 왔냐고 물어보려고 했지. 류경아가 아픈 사람 데리고 뭘 할 거냐고 호들갑만 안 떨었어도 네 호텔방으로 찾아갔을걸. 촬영 포인트 한 군데를 찍어놨는데, 다른 다이버들은 거기 접근도 못 하거든. 네가 있어야 했어."

"그런 말 들으니 기분 좋긴 한데 안 찾아와서 다행이에요. 그날 감기 때문에 눈도 못 뜨고 기절해 있었으니 헛걸음만 했을걸요. 어디 꽂힌 풍경이 있나 보죠?"

"보트를 타고 좀 나가야 해. 레스큐 로봇이 우연히 촬영해 온 건데, 인공 구조물 같은 매끄럽고 거대한 바위가 해저에 박혀 있더라고. 죽은 생물이라고 추측하는 스태프들도 있어. 정말 그럴지도 모르지. 의미심장한 장면이 나올 것 같아. 굉장히 기이하고 웅장하지. 완전히 미지의 세계를 대하는, 그런 느낌을 줄 거야. 압도할 거라고."

요제프는 그렇게 말하며 기대하는 눈빛으로 나를 보았다. 그 촬영을 위해 깊은 곳까지 내려가달라는 의미겠지만, 그걸 할 수 있는 사람은 사실 내가 아닌 레몬이다.

"뭐, 안 될 수도 있어요. 요즘 컨디션이 안 좋아서."

그렇게 대답했더니 요제프가 이번에는 나를 시선으로 뚫어버릴 것처럼 쳐다보아서, 나는 에너지바 포장지를 버리는 척하며 슬쩍 자리를 피했다.

오후가 되자 구름이 걷히고 루퍼너스의 태양이 바다를 비추었다. 촬영팀이 원하는 만큼 밝은 수준은 아니었다. 요제프의 표현에 의하면 '그저 그런 태양 녀석'이었다. 그래도 요제프는 더 맑은 날씨를 하염없이 기다릴 바에 차라리 지금 촬영을 시작하자고 생각했는지, 며칠 전 루피너스에 새로 도착한 지구인 다이버들을 류경아 감독에게 떠넘기고 나를 자신의 보트로 끌어들였다. 나는 햇병아리 같은 다이버들과 화기애애한 분위기로 대화를 나누는 류 감독을 흘끔 쳐다보고는 투덜대며 보트에 올랐다.

"류 감독이랑 며칠째 얼굴도 제대로 못 봤는데."

"무슨 소리야? 일 끝나면 실컷 볼 거면서."

"류경아의 일은 영원히 끝나지 않는다고요. 이러다간 말라 죽어버릴 거예요. 저렇게 가까운 곳에 있는데, 손 한번 못 잡아보고……."

"거참 안타깝군."

요제프가 지긋지긋하다는 듯이 어깨를 으쓱했다.

"그래도 샐리, 여기 류 감독보다 더 사랑스러운 바다 도넛들이 있잖아."

스태프들이 잠수용 장비를 챙겨 주었다. 나는 보트 위에서 가볍게 몸을 풀었다. 이번에는 대략적인 깊이만 가늠하고 오면 된다고 요제프는 몇 번이나 강조했다.

"절대 무리하지는 마. 오늘이 아니어도 날은 많으니까. 위험하면 바로 레스큐 신호를 보내고. 로봇은 10미터 지점마다 하나씩 대기할 거야. 50미터까지. 위치를 잘 확인해."

나는 고개를 끄덕이고 바다로 뛰어들었다.

가장 얕은 곳에는 나뭇가지처럼 빼빼 마른 생물들이 느슨하게 얽혀 있어서 마치 숲을 헤매는 기분이 든다. 아직 이름도 붙지 않은 그 생물들 사이로 들어가 요제프가 말한 위치를 찾는다.

이미 수십 번 보아서 위험하지 않다는 걸 아는 해파리들이 떼를 지어 헤엄친다. 정확히 말해 해파리는 아니지만, 지구의 해파리를 그럭저럭 닮았다. 아래로 내려가며 포식자 생물을 흉내 낸 후각 신호기를 끄자, 작은 돌멩이처럼 생긴 생물들이 내 주위로 몰려든다. 살펴보면 그다지 날카롭지 않은 이빨이 있다. 처음 잠수했을 때 저것들이 내 등에 달라붙어 장비를 갉아 먹으려고 했었다. 스태프들이 저 돌멩이들을 쫓아내는 후각 신호기를 달아주었지만, 이 신호는 다른 소형 생물들까지 몽땅 쫓아내는 것 같다. 나는 손전등을 휘휘 내저어 돌멩이들을 몰아내고 다시 아래로 내려간다.

까마득한 높이의 절벽이 나타난다. 절벽의 표면을 만지면 하얀 입자들이 떨어지면서 뿌옇게 구름이 일어난다. 촬영팀은 루피너스의 해양 생물들에게 주로 관심이 있지만 나는 이곳의 지형에도 흥미가 있다. 외계의 바다를 홀로 헤엄치는 일은 고독하고도 기묘하다. 외딴 행성의 멸망한 유적지를 탐사하는 것 같다.

또다시 아래로.

지구에서도 루피너스에서도 물은 동일한 분자다. 청색광만을 남기는 물의 특성 때문에 바다는 비슷한 색채를 띤다. 아래로 내려가면 파란색은 점점 짙어져 어둠에 흡수된다. 수많은 행성을 돌아다녀도 익숙한 얼굴을 한 바다에 나는 매료된다.

그러나 아래로 내려갈수록, 나는 마음 깊은 곳에서 움트는 두려움을 느낀다. 아직 그 두려움을 넘어서지 못했다. 내가 사랑하는 바다는 햇빛이 비추는 곳까지다. 태양 빛이 약한 루피너스에서 심해는 지구보다 더 얕은 곳부터 시작된다.

어스름한 빛만이 희미하게 비추는 미광층에 도달하자 죽은 생물의 사체가 눈처럼 내리고 있다. 아직 촬영팀이 말한 인공 구조물 같은 것은 보이지 않는다.

'지금이야, 레몬. 이제 네 차례라고.'

대답이 돌아오지 않자 공포가 폐를 짓누르는 느낌이 든다. 혼자서는 이 바다 아래로 내려갈 수 없다. 그건 레몬만이 할 수 있는 일이다. 어느새 작은 생물들은 어디로 갔는지 흔적도 없고, 검푸른 바다만이 나를 감싸고 있다. 손목에 장착된 조명을 켠다. 나는 그 자리에 멈춰 서서, 하강도 상승도 않은 채로 레몬을 부른다.

'레몬. 난 이제 더 못 내려가.'

레몬은 대답하지 않는다. 의식 깊은 곳에 여전히 그 애가 존재한다는 것을 안다. 레몬은 나를 통해서 눈앞의 바다를 보고 있다. 하지만 레몬은 전환하지 않는다.

'너, 여기서 이러면……'

무거운 바다가 나를 누르고 있다. 별안간 괴물 같은 형체가 내 옆을 스쳐 지나가는 듯한 착각에 빠지지만, 고개를 돌려 보면 아무것도 없다. 압박감이 더 강해진다. 여기서 단 1미터도 더 내려갈 수 없다.

'레몬. 레몬. 대답 좀 해.'

'레몬.'

'제발……'

나는 포기하고 비상 신호를 보낸다.

거의 의식을 잃기 직전 레스큐 로봇들이 몰려와 나를 위로 데려간다. 나는 어둠 속에서 빛을 향해 끌려가면서 허우적거린다.

비틀거리며 보트 바닥에 주저앉은 나를 요제프가 걱정스러운 표정으로 보았다. 스태프들이 수건으로 줄줄 흐르는 차가운 바닷물을 닦아준다. 레스큐 로봇들이 제때 오지 않았다면 위험했을 것이다.

"미안해요, 요제프. 그 포인트에는 접근도 못 했어요. 감기가 아직 덜 나았나 봐요."

"걱정하지 마. 앞으로 네 번은 더 기회가 있을걸."

요제프는 별일 아니라는 듯이 내 어깨를 툭툭 치며 위로했다. 하지만 내 머릿속에는 오직 레몬에 대한 분노뿐이다. 레몬은 일부러 전환하지 않았다. 대체 왜? 내가 마음대로 분리 시술을 하려고 해서? 하지만 그 전날까지도 이럴 거면 차라리 분리되자고 악을 썼던 건 레몬이 아니었던가?

"넌 날 죽일 뻔했어. 그게 네가 원한 거구나."

보트 구석에서 나는 중얼거린다. 레몬의 의도적인 침묵이 느껴진다. 스태프들이 흘끔거리지만 나는 바닥만 노려본다. 대신 화풀이할 대상도 없다. 레몬은 내 안에 있고, 지금 그 애를 내게서 분리해낼 방법은 없으니까.

*

내가 단일한 존재가 아니라는 걸 알게 되기까지는 꽤 오랜 시간이 걸렸다. 나를 입양한 지구인 부모는 불행히도 셀븐인들의 신경생리학에는 아무런 관심이 없었고, 내가 자란 시골 마을에 외계 출신이라곤 나와 주유소 아저씨 둘뿐이었다. 그래서 나는 내가 기끔 다른 목소리로 말하는 것, 아침과 저녁에 행동하는 방식이 다른 것, 한 사람에 대한 감정이 몇 시간마다 달라지는 것이 이상하다고 생각하지 않았다. 하긴, 지구인 아이라도 고작 열몇 살 먹은 아이가 그런 자아 성찰을 하는 건 무리겠지만. 어쨌든 또래 아이들과 어른들에게서 넌 참 이상하다는 말을 수백 번은 더 들으면서도, 나는 그 이상함이 나의 태생으로부터 온 것이라고는 생각도 못 했다.

열두 살 때, 그 애가 나에게 처음 말을 걸었다.

─제발 그 멍청해 보이는 원피스는 입지 마. 내가 그 천 쪼가리를 입는다고 생각하면 끔찍하니까.

"대체 무슨 소리야? 이 원피스가 어때서?"

길거리에서 혼자 중얼거리고 나서야 그 목소리가 들려온 곳이 어딘지 깨달았다. 나에게 말을 건 그 애는 바로 나였다. 정확히는 나의 조금 다른 면이라고 생각했던 목소리였다. 모두가 잠든 고요한 밤에 깨어 있는 나, 거울 앞에 설 때면 혐오감을 느끼는 나, 사람들의 시선을 잘 마주치지 못하고 엉뚱한 소리를 해대는 나. 그건 내가 아닌 그 애, 타자아였다.

시간이 지나며 우리는 서로의 존재를 구분하기 시작했다. 그러면서도 서로가 '샐리'가 아닌 다른 존재라고는 생각하지 못해서 이름을 붙이는 대신 야, 너, 따위의 말로 지칭했다. 낮과 밤의 시간을 자연스럽게 나누어 썼고 때로 하루는 내가, 다른 하루는 그 애가 의식을 점거했다.

무의식중에서도 우리는 서로에게 말을 걸 수 있었다. 그건 꽤 유용하기도 했고 거슬리기도 했는데, 대체로 우리는 합이 잘 맞지 않는 이인삼각 경기를 뛰는 것처럼 뒤뚱거렸다. 내가 미적분학 문제를 풀고 그 애가 행성지리학 과제를 할 때는 좋았다. 하지만 오늘 어떤 옷을 입을지, 어떤 애랑 데이트를 할지, 어떤 친구의 집에 놀러 갈지를 결정하는 일에서 나와 그 애는 사사건건 부딪쳤다. 우리는 내면의 목소리로만 다투는 법을 빠르게 익혔지만, 그럼에도 싸움이 격해지면 무심코 외적 목소리로 화를 내곤 했다. "좀 닥쳐봐. 넌 왜 내가 하는 일마다 시비를 걸어?" 그러다가 같이 점심을 먹던 준을 체하게 하거나, 데이트하던 은지를 당황하게 하고 나면 다음 날부터는 샐리라는 애가 좀 미쳐 있다는 소문이 학교에 돌았다. 나는 최선을 다해 사람들의 호감을 사려고 애썼지만 그 애는 대체로 그 노력을 최선을 다해 망치는 쪽이었다. 호감을 얻는 것보다 조롱의 대상이 되는 것이 쉬웠고, 우리는 한패로 묶여 고립되었다.

내가 표면에 있을 때와 그 애가 표면에 있을 때의 감각은 확연히 달랐다. 내가 의식을 지배하고 몸을 움직일 때, 나는 한 번도 그것이 부자연스럽다고 생각한 적이 없었다. 몸의 근육과 신경 하나하나가 나에게 속해 있었고, 내 몸은 자아와 긴밀하게 연결된 상태였다. 하지만 그 애가 표면으로 올라가면 무언가가 달랐다. 그 애는 몸을 불편해했다. 그 감정이나 느낌이 정확히 말로 옮겨진 건 한참 뒤의 일이었지만, 나는 그 애가 몸을 마치 역겨워하는 듯한 느낌을 받았다. 그래서 처음에는 그 애가 나를 싫어한다고 생각했는데, 그런 문제가 아니었다. 그 애는 몸을 직접 움직일 때보다 의식 아래에 있는 것을 편안해했다. 그래서 주로 밤이 그 애의 시간이 되었다. 밤에는 밖에 돌아다니거나 쇼윈도에 얼굴을 비춰 보거나 하는 일이 없었고, 주로 침대나 책상에서 가만히 시간을 보낼 수 있었으니까.

은하생물학 교과서에서 셀븐인들의 기이한 신경 구조에 대한 짧은 언급을 발견한 이후로, 나는 학교 도서관에서 은하 네트워크에 접속해 셀븐인들에 대한 정보를 모았다. 지구와 셀븐 사이의 행성 영토 분쟁이 극심하던 시기였고, 그래서 셀븐에 대한 호의적인 자료를 찾기가 쉽지 않았다. 셀븐인들은 다 정신이 나가 있다든가, 그놈의 다중 자아 때문에 변덕이 들끓는다든가, 셀븐인들과의 외교는 미친 사람을 상대하는 것과 마찬가지라든가……. 어쨌든 그런 편파적인 주장들 사이에서, 나는 셀븐인 대부분이 우리처럼 태어난다는 걸 알게 되었다. 우리가 서로에게 의식을 바통 터치하듯 넘기는 걸 '전환'이라고 부른다는 것도, 행성 셀븐에서는 서로 다른 자아들을 조화롭게 잘 다루며 살아가는 법을 자연스럽게 배운다는 것도 알게 되었다. 하지만 우리가 그런 것을 이곳 지구에서 익힐 방법은 없었다.

자라면서 나는 그 애가 느끼는 불쾌감의 정체를 좀 더 세세하게 인지했다. 그 애는 몸에 나타나기 시작하는 여성적인 특징들을 무척 싫어했다. 나체를 드러내야 할 때, 그러니까 옷을 갈아입거나 몸을 씻어야 할 때마다 그 애는 나에게 전환으로 의식을 떠넘겼다. 거의 쓰레기를 내던지듯 하는 태도였다. 우리가 자란 지구의 시골 마을에는 성별에 따라 사람들을 다르게 대하는 고루한 관습이 남아 있어서, 그 애가 경험하는 문제는 더욱 복잡하고 골치 아팠다. 나는 정말 백 번 양보해 그 애가 내 몸에 달린 가슴과 엉덩이를 질색하는 것까지는 어쩔 수 없다고 해도, 내가 조금이라도 나풀거리는 옷을 입거나 예쁜 장식품에 관심을 가질 때마다 불평하는 건 정말 짜증이 났다.

—도대체 나한테 어쩌라는 거야.

—**멍청하게 굴지 좀 말라고. 특히 여자애처럼 행동하는 거.**

—여자애처럼 구는 게 왜 멍청한데?

애초에 그건 시골 마을의 남 말 하기 좋아하는 사람들이 억지로 만들어놓은 이상한 규범이었고, 내가 무슨 행동을 하든 그 잣대로 평가받는 걸 피해 갈 수는 없었다. 나는 그 애가 바보같이 한심하고 다른 사람들의 평가에 지나치게 민감하다고 생각했다. 하지만 우리는 한 몸이었고, 그 애가 느끼는 괴로움은 나에게도 흘러들어 와서 나는 수프에 적신 빵처럼 축축해졌다. 그 애가 거울 앞에 설 때마다 몸을 경멸하는 것이 싫어서, 의식을 전환한 다음에는 최대한 무의식 깊은 곳으로 숨었지만, 몰아치는 감정은 나에게도 상처를 남겼다.

어른이 되자마자 도망치듯 지구를 떠난 건, 떠나는 일에 대해서는 서로 합의조차 필요하지 않았던 건, 아마 그 때문이었을 것이다.

지구를 떠나자 우리를 향하던 정형화된 역할에 대한 기대도 흐릿해졌다. 적절한 무관심이 우리를 편안하게 해주었다. 우리가 10분마다 자아를 바꿔가며 변덕스럽게 굴어도, 낮과 밤에 각기 다른 파격적인 스타일로 나타나도, 다정했다가 무뚝뚝하고 신경질적이었다가 차분해져도, 사람들은 우리를 이상해하지 않았다. 지구에서 멀어질수록 지구인들과는 외모도 사고방식도 다른, 기이한 인류의 아종들이 뒤섞이는 장소가 많아졌다. 그런 곳에서는 지구인들의 고루한 기준이 통하지 않았고 대뜸 성별을 묻거나 외견으로 특정한 행동 양식을 추측하는 일도 드물었다. 하지만 그 애가 가진 어떤 근본적인 불일치의 감각, 불쾌감은 사라지지 않았다. 그 감각만큼은 계속 남아서 그 애와 나를 괴롭혔다.

지구 출신들은 셸븐인을 어떤 면에서는 멸시하면서도 특정한 영역에서는 환영했는데, 특수 다이버가 바로 그런 일 중 하나였다. 지구인들보다 물속에서 훨씬 오래 머물 수 있고 압력을 잘 버티는 우리는 어렵지 않게 일을 구했다. 낮과 밤의 구분이 뚜렷한 행성에서는 내가 아침부터 오후까지 수중촬영을 보조했고, 저녁과 밤에는 그 애가 의식 위로 올라와서 밀린 집안일을 처리하거나 업무 연락에 답장을 보냈다. 시간이 지날수록 나는 그 애와 나의 물 아래 특기가 다르다는 것을 알아챘다. 나는 얕은 곳에서 장비 없이 자유롭게 헤엄치는 것을 좋아했다. 그 애는 최대한 아래로 내려가는 것을 선호했고 깊은 바닷속에서도 편안하게 머물렀다. 둘 다 유용한 능력이었으므로, 우리는 상황에 따라 자아를 전환하며 바다에서의 시간을 나누어 썼다. 우리는 새로운 일을 구할 때마다 점차 태양계에서 멀어지는 방향으로 떠났다. 그것으로 우리의 근본적인 문제가 해결되진 않았지만, 적어도 그 문제를 잠시 잊을 수는 있었다.

*

류경아를 만난 건 오리온자리를 떠난 직후였다. 한 달 정도 휴식을 위해 머물렀던 휴양지 행성에서, 해양 다큐멘터리 촬영 스태프를 구한다는 공고를 보았다. 쉬러 왔으니 나는 흘끗 보고 넘겼는데 뜻밖에도 그 애가 먼저 입을 열었다.

—저 촬영, 가보고 싶어. 물속에서는 내가 움직일게.

구인 공고에는 짧은 샘플 영상이 붙어 있었다. 그 애는 몇 번이나 영상을 돌려보았다. 그냥 바다잖아. 우리가 수도 없이 보아왔던 바다. 뭐가 다르다고. 내가 투덜거렸지만 그 애의 시선이 글라스 안에서 정신없이 움직였다. 고요한 물속을 헤엄치는 비정형의 오렌지색 생물들. 비단으로 만든 리본처럼 움직이면서 서로를 묶어 매듭지었다가 다시 풀려나가는 꿈틀거림이 특이했다.

스태프들과 통성명을 하고 점심을 먹으며 지금까지 어떤 촬영을 했는지 듣는 동안 나는 의식을 쥐고 있었다. 내가 원해서 온 일은 아니었기에 내키지 않았다. 그다음부터는 그 애의 차례였다. 몸을 풀고, 촬영 포인트의 위치를 듣고 테스트를 위해 입수하는데, 이름을 모르는 다이버가 수중 카메라를 들고 같이 입수했다. 다이버는 우리와 거리를 약간 둔 채로 따라오고 있었다. 무의식의 영역에서 꾸벅꾸벅 졸던 나는 어느 순간 그 애가 다이버를 엄청나게 신경 쓰고 있다는 걸 깨달았고, 살며시 그 애의 의식에 내 의식을 겹쳤다.

햇빛이 비치는 얕은 바다였다. 오렌지색 리본의 무리가 보였다. 샘플 영상에서 보았던 것과 비슷했지만 어마어마하게 많았다. 리본 생물체들은 마치 춤추듯 서로를 묶었다가 풀었다가 하며 거대한 원을 그렸다. 그 원 안에 우리를 따라온 다이버가 있었다. 한참을 더 지켜보고서야 다이버가 리본 생물체들과 장난을 치고 있다는 걸 알았다. 표정은 잘 보이지 않아도 몸짓에서 즐거움이 느껴졌고, 리본 생물체들은 조금은 경계하면서도 호기심을 느낀 듯 다이버에게 다가갔다.

이렇게 밝은 곳은 그 애가 좋아하는 깊이가 아닐 텐데도, 나는 그 애의 마음속에서 어떤 흥미로운 감정이 일렁이는 것을 느꼈다. 다이버가 위로 올라가자는 수신호를 보냈다. 우리는 그를 따라 물 위로 올라가 우리를 기다리던 스태프들과 합류했다. 순간 그 애가 나에게 의식 전환을 요구했고, 나는 갑작스레 의식의 표면으로 내던져졌다. 전환 때문인지 몰라도 심장이 쿵쿵거리며 뛰었다. 다이버가 고글을 벗자 바닷물이 주르륵 흘러내리며 동그랗고 귀여운 얼굴이 드러났다. 물속에서는 몰랐는데 체격은 나보다도 한참 작았다. 그가 바로 이 촬영을 총괄하는 류경아였다.

파라솔 아래에서 수건으로 얼굴을 닦는 류 감독을 흘끔거리며 훔쳐보다가, 눈이 마주쳐서 나는 화들짝 놀랐다. 고개를 반대쪽으로 돌렸는데 류 감독이 먼저 말을 걸어왔다.

"역시 듣던 대로 대단하시네요. 오늘은 시야도 별로 좋지 않았는데 첫 입수에 그렇게 잘 찾으실 줄 몰랐어요. 샐리A.

아, 방금 샐리B 쪽으로 돌아왔네요?"

그건 무슨 이상한 호칭이람.

"어, 어……. 샐리B라고요?"

나는 그게 무슨 의미인지 잠시 뒤에 깨닫고 놀라서 입을 벌렸는데, 다음 순간 내가 아주 멍청해 보이는 표정을 지었을 거라는 생각이 들었다. 류 감독은 재미있다는 듯 웃으며 나를 보고 있었다.

"저, 감독님은 우릴 구분해요?"

"다른 사람들은 구분 못 해요?"

질문이 되돌아왔다. 나는 바보가 된 기분으로 고개를 끄덕였다. 우리를 오랫동안 알고 지낸 사람들도 우리에게 두 명의 자아가 있다는 것만을 알 뿐, 이렇게 짧은 시간에 전환한 나와 그 애를 알아차리지 못하는데. 류경아는 장난인지 진심인지 모를 어조로 말했다.

"이 일을 오래 하다 보면 관찰을 잘하게 돼요. 게다가 둘이 많이 다른걸요? 아까 인사 나눌 때부터 지켜봤어요. 지금은 샐리B, 스트레칭할 때부터 물 위로 올라왔을 때까지는 A였죠? 표정이 달라요. 움직임도, 자주 쓰는 손짓도."

나는 가만히 듣고 있다가, 왠지 모를 억울함에 물었다.

"그런데 왜 제가 샐리B예요? 제가 더 일도 많이 하고 더 오래 깨어 있는데요. 하려면 걔가 B여야죠."

양면의 조개껍데기

"아, 그렇구나." 류경아가 씩 웃었다. "이름을 구분해 부를까요? 순서가 없는 걸로."

이번 촬영이 끝나면, 류경아는 마음이 맞는 스태프들과 함께 먼 우주의 해양 연구 기지를 돌아다니며 장편 다큐멘터리를 촬영할 계획이라고 했다. 우리에게도 합류하지 않겠냐고 권했고 우리는 망설임 없이 류경아의 팀을 따라갔다. 류경아는 나와 그 애를 각각 '라임'과 '레몬'으로 불렀다. 나는 샐리가 아닌 이름으로 불리는 것에 거부감을 느꼈지만 그 애는 이상하게도 레몬이라는 이름이 아주 편안하다고 했다.
―어쩌면 난 예전부터 내가 샐리가 아니라고 생각했는지 몰라.
―그럼 네가 뭐라고 생각했는데?
―글쎄. 이물질 같은 거?
우리는 점점 일 이외의 목적으로 류경아를 만나는 시간이 늘어났다. 언제부터라고 콕 집어 말할 수 없을 만큼 자연스럽게 나와 레몬, 그리고 류경아의 기묘한 연애가 시작되었다. 류경아는 예전에도 비독점적 연애로 관계를 맺어왔다고 했다. 파트너가 한 명일 때도 여러 명일 때도 있었지만 기본적으로 열린 관계였다고. 반면 나는 소꿉놀이 수준을 벗어난 연애가 처음이었고, 레몬도 그랬다. 나와 레몬은 사사건건 부딪치고 싸워댔지만 서로가 연적이 된 적은 한 번도 없었다.

그러니 재난은 예정된 것이나 마찬가지였다.

―레몬. 제발 경아 만날 때 나한테 그 감정들 쏟아내는 거 안 하면 안 돼? 진짜 미치겠어. 스트레스 받는다고.

―넌 안 그러는 줄 알아? 알아서 차단해. 무의식 아래로 처박히라고.

내가 류경아를 독점할 수 없다는 사실까지는 어떻게든 납득했다. 설령 나와 레몬이 샐리라는 하나의 몸으로 묶이지 않았더라도, 류경아와의 관계를 위해서는 독점하지 않는 사랑의 방식을 배워야 했을 것이다. 설령 류경아가 안 보이는 데서 새로운 파트너를 만든다면 속은 좀 쓰리겠지만 견딜 수 있었다. 하지만 내가 사랑하는 사람이 나를 사랑하는 동시에 나의 타자아를 사랑하고, 그 타자아가 나에게 끊임없이 자신의 복잡한 감정과 접촉의 순간들을 무의식중에 흘려보내는 이 상황은 도저히 감당할 수 없었다. 나를 바라보던 류경아의 다정한 시선이 똑같이 레몬을 향할 때. 그것을 레몬과 감각을 공유하며 보아야 할 때. 아니, 심지어 레몬에게 향하는 시선에 더 깊은 감정이 담겨 있다고 느낄 때. 그럴 때면 감각을 차단하는 방법을 알고 싶었다.

레몬은 레몬대로 나보다 더 큰 혼란에 빠졌다. 그 애는 류경아와의 관계 속에서 원래 느끼던 성 불일치감 외에도 온갖 혼란을 덤으로 경험하고 있었다. 그러니까 이런 고민이었다.

류경아는 샐리가 여자여서 좋은 걸까? 우리 둘 다 연인으로 사랑한다고는 하지만, 아무튼 샐리가 가진 여성의 몸이 좋은 거 아닌가? 레몬 자신이 스스로를 남성으로 여기는 상황에서도 이 관계가 지속될 수 있을까? 샐리로 살아가는 게 편안한 자아와, 샐리의 몸이 불편한 자아 둘과 연애를 한다면 편안한 쪽에 훨씬 마음이 가지 않을까? 레몬이 의식을 점령할 때면 그 혼란은 단지 심리적 고통만을 초래하는 것이 아니라 물리적인, 신체적인 고통을 유발했다. 폭풍처럼 휘몰아치는 불안, 우울감, 무기력, 공포가 무의식에 숨어 있던 나를 끄집어 올려 맨바닥에 내팽개치는 것 같았다.

―류경아랑 헤어지고 왔어.

―뭐? 너 미쳤어?

―이건 지속 못 해. 정신 나간 짓이야. 우리 둘 다 처음부터 시작도 하지 말았어야 했다고.

―야, 지금 누구 마음대로…….

그 사건은 내가 레몬을 불신하게 된 결정타였다. 루피너스에 도착한 직후 레몬은 도저히 이 고통스러운 연애를 지속할 수 없다는 독단적인 판단으로 류경아에게 이별을 통보하고는 나까지 류경아를 못 만나도록 방해했다. 레몬은 일방적인 통보 다음 날부터 열두 시간씩 울기 시작했고, 내가 의식을 강제로 전환하려고 하면 미친 사람처럼 소리를 질렀다. 결국 호텔 방까지 찾아온 류경아가 레몬을 하루 종일 설득한 끝에 우리는 다시 관계를 유지하기로 했지만, 나는 더 이상 레몬을 믿을 수 없었을뿐더러 더는 그 애가 퍼붓는 불안의 감정에 휩쓸리기 싫었다.

 처음부터 다시 생각해보았다. 무슨 짓을 해도 바꿀 수 없는 조건은, 레몬과 내가 샐리라는 하나의 몸을 공유해야 한다는 것이다. 셀븐에서는 어쩌면 자아가 타자아를 살해하는 사건이 이미 많이 벌어졌으리라는 생각이 문득 들었지만 어쨌든 지금 그건 선택지가 되지 못했다. 그럼 바꿀 수 있는 건 뭘까. 나는 셀븐에서 종종 셀븐인들이 자아 간의 적절한 통합에 실패했을 때, 분리 시술을 하기도 한다는 것을 책에서 읽어 알고 있었다. 뇌관 교류체를 끊어 각각의 자아가 서로에게 영향을 끼치지 못하도록 하는, 말 그대로 고유한 자아로 분리되어 살아가도록 하는 시술이었다. 만약 그걸 하면 레몬은 더 이상 불쑥 말을 걸어오지도, 자신이 느끼는 고통을 마구 나에게 흘려보내지도 않을 것이다. 반대 방향으로도 할 수 없을 것이다. 레몬도 내가 제발 그만하라고 화를 내거나 불평하는 일에 이미 질려 있을 터였다. 분리한다고 해서 자아 간 대화가 불가능한 건 아니다. 개인 디바이스로 편지를 남기든 메모를 하든 방법은 있다. 지금처럼 수시로 전환하는 것이 아니라 하루의 시간을 딱 맞게 나누어 쓸 수도 있을 것이다. 그러면 오히려 우리는 지구인적인 의미에서 '친구'가 될 수 있을지도 모른다.

거기까지 생각하고 보니 레몬과 내가 서로의 삶을 너무나 침범하며 살아왔단 생각이 들었다. 어떻게 그럴 수 있었을까?

미룰 이유가 없었다. 루피너스에서 시술이 가능한 병원을 물색하고 상담 전화를 돌리는 동안 레몬은 아무 말이 없었다. 화가 난 기색조차 비치지 않았다. 그러니 나는 레몬이 이 분리에 동의할 것이라고 예상했다. 불쾌할 수는 있겠지만 적어도 날 방해하지는 않을 것이라고 생각했다.

─날 그냥 이 구덩이에 처박아놓고 싶은 거겠지.

레몬이 그런 반응을 보일 줄은 정말 몰랐다.

*

─레몬, 나랑 이야기 좀 해. 그만 피하고.

─…….

─뭘 오해한 것 같은데, 분리 시술을 하자는 게 널 버리겠다는 건 아냐. 어차피 우린 한 몸이고 네 불행은 나에게도 영향을 미쳐. 앞으로도 최선을 다해서 널 도울 거야. 그래도 도저히 이런 방식으로는 못 하겠어.

─이런 방식이 뭔데?

―그냥, 이런 거. 이 모든 것들.

―…….

―우리가 너무 가까이 있는 거. 떨어질 수 없고, 내가 하는 일들을 네가 모두 알고, 또 네가 생각하는 것들이 나에게 마구 흘러들어 오는 거.

―그럼 네가 무의식 아래로 더 깊이 들어가면 되잖아. 네가 날 자꾸 엿봐서 그런 거잖아.

―네 불안과 우울이 나에게 줄곧 밀려오고, 아무리 감각을 끊어내고 싶어도 네가 보는 장면이 나에게도 너무 선명해. 그동안 노력했어. 그런데 지금까지 해결이 안 됐어. 레몬, 네 고통을 이해해. 근데 그걸 내가 똑같이 겪어야 하는 건 아니야. 우리 각자가 지탱할 몫이 있고, 각자가 감내할 몫이 있어.

―내 고통을 이해한다고?

―레몬.

―넌 네가 샐리라고 생각하지? 그거 알아? 내가 아니었으면 넌 류경아를 만나지도 못했어. 걘 우릴 사랑하지도 않았을 거고, 우리 존재를 아예 알지도 못했을 거야. 나도 이 삶에 지분이 있어. 너만 샐리인 척 굴지 마. 넌 샐리의 일부일 뿐이라고.

―대체 무슨 소리를 하는지 모르겠다. 난 그렇게 말한 적이…….

―지금 '내 삶에서 꺼져'라고 말하는 거잖아!

─계속 말하고 있지만 그거 아니라고. 그냥 제발 거리를 좀 두자고. 서로의 삶을 지키면서 침범하지 말자는 거야. 왜 셀븐인들이 분리 시술을 발명했겠어? 셀븐인들도 결국은 이게 필요했던 거라고.

─⋯⋯우린 셀븐에 가본 적도 없어.

─레몬, 넌 타자아로서 나에게 소중해. 분리되면 우린 좋은 친구가 될 수 있어. 이렇게 파괴적이지 않은 방식으로도 충분히.

─넌 날 소중히 여기지 않아. 우리는 지구인들처럼 친구가 될 수도 없어. 애초에 지구인처럼 태어나지 않았으니까.

나는 레몬의 말에 대해 한참 생각한다. 레몬과 나의 불행은 우리가 독립적 개체일 수 없다는 점에서 비롯한다. 우리는 친구일 수도 가족일 수도 없다. 왜냐하면 그 관계들은, 모두 개별 개체에 깃든 독립적 자아를 가정하는 지구에서 생겨난 것들이니까. 그럼 우리는 대체 뭘까.

─그래. 널 타자아로서 사랑하고 싶어서, 평생 동안 노력해 봤지만 잘 안 됐어. 미안해. 그냥⋯⋯ 나와는 너무 다른 존재인 너를, 이렇게 가까이에 계속 둘 자신이 없어.

레몬은 대답이 없었다.

*

 이번에는 정말로 분리에 합의했다고 말하자, 의사는 레몬을 불러내서 시술을 잘 이해하고 있는지 몇 가지 질문을 하고는 허가서에 도장을 찍어주었다. 의사는 우리에게 한 달 치의 통합-정신조절제를 처방해주었다. 분리 시술을 받기 위한 절차였다. 조절제를 먹기 시작하면 자아가 서로를 침범하는 일이 줄어들 것이라고 했다. 준비 과정에서 주의할 점과 시술 이후의 부작용에 대한 긴 설명이 이어졌다. 사실 지구인 의사가 이 시술이나 셸븐인의 정신 구조에 대해 잘 알 것 같지는 않았고, 그도 단지 매뉴얼을 읽어주는 것처럼 보였다. 의사는 조절제를 먹는 동안 절대로 강제 전환을 하거나 한 자아가 다른 자아를 찍어 누르는 일이 없게끔 주의하라고 했다.
"그랬다간 치명적인 문제가 생길 겁니다."
 통합-정신조절제는 처음에 별다른 효과가 없었다. 나는 여전히 레몬의 불안과 우울에 마구 휩쓸리면서, 의사가 우리를 단념시키려고 대충 아무 약이나 처방한 게 아닐까 의심했다. 하지만 일주일이 지나고 한 달이 지나자 감정 상태가 확연히 안정되었다. 레몬도 의식 위에 있을 때 멍하니 시간을 흘려보내거나 하는 일이 줄었다. 내가 류경아를 만나고 있을 때 불쑥 레몬이 튀어나오는 일도, 레몬과 류경아가 시간을 보낼 때 그 감정이나 감각이 무의식중에 있는 나를 괴롭히는 일도 점점 줄었다.

의식 전환은 오히려 더 매끄러워졌다. 예전에는 레몬이 마구잡이로 내 의식에 끼어들거나 반대로 내가 레몬에게 그러는 경우가 잦았다. 그럴 때마다 우리의 자아는 거세게 충돌했다. 하지만 조절제를 먹는 동안은 절대 그런 끼어들기식의 전환을 해서는 안 됐고, 또 어차피 분리된 이후에는 불가능해질 일이었다. 우리는 철저히 사전 합의에 따라 전환하기 시작했고 물속에서 일을 할 때 그 결정은 특히나 유용했다. 후회되는 건, 이 모든 걸 왜 더 일찍 하지 않았을까 하는 것뿐이었다.

분리 시술을 준비하고 있다고 류경아에게 말한 건 조절제를 먹은 지 한 달을 넘어선 무렵으로, 나도 레몬도 둘 다 시술에 대한 확신이 섰을 때였다. 류경아는 내가 침착하게 늘어놓는 이야기를 말없이 들었다. 나와 레몬 사이에 있었던 갈등과, 한 연인을 둔 두 자아로서 경험하는 고통과, 서로의 영역을 지키며 함께 살아가기 위한 결정에 대한 것들을. 류경아의 표정은 어두웠다.

"그게 최선인지 모르겠어. 이건 비가역적인 시술이잖아."

나는 레몬과 도저히 분리될 수 없었던 지금까지의 삶에 대해 생각해보았다. 그리고 레몬과 조금 떨어져서, 그 애를 독립적 존재로 간주할 수 있는 이후의 삶에 대해서도 생각해보았다.

"각오는 됐어. 그냥 거리를 두는 거야. 모든 지구인이 서로에 대해서 약간의 거리를 두고 살아가잖아. 그러면서도 서로 친구가 되고 연인이 되잖아. 레몬과 나 사이에도, 딱 그 정도 거리만 더하는 거야."

그렇게 말하면서, 나는 레몬이 내 말에 동의하는지 궁금했다. 이제는 그 애의 흘러넘치는 생각을 느낄 수 없었다.

*

해안 절벽 아래에 산호초를 닮은 생물들이 서식하는 복잡한 생태계가 있었다. 루피너스의 바다는 지구인들이 매우 낯설게 여길 만한 생물들로 가득한데, 그 지역만은 지구의 열대 바다와 비슷한 느낌이었다. 요제프는 그곳에서 촬영할 장면이 몇 세기 전 이미 지구에서 사라져버린 산호초 바다를 그리워하는 사람들의 마음을 건드릴 거라고 확신했다. 한편 류경아는 너무 아름답고 평화로운 풍경을 담는 것에 거부감이 있었는데, 혹시라도 사람들이 몰려와서 이곳을 관광 행성으로 만들어놓는 것을 원하지 않기 때문이었다. 어쨌든 요제프와 류경아는 그건 편집 과정에서 차차 생각해볼 일이고,

이 생태계 풍경을 놓치기에는 아깝다는 합의에 도달했다. 그리고 오늘은 바로 그 유사-산호초 생태계의 촬영 날이었다.

해양 생물들을 놀라게 하거나 방해하지 않기 위해, 나와 류경아 두 사람만이 내려가기로 했다. 오랜만에 꽤 깊은 곳까지 긴 시간 잠수하는 일이었으므로 실수는 없어야 했다. 나와 레몬은 사전에 전환 포인트를 모두 합의했다. 입수부터 촬영 포인트까지는 레몬이, 턴해서 다시 돌아오는 길부터는 내가. 그리고 절대 서로의 차례에 끼어들지 않기로.

장비를 다 갖추고 어깨 스트레칭을 하던 류경아가 고개를 살짝 끄덕였다.

"자, 출발하자."

레몬이 의식 위로 올라갔고 나는 무의식 아래로 내려갔다. 감각은 절반 정도 열어두었다. 그래야 적절한 타이밍에 전환할 수 있었다. 레몬이 의식을 주도하는 동안 내가 감각을 열어두면 레몬의 눈과 귀로 받아들이는 세상이 나에게 흘러들어 왔다. 거기에는 어쩔 수 없이 레몬이 눈앞의 풍경이나 사람을 바라보는 관점, 혹은 마음 같은 것이 스며 있었다. 평소에는 솔직히 내키지 않는 일이었다. 레몬의 마음은 언제나 작은 요동으로 가득해서 나는 멀미를 자주 느꼈다.

레몬은 정말 잘 움직였다. 나도 물속에서는 누구에게도 핀잔을 들어본 적이 없는데, 류경아가 왜 그렇게 레몬과 나의 차이를 한눈에 알아봤는지 알 수 있을 정도로 레몬은 더없이 편안하고 자유롭게 헤엄쳤다. 레몬이 가이드하고, 류경아가 따라왔다. 류경아도 지구인으로서는 꽤 뛰어난 편이었지만 아무래도 셀븐인의 신체를 따라갈 수는 없었다.

촬영은 순조로웠다. 레몬은 유사-산호초 생물 사이를 돌아다니는 류경아를 밀착 촬영했고, 조금 떨어져서도 찍었다. 류경아도 카메라를 들고 루피너스의 생물들을 관찰하다가 휙 돌아서 레몬을 영상에 담았다. 카메라와 카메라가 마주 보는 순간도 많았다. 이곳의 생물들은 대체로 움직임이 적어서 꾸벅꾸벅 졸듯이 물의 흐름을 따라 작게 흔들릴 뿐이었다. 초콜릿도넛이나 돌멩이처럼 위에서 자주 보던 생물들도 많았는데, 저 위에서는 파티라도 열린 것처럼 요란을 떨어대던 녀석들도 여기서는 낮잠을 자는 듯 조용했다. 고요의 마법이 모든 생물들을 잠재운 것 같았다.

하지만 이 아름답고 정적인 풍경을 보는 동안, 레몬의 마음속은 자꾸 슬픔과 혼란으로 울렁거렸다. 무의식 아래 있던 나는 움찔했다. 레몬은 무슨 생각을 하는 걸까.

―*지금 전환할게.*

레몬이 무의식 아래로 내려오는 것이 느껴졌다.

나는 류경아와 수신호를 주고받았고, 촬영이 끝났다고 판단했다. 마지막으로 수평으로 이동하는 류경아를 뒤따라 헤엄쳤다. 레스큐 로봇의 위치를 찾아 그 선을 따라 올라가려는 것 같았다.

그 순간 무언가가 우리를 후려갈겼다.

시야가 까맣게 변했다. 단단하고 날카로운 것이 퍽 하고 온몸을 치고 지나갔다. 입에서 피 맛이 느껴졌다. 비명을 지를 수도 없었다. 무슨 일이 일어난 거지? 류경아는?

—*저쪽으로 가!*

레몬이 소리를 질렀다. 지금 내가 의식 위에 있다는 것을 뒤늦게 깨달았다. 내가 움직여야 한다. 하지만 몸이 마음대로 움직이지 않는다. 어디가 부러진 건가, 하필이면 지금…….

—*그 방향이 아냐. 저쪽이라고!*

나는 물거품을 토해내며 온몸을 회전했다. 우릴 치고 간 거대한 외계 생물이 보였다. 요제프가 말한 새까만 바위 같은 생물. 하지만 그쪽에도 류경아는 없었다. 나는 류경아의 고글이 물속을 떠다니는 것을 목격했고 극도의 불안감에 휩싸였다. 안 돼, 제발, 류경아가 어디 있는지 알려줘. 눈앞에는 검푸른 물의 덩어리뿐이었다. 한 번도 바다가 이렇게 공포스러웠던 적이 없었다.

—*전환해. 내가 할게.*

—전환이 안 돼!

—*제발, 조종키를 좀 놔.*

나는 속으로 비명을 질렀다. 이런 상황에서 전환해본 적이 없었다. 심장이 미친 듯이 뛰고, 패닉 상태가 되고, 사랑하는 사람을 잃을 위기에 처했을 때. 내가 의식 위에 있지만 내 마음대로 되는 것이 아무것도 없을 때. 이럴 때는 전환이 되지 않는다는 걸 누구도 나에게 말해준 적이 없었다.

—도와줘, 어떻게 하는 건지 모르겠어…….

—*비켜. 이 멍청아!*

레몬이 내 의식을 말 그대로 파고들었다. 머리가 쪼개지는 것 같았다. 고통은 머리에서 출발해서 내 신경 말단까지, 모든 근육과 뼈를 침범했다.

아득한 무의식의 세계로 나는 추락했다.

*

"기다려야 합니다. 그 방법밖에 없어요."

레몬은 깨어나지 않았다. 강제 의식 전환을 당한 것은 나였는데 왜 사라진 건 레몬인지, 나는 도저히 납득할 수 없어 의사에게 한참 따졌다. 하지만 그런다고 해서 내가 패닉에 빠져 전환을 못 했다는 것이, 나와 류경아를 구하기 위해 레몬이 강제 전환을 한 사실이 변하지는 않았다.

레몬이 의식을 강제로 전환한 이후 내 몸이 어떻게 움직였고 류경아를 찾아냈는지 전혀 기억나지 않았다. 블랙아웃을 당한 것처럼 물속에서 기억이 끊겨버렸다. 의사는 그 덕분에 내 자아가 지금 무사한 것이라고 했다. 강제 전환 직후의 정신적 충격을 레몬이 혼자 다 받아낸 것이다. 병원 모니터에서 흘러나오는 바다 영상만 봐도 몸이 덜덜 떨려와서 나는 영상을 전부 꺼버렸다. 강제 전환은 통합-정신조절제를 먹고 있던 우리의 뇌에 치명적인 부작용을 초래했고, 물 위로 올라온 이후 레몬은 어둠 깊은 곳으로 사라졌다.

의사는 레몬을 다시 불러낼 방법은 오직 기다리는 것뿐이라고 했다. 레몬이 완전히 없어진 것은 아니라고, 무의식 아래에서 레몬의 존재를 감지할 수 있다고 말했다. 하지만 지구인 의사의 말을 어떻게 믿겠는가? 나는 루피너스의 끔찍하게 느린 도서관 네트워크에 접속해 셀븐인의 전환 부작용 사례에 대해 모두 찾아보았다. 절망적이게도, 어떤 면에서는 지구인 의사의 말이 맞았다. 기다리는 것 외에 내가 할 수 있는 일은 없었다.

물 아래에서의 일을 기억하지 못하는 건 류경아도 마찬가지였다. 류경아는 바위인 줄 알고 딛고 섰던 것이 사실은 거대한 생물이었고, 그 생물이 갑자기 움직이면서 자신을 날려버려 어딘가 충돌했다는 것만을 기억했다. 보트 위에서 대기 중이던 스태프들은 샐리가 류경아를 데리고 수면 위로 올라왔을 때 이미 샐리에게 의식이 거의 없다시피 했다고 말해주었다. 레몬이 사라졌다는 사실을 안 류경아는 충격에 며칠간 말을 잃었다. 나도 그랬다. 레몬의 부재, 그건 내가 그토록 원해온 일이 아니었던가? 하지만 막상 마주하니 이건 내가 원한 일이 아니었다. 결코 아니었다.

왜 레몬이 나를 떠나면 후련할 거라고 생각했을까.

나는 멍한 상태로 병원에서 시간을 보내고, 면회실에서 류경아를 만나고, 인지 치료를 받고, 잠을 잤다. 그 시간 동안 나는 마치 몸에서 분리된 것 같은 느낌을 받았다.

더는 옆에서 말을 걸어오는 누군가가 없었다. 전환할 대상도 없었다. 내가 눈을 감으면 그냥 샐리도 눈을 감는 거였고, 내가 잠을 자면 샐리도 완전히 잠들었다. 그 사실을 견디기가 힘들었다. 적막감에 숨이 막혔다. 레몬이 사라지면 내가 그 자리까지 차지하게 되는 것이 아니었다. 우리는 그냥 둘이었기 때문에, 샐리라는 두 사람분의 세계에 딱 들어맞아온 것인지도 몰랐다.

퇴원한 이후 처음으로 혼자 샤워를 하고 거울 앞에 섰는데, 느낌이 이상했다. 레몬과 함께 있을 때 나는 그 애가 왜 자신의 몸을 경멸하면서도 몸에 대해 끊임없이 생각하는지 이해하지 못했다. 어쩌면 그 애는 자신을 편안하게 받아들일 수 없었기 때문에, 그래서 더 끈질기게 자기 자신을 관찰한 건지도 모른다.

샐리의 몸에서 문득 이질감이 느껴졌다. 왜 이 몸은, 이런 근육과 뼈를 지녔을까. 여기에 붙어 있는 가슴이, 이런 형태의 굴곡을 이루는 몸이, 전부 어색했다.

그 애는 왜 바다 깊은 곳을 좋아했을까.

아무도 나를 보지 않는 곳. 내가 어떤 존재인지 신경 쓰지 않는 곳. 아무도 나에게 너는 왜 그런 존재냐고 묻지 않는 곳. 그곳에 사는 생물들에게 나는 그냥 거대한, 혹은 조그마한 외계 생물체일 뿐인…… 그런 곳이어서.

그 사실이 편안해서.

아마 그래서였을 것이다.

*

모두에게 열흘의 휴가가 주어졌다. 요제프와 스태프들은 가까운 인공 거주구를 여행하거나 루피너스의 달에 다녀오겠다며 자리를 비웠고, 류경아와 나만 루피너스에 남았다. 우리는 오랜만에 카메라 없이 바다를 헤엄쳤다. 그 사고 때문에 물에 대한 공포가 남아 있으면 어쩌나 걱정도 했지만, 햇살이 환히 비추는 바다를 보자 두려움은 옅어졌다.

같이 시간을 보내는 동안 류경아는 즐거워 보이다가도 갑자기 훌쩍훌쩍 울었고 또 오열하곤 했다. 의사는 시간이 지나면 레몬의 자아가 회복될 가능성이 있다고 말했다. 달리 말하면 별다른 기약이 없다는 이야기였다. 류경아는 레몬이 곧 돌아올 것처럼 말하다가도 어쩌면 돌아오지 못할 수도 있다는 생각에 불안해했다.

나는 류경아가 나와 레몬 중 누구를 더 좋아하는지, 혹시 레몬을 더 좋아하는 건 아닌지 고민하다가 거의 돌아버릴 뻔했던 전적이 있었기 때문에, 지금까지 레몬을 향한 류경아의 마음을 깊이 고민해본 적이 없었다. 최선을 다해 그 마음을 모른 척해왔다. 하지만 상황이 이렇게 되니 알게 될 수밖에 없었다.

류경아는 정말로 우리를 각각의 독립적인 존재로 사랑했다. 나는 레몬을 대체할 수 없었다. 레몬이 나를 대체할 수 없는 것처럼.

"레몬이 미웠는데, 분명 분리되고 싶었는데. 마음을 도려낸 것처럼 허전해."

"거봐, 너희 둘 다 서로 싫다면서 죽상을 했지만, 가만 보면 다른 만큼 잘 맞는 구석도 엄청 많거든."

"말도 안 돼. 레몬과 내가 어딜 봐서 잘 맞아?"

"딱 보면 그런 걸 어떡해. 한 몸으로 평생 살아오면서 결국 서로를 잘 알게 된 거야. 둘이 여태 원수인 게 이상했지."

양면의 조개껍데기

"아, 정말 싫은데……."

"이제 인정해야 해."

류경아가 훌쩍거리면서도 장난스레 웃었다. 그 모습이 바보 같고 안타깝고, 또 예뻐 보여서 나는 아주 가까이서 류경아의 눈을 들여다보았다. 깜빡이는 눈에 아직 눈물이 맺혀 있었다. 눈꼬리가 접혔고, 말랑한 입술이 내 입에 닿았다.

—진짜, 꼴 보기 싫어 죽겠다.

"레몬!"

내 목소리에 류경아가 깜짝 놀라며 물러났다. 그러고는 여전히 눈물이 맺힌 채로 나를 와락 끌어안았다. 내가 볼멘 목소리로 중얼거렸다.

"나 아직 라임인데."

"그냥, 둘 다 너무 좋아서."

*

의사는 우리에게 원한다면 다시 약을 처방해주겠다고 했다. 나는 고민했지만 일단은 보류하기로 했다. 여전히 레몬과 살아가는 일은 불편함투성이였다. 하지만 모든 일을 다 편안한 상태로 만드는 게 옳은 건지도 생각해볼 문제였다.

"나중에 촬영 다 끝나면 셀븐에 가볼래?"

"그렇게 멀리까지?"

나는 류경아의 말에 놀랐다. 아주 멀리 있는 곳. 그래서 우리가 태어난 장소이지만 한 번도 가볼 생각을 못 했던 행성.

"그래. 아마 그때까진 한참, 적어도 몇 년이 걸리겠지만, 가는 경로에 촬영 루트를 배치해보면 어떨까 싶어서. 셀븐에 가면, 뭔가를…… 배울 수도 있지 않을까. 뭘 꼭 배워 와야 한다는 건 아니야. 하지만 나와 비슷한 사람들을 만나는 건, 도움이 되니까. 정말 그렇거든."

류경아는 꼭 자신이 그런 경험을 해본 사람처럼 말했다. 나는 사진으로밖에 본 적 없던 셀븐의 모습을 생각했다. 지구보다도 훨씬 넓은 면적이 바다로 뒤덮인 그곳에는 우리와 비슷한 사람들이 살고 있다. 우주 어딘가에는, 그런 세계도 있다. 그 생각을 하는 것만으로도 기분이 울렁거렸다.

"응, 좋아. 셀븐에 가자."

아주 오랜만에, 지금 이 순간 레몬이 나와 같은 생각을 하고 있다는 걸 그냥 알 수 있었다.

깊은 바다는 두려운 곳이라고만 생각했다. 나를 짓누르고 압박해오는 거대한 물의 덩어리라고.

지금 나는 바다 아래로 수직 강하하는 레몬의 감각을 느끼고 있다. 무의식 아래에서 잔뜩 긴장하며 레몬에게 감각을 포갠다. 물이 몸을 점점 무겁게 눌러오지만 레몬은 망설이지 않는다. 그 애에게 이곳은 편안한 장소, 자신이 태어난 곳 같다.

의식 위에 있는 레몬에게 나를 모두 맡기는 것은 처음이다. 그 애의 세계는 정도의 차이가 있을 뿐 언제나 조금씩 혼란스러워서, 나는 레몬에게 휩쓸리는 것을 늘 두려워했다.

처음으로 온전히 개방한 내 자아 안쪽으로 레몬의 세계가 파고든다.

그 세계는 잔잔한 슬픔과 외로움으로 가득 차 있다. 하지만 반짝이는 것들도 있다. 나는 그 세계의 슬프고 반짝이는 것들이 나에게로 건너오기를 기다린다.

오렌지색 리본 생물체가 레몬을 휙 스쳐 지나간다. 레몬은 리본 생물체를 따라 빙글빙글 원을 그리며 돈다. 그 동그란 움직임을 따라, 나는 흘러들어 오는 레몬의 감정 위에 나의 감각을 포갠다.

또다시 아래로.

검푸른 물의 세계가 우리를 압도한다. 광활한 공간 속에서 오직 우리만이 바다를 마주하고 있다. 나는 이 거대한 외로움을 직면하는 것이 두려웠었다. 하지만 레몬은 진작 알고 있었던 것이다. 이 외로운 세계가, 그렇기에 얼마나 자유로운지.

―네가 여길 왜 좋아하는지 이제 알겠어.

레몬은 내 말에 픽 웃었다.

그리고 부드럽게 한 바퀴를 돌고는, 고요한 물속을 가로질렀다.

진동새와 손편지

안녕, 나의 자아들. 다들 잘 있지?

나는 타원은하계 외곽에서 이 관찰 데이터를 남기고 있어. 분리 이후 수십만 타미드가 지났는데 왜 아직 동기화를 안 했냐고 궁금해할 자아들이 있을 텐데, 뭐라도 메시지를 보내고 싶었지만 영 내키질 않았어. '기록'은 우리에게는 늘 껄끄러운 일이잖아. 사고 언어를 있는 그대로 전달할 수 없다니.

그렇지만 한동안 동기화를 못 할 테니까 어쩔 수 없지. 지금이라도 상황을 알리는 수밖에.

나는 지금 유기체 몸에 들어와 있어. 우리가 한 번도 사용해본 적 없던 형태의 몸이지. 엄밀히 말해 원본 신체에 비하면 질이 떨어지는 모조품이지만, 탐사 구역에서 발견한 생체지문을 유기물 합성기에 넣어 신체를 만들었어. 그런데 여기서 다시 본체-조각으로 돌아가려고 했더니, 동기화 오류 가능성이 있어 정보 전송을 저속으로 해야 한다면서 2398타미드나 시간이 소요된다지 뭐야.

별수 있겠어? 얌전히 기다려야지. 하지만 이 유기체의 기억 저장 형태는 우리와 완전히 다르니 기억이 소실될 가능성을 고려해야 했어. 지금 내가 굳이 기록이라는 껄끄러운 행위를 수행 중인 이유야. 그래도 별문제가 없다면 나는 충분한 시간이 지난 후에 너희 자아들과 무사히 동기화되어 본체로 합일되겠지. 혹시나 문제가 생긴다면 그때는 이 기록이 도움이 될 것이고.

왜 하필 이런 유기체 모조 신체에 의식을 옮겼냐고 궁금해할 테지. 필요한 일이었어. 금속형-본체-조각은 감지할 수 없는 특정 감각을 분석해야 했거든. 이 유기체 모조 신체는 아이사 행성계의 두 번째 행성에 거주 중인 Z라는 생물체를 본뜬 거야. 또 외딴 행성에 가서 시키지도 않은 생물들의 주관적 감각 세계 조사를 벌이고 있는 거냐고 불평할 자아 녀석들을 위해 미리 해명하자면, 이번에는 아이사 행성계까지 직접 간 게 아니야. 오히려 거기서 무언가가 여기까지 떠밀려 온 것이지.

그건 한 떠돌이 우주선이었어. 그것도 아주 작고, 깜깜하고, 퀴퀴한 냄새가 나는.

목적지 행성으로 가던 길이었어. 경로를 막아선 떠돌이 우주선이 있다고 워프 센서가 말해주었지. 우회해서 갈 수도 있었지만 어쩐지 신경 쓰였어. 불빛도 없고, 외부 신호에도 반응하지 않고, 어느 천체에도 붙들리지 않은 채 진공을 규칙 없이 배회하는 작은 우주선이라니. 겉보기에 손상은 없었으나 마치 난파된 것 같은 우주선. 나는 탐사선의 워프 경로를 수정해 떠돌이 우주선을 구출하기로 했어. 이동 궤적을 분석하고 가까이 접근한 다음, 로프를 뻗어 우리 탐사선에 연결했어. 저항은 전혀 없었어. 그러니 아마 유령선이거나, 구조를 기다리는 거라고 확신했지.

내가 금속형-본체-조각으로 의식을 옮겨 떠돌이 우주선에 진입했을 때 처음으로 인식한 것은 완전한 어둠이었어. 불필요한 빛을 일부러 모두 쫓아낸 것 같은 어둠. 내부 대기는 질소와 산소로 채워져 있어서, 산소 호흡을 하는 유기체들의 우주선이라고 짐작했지. 난투나 침입, 선상 반란의 흔적은 없었어. 선상 반란이 일어나기에는 너무 작은 우주선이었고. 레이더가 순식간에 분석을 마치고는, 공간 규모와 온도를 고려했을 때 이 우주선에 생물이 거주할 만한 곳은 딱 두 군데, 제어실과 생활실뿐이라고 알려주었어.

너무 깜깜해서 기본 시각 모드로는 감지되는 것이 없었지. 스펙트럼 감지 범위를 조금 넓혀봐도 마찬가지였어. 광원 장치가 고장 났거나 드물게 시각 기능이 없는 생물이 운항하거

나. 나는 두 가능성을 모두 고려하면서, 시각 감지 영역을 최대로 넓혔어.

그리고 경악하고 말았어.

난파선도 유령선도 아니었어. 이 우주선은 몹시 이상한 생물들로 가득 차 있었지. 놀이용 공처럼 동그랗고 몸을 부풀리며 튀어 오르는, 작은 날개를 버둥거리며 부리로 콕콕 사방을 쪼아대는, 그리고 끊임없이 몸을 떨어대는 생물들로.

조금이라도 비집고 들어갈 만한 모든 공간과 틈새에 그 동글동글한 생물들이 있었어. 바닥에도, 천장에도, 벽 수납장에도.

나는 지금도 그들의 진짜 이름을 몰라.

하지만 우선은 그 생물을 '진동새'라고 부를게.

*

진동새들은 우주선을 점령하고 있었어. 외형을 자세히 살펴보니 비행하는 생물들 특유의 신체 구조가 드러났지. 처음에 나는 그 진동새가 이 우주선의 소유자거나 적어도 항해 권한을 쥐고 있는 생물이라고 생각했어. 하지만 그렇게 단정하기에는 이상한 점이 많았지. 그들이 이 우주선을 운항하는 존재라면 왜 우주선은 떠돌이처럼 배회하고 있을까? 왜 이렇게 진동새 개체 수가 많을까? 혹시 우리처럼 집단 네트워크를 이루어 지성 활동을 수행하는 존재들일까? 하지만 그렇게 보기에는 T형 행성에서 주로 발견되는 전형적인 개체중심적 동물의 형태를 하고 있는데?

무엇보다 우주선에는 누군가 황급히 자리를 비운 흔적이 있었어. 아무리 보아도 진동새가 사용했을 것 같지는 않은 침구와 옷, 식기 등이 남아 있어서 나는 우주선의 운항을 맡은 다른 생명체가 있었을 것이라고, 그리고 그가 이곳을 떠나면서 발생한 우주선의 이탈 현상으로 이 우주선이 어디에도 고정되지 않은 채 떠돌게 된 것이라고 추측했어. 사고인지 의도된 현상인지는 아직 알 수 없었지만. 그 침구와 식기가 진동새들의 덩치에 비하면 너무 컸거든.

그렇다면 이 진동새들은 대체 무엇일까.

진동새가 우주선의 진짜 주인이든 혹은 주인의 반려 생물이든, 나는 그 우주선을 가득 채우고 시끄럽게 몸을 부르르 떨고 있는 녀석들의 정체를 알고 싶었어. 추가 조사를 결정하고 제어실과 생활실을 꼼꼼히 살펴보았지만, 단서가 될 만한 문자 혹은 음성 기록은 없었어. 한 가지 신경 쓰였던 건 그곳에 시각 정보를 출력하는 기기가 전혀 없었다는 거야. 각 문명이 제작하는 우주선의 형태는 생물들의 신체 특징에 따라 다양하지만, 어떤 시각 정보도 활용하지 않는 우주선은 극히 드물다고 봐도 무방하지. 그러나 이 우주선은 바로 그렇게 만들어져 있었어.

나는 진동새들을 가까이서 살펴보았어. 우주선을 가득 채운 이 말썽꾸러기 생물들은 자기들끼리 몸을 부딪치고, 바닥에 떨어졌다가 다시 위로 튀어 오르고, 서로를 콕콕 쪼아대며 무척 부산스럽게 움직였어. 하지만 나의 금속형-본체-조각을 경계하는 것 같지는 않았어. 어쩌면 내가 그 우주선에 탑재된 다른 기계들과 닮았다고 여겼는지도 모르지.

처음에 나는 이 진동새들이 우주선 주인의 영양 공급원일 가능성을 염두에 뒀어. 즉, 항해에 필요한 식량으로 태웠을 가능성이었지. 진동새들에게는 가장 나쁜 상황을 가정한 것인데, 다만 가만히 관찰해보니 이 진동새들은 나에게 무척 호의적인 데다 긴장하거나 위축된 기색이 전혀 없었고, 우주선 내에도 도살의 흔적은 보이지 않았어. 진동새들은 잘 돌보아진 듯 털에 윤기가 흘렀고 활기차고 건강해 보였지. 그러니 진동새들은 식량보다는 우주선 주인의 반려 생물일 가능성이 컸어. 하지만 반려 생물을 이렇게나 많이 기른다고?

진동새들은 우주선의 거의 모든 곳에 있었지만 특히 제어실을 거의 꽉 채우다시피 하고 있었어. 생활실은 원래 주인이 지낼 공간이 필요했던 탓인지 제어실에 비하면 수가 적었지. 하지만 생활실에도 진동새들이 많긴 했어. 생활실 크기의 절

반쯤 되는 커다란 테이블 위는 전부 진동새들이 차지하고 있었지.

내가 진동새들에게 천천히 팔을 내밀자, 진동새들은 호기심을 보였어. 나는 금속 팔을 천천히 돌려 보이며 그들을 해칠 의도가 없다는 걸 보여주었어. 그때 진동새 한 마리가 툭툭, 툭툭, 내 팔을 가볍게 쪼았고 내 시각 센서를 그 새 쪽으로 향하는 순간, 이상한 일이 일어났어.

보이지 않는 누군가가 갑자기 거대한 침묵을 지시한 것처럼, 부산스럽던 진동새들의 진동이 뚝, 동시에 멈춘 거야.

침묵 속에서 방금 다가온 진동새가 내 팔을 콕 쪼더니 어딘가를 가리켰어. 무엇을 요구하는지 처음에는 알 수 없었지. 진동새는 여러 번 그 동작을 반복했고, 나는 뒤늦게 진동새가 가리키는 방향으로 가야 한다는 걸 알아차렸어. 그곳에 있는 수납장을 열자 먹이 봉투가 가득했지. 먹이처럼 가공된 톱밥인지, 아니면 톱밥 형태의 다른 유기물인지 몰라도 진동새들은 그걸 원하는 것 같았어. 그들의 부리나 날개만으로는 꺼내기 어려워 보였거든.

나는 조그만 먹이 봉투를 금속 팔에 달린 집게로 집어서 아까 그 진동새 앞에 놓은 다음, 봉투 끝을 살짝 찢었어. 진동새는 먹이를 받아먹더니, 몸을 크고 동그랗게 확 부풀렸어. 그다음에 일어난 일에 나는 몹시 당황했어. 진동새가 몸을 급격하게 떨기 시작했거든.

부르르르르르르르르르르르르 르르르르르르 르르르르.

공격 전조인가? 경계 행위일까? 당황스러웠지만 나는 진동새가 진동을 멈출 때까지 기다렸어. 먹이를 달라고 해서 줬는데 몸집을 부풀리고 몸을 떨다니. 보통 T형 행성의 개체중심적 생물들에게 그런 행위는 상대에게 위력을 과시하는 일이지. 진동새들이 나를 공격할지도 모른다고 생각했어. 적어도 위협을 가하거나.

하지만 아무 일도 일어나지 않았어.

진동을 멈춘 진동새는 다시 얌전해졌어. 방금 몸을 부풀리고 잔뜩 떨었던 일도 없었던 것처럼 굴었지. 그런데 그다음에, 또 다른 진동새가 나의 금속 팔을 콕 쪼았어. 또 먹이를 달라는 것일까? 방금 일어난 일은 당황스러웠지만 이번에도 같은 결과가 일어날지 알고 싶었어. 봉투에서 먹이 하나를 꺼내서 방금 나를 콕 쪼았던 진동새에게 주었지.

그러자 진동새가 진동을 시작했어.

부르르르르르르 부르르 부르르르르르르르르르르르 부르르.

이번에는 예상한 일이었으니 당황하는 대신 얼른 진동새를 관찰했어. 그리고 한 가지를 발견했지. 진동새들은 처음 마주친 이후부터 계속 수시로 몸을 부풀려 소란스럽게 진동했지만, 먹이를 주기 전에는 이런 식으로 '질서 있게' 진동하지 않았어. 그냥 무작정 몸을 떨고 바닥을 통통 튀어 다녔지. 먹이를 주는 행위가 이 녀석들에게서 어떤 질서 있는 진동을 촉발한 거야.

또 다른 진동새들이 내 앞에 줄을 섰어. 하지만 먼저 확인해볼 것이 있었어. 나는 주위를 둘러보다가 제일 처음에 나를 콕 쪼았던 진동새를 찾아냈어. 그 첫 번째 진동새는 먹이를 이미 한번 먹은 터라, 내가 내미는 먹이에 관심이 없어 보였지. 그렇지만 나는 바로 그 진동새가 필요했어. 끈질기게 먹이를 내밀자 그 진동새는 약간 진저리를 치는 것 같더니, 나에게 다가와 먹이를 또 먹었어. 그리고 아까와 똑같이 몸을 부풀리고 진동을 시작했지.

부르르르르르르르르르르르 르르르르르르 르르르르.

첫 번째 진동새가 진동을 끝낸 이후에, 나는 곧바로 조금 전의 두 번째 진동새에게 먹이를 하나 더 건넸어. 두 번째 진동새 역시 먹이를 두 번 먹는 것을 내켜하지는 않았지만, 먹이를 거부하지도 않았지. 진동새는 진동을 시작했어.

부르르르르르르 부르르 부르르르르르르르르르르 부르르.

서서히 단서가 보이기 시작했지.

나는 세 번째 진동새, 네 번째 진동새에게 먹이를 주었어. 그리고 첫 번째부터 네 번째까지 다시 먹이 주기를 반복했지. 패턴을 확인한 다음에는 다섯 번째, 여섯 번째 진동새로 넘어갔어. 그렇게 한참을 반복하고 나니 분명한 결론에 도달하게 되더군.

이들은 결코 우연히 여기에 있는 것이 아니라는 결론 말야.

*

나는 우주선에 있는 거의 모든 진동새에게 먹이를 주었어. 우주선에는 진동새가 아주 많았기 때문에, 또 한 마리에게 먹이를 여러 번 주기도 했기에 시간이 무척 오래 걸렸지. 그러면서 진동새들의 진동 패턴을 금속형-본체-조각의 메모리에 데이터로 기록했어. 그건 지속 시간과 짧은 멈춤, 그리고 전체 진동 시간으로 구성되는 일련의 체계를 구성하고 있었어.

제어실에는 진동새의 진동 패턴을 바꿀 수 있는 올록볼록한 막대 도구도 있었어. 진동새가 막대에 몸통을 대고 있을 때, 움푹 파인 곳과 툭 튀어나온 곳에 팔을 올리면 진동새가 각각 다른 방식으로 짧게 진동했지. 진동새에 부호를 한 자씩 입력하는 것처럼. 내가 그 도구를 능숙하게 쓰지 못한다는 걸 깨달은 진동새가 나에게 짜증을 잔뜩 내는 바람에 한참 걸렸지만, 결국 나는 진동새 한 마리에게 새로운 진동 패턴을 부여하는 데에 성공했어. 일단 패턴을 바꾸고 나면 그 진동새는 먹이를 줄 때마다 바뀐 패턴으로만 계속해서 다시 진동했지. 완벽한 재현율로, 별다른 오차도 없이.

자, 정리해볼게. 진동새들은 고유한 진동 패턴이 있어. 거의 완벽하게 재현되는 패턴이지. 필요하다면 그들에게 새로운 패턴을 다시 써넣을 수도 있어. 그럼 진동새들은 무엇이 될 수 있을까?

지금부터 내가 알아낸 사실을 최대한 근거에 기반해 전달해보려고 해. 물론 여기에는 상상과 비약이 있을 테지. 작은 우주선 내에서 얻을 수 있는 정보는 한정적이었어. 그러나 이런 결론을 내리기엔 충분해.

내가 추측한 바로, 진동새들은 말 그대로 '문자'였어.

그 자체로 하나의 기록 체계였던 거야.

우주선의 원래 주인은, 직접 목격하지는 못했지만 그가 남긴 바이오 흔적들을 탐사선에 가지고 와서 분석한 결과, 아이사 행성계에 거주하는 지성체로 추정되고 있어. 우주선을 먼 곳까지 끌고 올 만큼 발전된 문명을 이뤘지. 하지만 그들, 지금부터 Z라고 칭할 그들에게는 다른 문명과 구분되는 아주 독특한 특징이 있어.

내가 우주선 내부를 관찰한 바로는, Z들에게는 빛이 필요하지 않은 듯해. 그들의 문명은 시각 정보를 사용하지 않아. 그래서 이 우주선은 광원 하나 없이 깜깜하고, 제어실의 제어 기판도 시각적으로는 아무런 정보도 제공하지 않는 혼돈의 상태였던 거야. 나는 그들이 소리조차 필요로 하지 않았을 거라고 추론했어. 우주선 내에서 어떤 형태의 질서 있는 청각 신호도 검출되지 않았거든. 비상 구조 버튼으로 발신할 수 있는 신호는 다른 문명과 소통하려는 목적의 소리 신호였지만, 마치 소리를 들어본 적 없는 존재들이 상상으로 만들어낸 소리처럼 이상하고 기묘했지. 유의미한 정보가 될 만한 냄새 분자도 우주선 내에 없었어. 그렇다면 그들의 중심 감각은 뭘까?

나는 그들이 촉각을 이용했을 거라고 추론했어. 우주선은 모든 표면에 올록볼록하게 섬세한 홈이 새겨져 있고 건드리면 바르르 떨리는 재질이어서, 표면 전체가 정보를 담고 있는 것처럼 보였거든. 그들은 촉각으로, 촉수 끝이 표피로 덮여 대상의 표면에 넓게 접촉할 수 있는 신체 일부를 이용해, 질감과 진동으로 정보를 얻었을 거야. Z들의 감각 세계는 빛도 소리도 없지. 하지만 그들은 서로를 건드리고, 두드리고, 진동을 만들어내며 세계를 알아나갔을 거야.

그리고 그들에게 진동새들은 그야말로 최고의 파트너가 되어주었을 거야. 한번 기억한 진동을 거의 완벽하게 재현하고, 필요하다면 다시 기록할 수도 있는, 우호적이고 활달한 이 생물들.

아이사 행성계는 아직 우리 자아들과 접촉한 적이 없어.

그들에게서 진동 언어가 발달한 것이 먼저였는지, 진동새와의 협력이 먼저였는지 지금으로서는 판단할 길이 없지만, 분명한 건 Z들이 그들의 행성에서 오랜 시간에 걸쳐, 진동새들과 기록을 매개로 한 공생 관계를 맺어왔으리라는 거야. 진동새들의 진동을 재현하는 특성을 발견한 순간이야말로 Z들에게 문자의 발명만큼이나 충격적인 사건이었을지도 모르지. 아마도 우주선을 발명해 이 먼 우주에 오기 전부터, 오직 자신들의 행성에만 발붙이고 살아가던 먼 옛날부터 Z와 진동새들의 공생 관계는 지속되어왔겠지. 그렇기에 우주선을 만들 만큼 Z들의 문명이 발달한 지금도 진동새들이 다른 기계나 진동 상자 따위로 대체되지 않은 것이고.

사실 나는 문자의 발명이라는 것이 우주의 여러 문명에게 얼마나 중요한 일인지 진정으로 이해하지는 못해. 우리 자아들에게는 기록이라는 것이 꼭 필요하지 않은, 어쩌다 이용하는 임시방편에 불과하니까. 우리는 이 존재들과 달리 파괴되지 않으면 영원히 살고, 서로 연결된 전체로서 동기화를 통해 사고를 직접 전달하지. 개체중심적 생물들에게는 서로 완전한 형태로 전달할 수 없는 사고가 있다는 것, 그것은 불완전한 '언어'라는 것을 매개로 한다는 것. 그건 우리도 외계 문명과 조우한 다음에야 알게 된 사실이지.

어쨌든 진동새들의 진짜 역할을 알아낸 나는, 진동새들의 패턴을 분석해서 이 우주선이 Z들의 기록 전문가가 머무르던 곳이라는 사실도 알아냈어. 어떤 이유에서인지 전문가는 잠시 이 우주선을 간이 정거장에 연결해놓고 황급히 자리를 떠났는데, 제어 오류가 발생해서 정거장으로부터 멀리 떠밀려 오고 만 거였지. 촉각으로만 정보를 얻어야 하는 제어 장치를 다루는 것이 쉽지 않았지만 나는 진동새들의 패턴을 참고해 경로를 원래대로 수정해주었어. 우주선이 다시 본래의 정거장으로 돌아가 주인을 만날 수 있도록.

이제 진동새와 유령 우주선의 비밀을 알아냈으니 그만 떠날 때였지. 하지만 나는 선뜻 떠나지 못했어.

끝까지 풀리지 않은 의문 하나가 있었거든.

진동새들은 고유한 진동 패턴이 있었어. 그 패턴은 정보와 의미를 전달하고 싶은 바를 담아내지. 정확히 기록된 언어가 하는 역할이야. 그렇지만 그것뿐만은 아니야. 진동새들은 무언가 정보 외의 다른 것도 가지고 있었지. 나는 그것을 '느낄' 수는 있었지만, 그것의 기능이 무엇인지는 도무지 짐작이 가지 않았어.

음, 그것을 뭐라고 불러야 할까?

진동의 형식? 표현? 배열, 아니면 형태?

*

 오래전 은하계 미접촉 구역에서 지구인들을 만났던 때를 기억해. 우리가 지구인들을 흉내 낸 우스꽝스러운 유기체-조각들로 흩어져 지구인들과의 어설픈 대화를 시도하던 날들 말야. 지구인들에게 우리와의 만남은 미지와의 첫 조우였고, 경이와 신비 그 자체였을 테지. 하지만 우리는 지구 문명을 그다지 높게 평가할 수 없었어. 그 조그만 행성에, 효율적인 의사 전달 수단 하나 없이, 어마어마하게 많기만 한 언어라니. 동기화조차 하지 못하는 그들이 그렇게 많은 언어를 지닌 채 파편화되어 있다는 것을 믿을 수 없었지. 게다가 기록이라는 것의 그 놀라운 비효율성이란. 사고 언어가 종이 혹은 스크린 위의 문자 언어로 통역되고, 다시 다른 개체의 사고 언어로 통역되어야 한다면, 그 다중 통역의 과정에서 도대체 얼마나 큰 손실이 발생하겠어. 잠시 헤아려본 우리는 그들의 불완전한 소통 체계를 동정할 수밖에 없었어.

 지구인들과의 마지막 날, 나에게 한 여자아이가 다가왔지. 아니, 내가 아닌 우리 중 다른 누군가였을지도. 아무튼 그 여자아이는 지구인과 우리의 조우 기간 내내, 과학자와 정치인들, 비슷한 얼굴을 하고 비슷한 차림새를 한 지구인들 사이에서 유독 부루퉁하게 입을 내밀고 우리를 따라다녀서 눈에 띄었어. 그 애를 마냥 좋아할 수는 없었지. 솔직히 귀찮았거든. "외계인 할머니들은 왜 그렇게 못생겼어요?" 하고 묻지를 않나, "저도 우주선에 따라가면 안 돼요?" 하면서 메탄 대기로 가득한 우리 우주선까지 쫓아오려다가 놀란 과학자들의 손에 이끌려 되돌아가곤 했었지.

작별 인사를 하러 온 여자아이는, 평소와는 달리 어깨를 축 늘어뜨리고 있었어. 그리고 떠나는 우리에게 종이에 잉크로 쓴 무언가를 건네주었지. 그런데 그 '무언가'가 우리의 본체 자아에 얼마나 큰 혼란을 일으켰던지.

여자아이가 종이 위에 쓴 것은 분명 지구인의 문자로 추정되었지만, 우리가 지구인들로부터 받은 표준 문자 형태와 너무나도 달랐지. 우리는 한참 지난 이후에도 여자아이가 종이에 도대체 뭐라고 쓴 건지 해석할 수가 없었어. 삐뚤빼뚤, 기준이 되는 패턴과 마구 엇나가는 잉크의 흔적들. 나는 그 작은 손편지 위에서, 지구인들이 개성이라고 부르던 지독한 소통의 불일치를 목격했지. 우리가 겨우 해석할 수 있었던 건 한 줄뿐이었어. 보고 시픈 거에요. 지구에 또 놀라와요.

생각해보면 지구인들의 문자는 그들 자신이 감당할 수 있는 것보다도 훨씬 더 큰 불일치를 내재하고 있었어. 그들은 단지 문자를 통해 정보만을 전달하는 게 아니었어. '느낌'을 전달하고 있었지. 그러니까 지구인들은 우리에게 여러 언어의 문자를 소개하며 각각의 문자가 표준 형태를 가지고 있지만 실제로는 수백수천 개의 다른 꼴로 새겨진다는 것을 설명했는데, 우리는 끝까지 그 이유를 잘 알지 못했지. 하나의 기록 언어가 왜 그렇게 다른 형태와 꼴을 갖춰야만 하는지 이해할 수가 없었어. 표준의 형식이 정해져 있는데도, 그들은 기꺼이 다른 형태를 받아들이고 심지어 새로운 모양을 만들어내는 데에 몰두했어. 어떤 형태의 문자는 그들 자신조차 제대로 읽지 못할 만큼 표준에서 벗어나 있었어.

원래도 불완전한 소통 체계에 그렇게 많은 불일치를 더할 필요가 있을까? 이상한 건 그들이 그 무수한 문자 형식의 존재를 이렇게 설명했다는 거야.

"이런 거죠. 원래 우리 언어는 불완전하잖아요. 기록도 불완전하고요. 아무리 애써도 문자로 전하고자 하는 의미에는 왜곡이 생겨요. 우리는 문자 그 자체에 담긴 정보로만 서로 소통하는 게 아니거든요. 그래서 우리가 문자를 이렇게 수많은 다른 꼴로 새기는 거예요. 문자로는 마음을 온전하게 전달하지 못하니까, 더 잘 전해보고 싶은 거예요. 어렵죠?"

그게 대체 무슨 의미였을까? 더 잘 전하고 싶어서 더 많은 불일치를 만들어내다니.

이 우주선 가득한 진동새를 보며 나는 그때의 지구인들을, 그들이 지닌 문자들의 불일치를 다시 생각했어. 진동새들이 지닌 고유한 패턴에 담긴 의미와 정보를 넘어서는, 패턴 이상의 무언가를. 쓸모없는 불일치를. 그것의 존재 이유를.

내가 의식을 굳이 Z의 신체를 흉내 낸 유기체 모조품으로 옮겼다고 했었지. 그래서 본체로의 동기화가 지연되었다고. 그건 금속형-본체-조각으로는 인식할 수 없는, 진동새의 패턴 외의 무언가를 감각하기 위해서였어. 나는 진동의 형태라고 할까, 형식이라고 할까, 그것을 알고 싶었어. 표현하기 어려운 무언가가 있었어. 부드러운 손이 필요했어. 대상을 완전히 감싸는, 접촉 면적을 넓힐 수 있는 촉수 같은 것이.

Z를 모방한 신체로 팔을 뻗고 부드러운 손으로 동그란 진동새를 천천히 감싸면, 진동새는 부르르 떨기 시작해. 하지만 그것만 있는 건 아니야. 촉수 끝에서 느껴지는 무수한 언어의 꼴. 형태. 패턴을 재현하는 수많은 다른 형식이 있었어. 어떤 진동새는 파르르 떨고, 어떤 것은 부들부들 떨고, 또 어떤 것은 지잉지잉 떨기 시작하지. 진동의 형태가 모두 달라. 톡톡톡, 툭툭툭, 오들오들, 바들바들. 그 수많은 다름을 어떻게 설명할 수 있을까?

나의 사고 언어로도 제대로 전달할 수 없는, 어떤 종류의 감각을 비로소 마주한 것 같았어. 부드러운 촉수로만 감지할 수 있었던 것. 표면의 서로 다른 질감들. 진동의 크고 작음. 패턴의 더 작은 단위를 구성하는 또 다른 미세한 패턴들. 소리의 배음처럼 겹겹이 쌓이는 움직임. 진동과 멈춤과 지속의 미묘한 시간차. 작고 동그란 진동새들의 다른 떨림 사이에서 그 차이들이 생겨나고, 거품처럼 보글보글 끓어올랐다가, 다시 톡 터지지.

그래. 진동새들은 고유한 패턴뿐만 아니라 그 패턴을 발산하는 다양한 형식을 가지고 있었어. 마치 지구인들이 수많은 문자의 형태를 만들어내던 것처럼. 그리고 우주선에 머물던 Z는 단지 진동새에 기록만을, 패턴만을 새기고 있던 것이 아니었어. 그는 똑같은 패턴을 수없이 쓰고 또다시 쓰면서 수많은 형태를 새로 만들어내고 있었어. 그러니까 그는 일종의 설계자였어. 내용을 기록하는 것이 아니라, 진동의 형태를 설계하고 있었던 거야.

어쩌면 그 형식들은 원래 진동새에 내재된 것일 수도, Z가 완전히 새롭게 만들어낸 것일 수도 있겠지. 아니면 진동새에 내재된 무언가를 Z가 비로소 끌어낸 것일 수도. 어느 쪽인지는 알 수 없지만, 분명한 건 의도적으로 만든 거대한 불일치의 세계가 그 우주선 안에 있었다는 거야. 모든 의미를 서로에게 온전하게 전달할 수 있는 우리는 앞으로도 결코 이해할 수 없을 어떤 세계들이 말야.

무수한 빛깔 같은, 무수한 소리 같은 그 수많은 진동의 형태. 그걸 너희 자아들에게도 전해줄 방법이 있다면 좋을 텐데.

*

 우주선을 떠나기 직전 나는 마지막으로 생활실을 살펴보았어. 생활실에 남은 흔적을 살피면 이곳에서 Z가 뭘 하려던 건지 알 수 있을 것 같았거든. 정돈되지 않은 침구와 다급히 갈아입은 듯한 옷가지로 보아 생활실에서 그는 어떤 외부 신호를 받고, 될 수 있는 대로 빨리 우주선을 빠져나가 정거장에서 누군가를 만나려고 했던 것 같아.

 하지만 내가 정말로 알고 싶었던 건 다른 것의 정체였어. 생활실 테이블 위에 똑같은 패턴으로 진동하는 진동새들이 잔뜩 있었거든. 정말이지, 테이블 위 수십 마리의 진동새들이 전부 같은 패턴으로 진동하고 있었어. 그런데 촉수를 대어보면 진동의 형태는 조금씩 다 달랐지. 어쩐지 급하게 기록한 듯 어설픈 구석이 있는, 서로 다른 꼴로 진동하는 그 새들.

 나는 우주선에 살던 Z가 우주선을 나서기 전 초조한 마음으로 몇 번이고 진동새에 패턴을 기록하는 모습을, 그리고 마침내 원하던 진동 형태를 찾아내서 진동새를 품에 안고 다급히 자리를 떠나는 모습을 상상해.

 그리고 한편으로는 오래전 지구인 여자아이가 우리에게 내밀던 한 장의 손편지를, 종이에 꾹꾹 새겨 넣은 글자와 거기에 담겨 있던 기묘한 감정의 존재를 떠올리지.

거기 있던 진동새들의 패턴, 그러니까 기록된 의미 말이야. 정말 특별한 의미가 아니더라고. 그렇게 똑같은 패턴을 다시 쓸 정도라면 Z에 대한 대단한 정보가 담긴 패턴이라고 생각했는데. 그건 겨우 이런 뜻이었어.

더 기다릴 수가 없었어요. 지금 당신을 만나러 와야 했어요.

이상하지? 앞으로도 난 영원히 이해할 수 없을 거야. 고작 그 말을 다시 쓰기 위해, 그렇게 많은 새들이 필요했다니.

소금물 주파수

1

 대양을 건너온 소문에 따르면 먼바다 어딘가에는 아주 높은 주파수로 말하는 특이한 고래가 산다고 한다. 그 고래는 목소리가 너무 높아서 다른 고래들과 말도 안 통하고 무리에도 잘 어울리지 못한다는 것이다. 그런데 나는 그 소문을 듣고 잔뜩 들떠서, 친구들 사이에서 헤엄치며 수많은 가설을 쏟아내기 시작했다.
 ─만약 그 고래가 대왕고래와 참고래 사이에서 백 년에 한 번 태어난다는 자식이라면 어떨까? 대왕고래는 무시무시하게 크지만, 그중 가끔 조그맣게 태어나는 개체가 있다고 하잖아. 그래서 자기를 작다고 무시하는 다른 대왕고래들 대신 길고 날씬한 참고래랑 사랑에 빠진 거라면?

―아니면, 혹시 그 고래가 큰 선박에 부딪혀서 몸통을 다친 후로 그런 특이한 소리를 내는 거라면? 그럼 이쪽 바다에도 배들이 자주 다니니까, 우리에게도 일어날 수 있는 일인데…….

―엇, 만약에 그 고래가 무리에서 눈에 띄고 싶어서 일부러 특이한 주파수로 말하는 거라면? 그러니까 사실 나도 다른 고래들 목소리를 잘 흉내 내잖아. 우우우우― 이건 혹등고래 목소리고, 워어― 이건 귀신고래 목소리인데…….

친구들은 늘 있는 일이라는 듯 귀찮아하며 대충 흘려듣고 앞으로 헤엄쳐 나아갔다. 그때 우리끼리 휘파람 이름으로 '모래'라고 부르는 고래가 갑자기 지느러미를 기우뚱하며 물었다.

―그런데, *주파수*가 뭐야?

―으응?

―네가 아까 *주파수*라고 했잖아.

나는 모래의 질문에 헤엄을 뚝 멈췄다. 그러게, *주파수*가 뭐지? 내가 왜 그런 단어를 떠올렸지? 내 뒤에서 따라오던 '깨진조개'가 내 몸통에 주둥이를 부딪혀서 짜증을 냈다. 아프기야 뾰족한 주둥이에 찔린 나도 마찬가지였지만, 빨리 따라오라고 재촉하며 앞서가는 무리를 다시 뒤따라가느라 아파할 겨를도 없었다. 하지만 질문은 머릿속을 떠나지 않았다.

주파수가 뭐지? 내가 왜 주파수라는 단어를 떠올렸을까?

친구들을 따라 정어리 떼를 사냥하고, 바다 위로 세차게 뛰어올랐다 수면으로 철썩 떨어지며 몸에 들러붙은 이물질들을 떼어냈다. 신나게 파도를 타며 뜨거운 햇볕을 쬐고, 다시 차가운 바다 아래로 내려와 공기 방울 놀이를 했다. 그러는 동안에도 나는 계속 질문에 사로잡혀 있었다. 이따금 내 머릿속을 채우는 이 낯선 말들은 어디서 온 걸까?

그때 문득 이런 생각이 떠올랐다.

주파수, 그건 일정한 시간 내에 얼마나 많이 떨리는지를 말하는 개념이야……. 그러니까 다른 주파수로 말한다는 건, 코에 있는 소리 기관이 다른 고래들과 다른 방식으로 떨린다는 거지.

*

—하지만 고래들은 보통 너처럼 말하지 않아.

혹등고래가 내게 말했다.

겨울이 세 번 지나가기 전에 나는 혹등고래 무리에 있었다. 기억도 잃고 가족도 놓치고 바다 한가운데서 정신을 차린 직후였다. 내가 왜 여기에 있는지 아무것도 기억나지 않았다. 그때 가장 먼저 들은 소리가 바로 혹등고래들의 노래였다. 아무 기억이 없는 나도 그게 대단한 노래라는 건 알 수 있었다. 위엄 있으면서도 재치가 느껴졌고, 묵직하면서도 쾌활했다. 생생하게 들려서 가까이 있는 줄 알았는데, 소리를 따라 한참을 헤엄친 다음에야 혹등고래 무리를 만났다. 그들의 노래는 다른 고래들의 것보다 훨씬 멀리까지 갔다. 혹등고래들은 나 같은 돌고래가 왜 무리도 잃어버리고 자신들을 따라오는지 의아해했지만, 원체 느긋한 성격의 고래들인지라 그다지 신경 쓰지는 않았다.

혹등고래들에 비하면 나는 아주 작았다. 생김새도 무척 달랐다. 혹등고래가 커다란 입을 벌려 물을 잔뜩 마시면 그 안에 새우나 조그만 물고기 같은 것들이 와르르 빨려 들어가는데, 몇 번은 나도 혹등고래에게 삼켜질 뻔했다. 그 고래는 엄청 당황하며 나를 곧바로 뱉어냈다. 나는 혹등고래들을 따라다니며 그들이 잘 먹지 않는, 그냥 꿀꺽 삼키기에는 크기가 커서 뱉어내는 물고기들을 사냥해서 먹었다. 그러다가 언젠가부터는 내가 아무것도 먹을 필요가 없다는 걸 깨달았다. 오히려 물고기를 먹으면 뒤처리가 귀찮아진다는 사실도. 그래도 그 사실을 들키면 혹등고래들이 날 너무 희한하게 여길까 봐, 나는 여전히 먹이를 사냥하는 척했다.

혹등고래들과 다니는 것은 재미있었다. 그들은 아주 먼 곳까지 지치지 않고 거뜬히 헤엄쳤고, 그 흐름에 몸을 맡기면 나의 미숙한 헤엄 실력으로도 쉽게 따라갈 수 있었다. 혹등고래의 몸집은 무척 거대하고, 수면 위로 뛰어올랐다 내려오며 꼬리로 물살을 튀기는 모습은 장엄했다. 이따금 마주치는 인간들조차 혹등고래를 함부로 대하지 못했다. 혹등고래들의 덩치에 비해 인간들이 탄 작은 배는 보잘것없었다. 범고래들도 혹등고래 앞에서는 기세가 죽었다. 무엇보다 혹등고래들은 범고래를 아주 싫어해서, 범고래에게 공격당할 뻔한 나를 구해주는 것은 물론이고 범고래들을 역으로 공격해 한동안 다가오지 못하게 하기도 했다. 그럴 때면 나는 보답으로 혹등고래의 노래를 엇비슷하게 따라 해서 들려줬는데 그들은 큰 몸을 흔들며 재미있어했다.

—하하. 너는 조그만 돌고래인데, 어떻게 우리 노랠 따라 할 수 있지?

이상하게 나는 그런 일을 할 수 있었다. 나는 범고래도, 귀신고래도, 상괭이도 곧잘 따라 했고 다른 고래들은 잘 모르는 사물이나 개념의 이름을 알고 있었다. 이따금 바다 아래로 떨어져서 소라게가 뒤집어쓰고 다니는 물건들을 *플라스틱*이라고 부른다든지, 산호들이 하얗게 변해 죽어가는 이유가 소리나 빛으로는 볼 수 없는 물속의 아주 작은 *화학물질* 때문이라든지, 돌고래들이 마구 뿜어내는 고리 모양의 공기 방울을 보며 *도넛 같네*, 라고 생각한다든지. 게다가 우리 돌고래들은 보통 휘파람 이름으로 서로를 불렀는데, 내가 머릿속으로 고래 친척들을 범고래, 혹등고래, 귀신고래 하는 식으로 부르는 것도 고래에게는 원래 없는 방식의 말이었다. 그런 이름들은 조각조각 나서 내 머릿속에 마구 흩어져 있었고 나는 그것들이 어디서 온 건지 알 수 없었다.

―혹시 말야, 너는 포획되어 있던 돌고래 아니니?

―포획이요?

그렇게 말한 혹등고래는 자신이 육지 가까운 곳에서 약간 허우적거리고 헤엄을 어색하게 치는 돌고래들을 보았다고 했다. 예전에는 인간들이 작고 영리한 돌고래를 잡아서 육지의 좁은 곳에 가둬놓곤 했는데, 요즘은 다시 바다로 풀어주기도 한다는 것이었다. 포획되었던 돌고래들은 인간에 대해서 아는 것도 많고 가끔 나처럼 인간들의 사물이나 개념에 대해 말하기도 하는데 아는 게 많을수록 질색하게 되는지, 그 돌고래들 대부분은 육지에 있던 시절을 이야기할 때 기분이 나빠 보인다고 했다.

혹등고래가 그 이야기를 해주었을 때, 나는 정말 내가 포획되었던 돌고래인지 곰곰이 생각해보았다.

―그렇지만 제게는 붙잡혔던 기억이 없는걸요.

―너에겐 그 기억뿐만 아니라 다른 기억도 없잖아. 태어난 곳도 가족도 원래 무리도 모르고. 충격으로 다 잊어버린 건

지도 몰라.

정말 그런 걸까? 내가 플라스틱, *화학물질, 도넛*에 대해서 아는 것, 가족이 어디 있는지 모르는 것, 깨어났을 때 갑자기 바다 한가운데였던 것, 바다 헤엄을 능숙하게 못 치는 것은 내가 포획되었다가 다시 풀려난 돌고래이기 때문일까?

여러 계절이 지나고 혹등고래들은 이제 자신들이 아주 멀리까지 헤엄쳐서 차가운 바다로 가야 한다고 했다. 한동안 먹이를 먹지 않고 지낸다고, 그 여정은 무척 고되어서 내가 함께 가기는 어려울 것이라고도 했다. 나는 혹등고래 무리를 떠나야 할 때라는 것을 알았다. 가까운 바다에서 우연히 참돌고래 무리를 마주쳐서 그들과 합류하기로 했다. 참돌고래들은 나와 겉모습이 가장 흡사해서 나를 자신들의 동류로 여겼고 기꺼이 환영해주었다. 혹등고래들은 내가 무리를 찾은 것을 보고 비로소 안심하며 떠날 채비를 했다. 나는 작별인사로 혹등고래의 노래를 멋지게 따라 해서 들려줬는데, 처음 부르는 곡조였는데도 이미 몇 번이나 불러본 것처럼 익숙하게 느껴졌다. 혹등고래들은 놀라워하며, 그리고 또 감격하며 내 노래를 들었다.

―그거 참, 아주 멋진걸.

가장 친하게 지냈던 혹등고래가 장난스럽게 덧붙였다.

―그런데 좀 유행이 지나긴 했어. 우린 한번 유행했던 노래

는 다시 안 부르거든.

나는 옛날에 유행한 혹등고래의 노래를 내가 어떻게 알고 있는지 궁금했지만, 그 의문은 혹등고래들이 답으로 들려준 크고 멋지고 길게 울려 퍼지는 작별 노래와 함께 먼바다로 실려 갔다.

*

참돌고래 무리와 어울려 다니면서 나는 내가 다른 고래들과 구체적으로 어떻게 다른지 알게 됐다. 머릿속에서 두 언어를 쓰는 것, *주파수*나 *산란* 혹은 *부력* 같은 말들이 마음속에 둥둥 떠다니는 것, 지느러미가 유독 다른 빛으로 반짝인다는 말을 듣는 것, 혹등고래들의 노래를 잘 따라 부르는 것, 범고래의 위협에 또 다른 범고래 소리를 내서 그 범고래를 어리둥절하게 할 수 있는 것, 계절이 바뀌고 바뀌어도 좀처럼 몸집이 커지지 않는 것, 매일 반드시 햇볕을 쬐어야 하고 구름 낀 하늘 아래에서는 기운이 안 나는 것, 대신 정어리를 먹지 않아도 괜찮은 것. 혹등고래가 말한 것처럼 내가 포획되었던 돌고래일지도 모른다는 가설만으로는 이 모든 일을 설명할 수 없었다. 나는 여러 돌고래 무리와 마주칠 때마다 포획 경험이 있는 돌고래들을 찾아 말을 걸었다. 하지만 그런 돌고래들도 '빛이 산란한다는 게 어떤 의미인지 알아?'라는 내 질문에는 다들 '그게 뭔데?' 되묻더니 대답은 궁금하지도 않다는 듯 꼬리를 흔들고 떠나버렸다.

그래서 나는 온갖 종류의 소문을 찾아다녔다.

―그거 알아? 저 먼바다에는 혼자서만 다른 주파수로 말하는 고래가 있대. 그 고래는 아무와도 말이 통하지 않아서 무척 외로워한대. 한번은 자기와 비슷한 목소리가 멀리서 들려와 또 다른 비슷한 고래가 있는 걸까 기대했는데, 알고 보니 인간들이 그 고래를 위로하려고 만든 가짜 고래 소리였대.

―혹시 그 얘기 들어봤어? 햇볕이 아주 뜨거운 남국에서는 범고래들이 인간과 같이 협업해서 향고래를 사냥했대. 하지만 향고래의 수가 엄청 줄어들면서 범고래들도 결국 인간들에게 버림받고 죽었대. 불쌍하게도, 인간을 왜 믿었을까.

처음에 소문들을 찾아다닌 건 혹시 나 같은 고래가 또 있지 않을까 하는 기대 때문이었다. 이상한 고래들에 대한 소문을 수집하는 돌고래가 있다는 소문이 나면, 누군가 나와 비슷한 존재에 대한 소문도 알려주지 않을까. 그렇지만 긴 시간이 지나도 나 같은 고래가 있다는 말은 듣지 못했다. 대신 나는 바닷속에 나만큼이나 낯설고 이상한 존재들이 많으며, 진위를 알 수 없는 소문이 주로 혹등고래의 노랫소리에 실려 대양과 대양 사이를 오간다는 것을 알게 되었다.

어느 날 나는 정말로 신기한 이야기 하나를 들었다. 그것은 내가 어울려 다니는 참돌고래 무리의 경로에서 멀지 않은, 육지와 육지 사이에 있는 '작은 대양'이라고 불리는 곳에 나타난 귀신고래에 관한 이야기였다.

—이봐, 내가 거기서 그 전설 속의 고래를 만났어. 등에 지느러미 대신 혹이 많이 나 있고, 몸이 아주 길고······.

—귀신고래 말이야?

—그거 아주 적당한 이름이네. 그래, 귀신고래를 만났지.

소문을 들려준 녀석은 등지느러미가 특이하게 휘어 있는 흰부리돌고래였다.

—그 녀석들, 거의 수십 년 넘게 '작은 대양'에는 나타나지 않았잖아. 오래전에는 겨울마다 새끼를 낳으러 들르곤 했는데. 그래서 내가 그 녀석을 마주치고 깜짝 놀라서 여기를 왜 다시 온 거냐고 물으니, 죽음을 앞두고 옛날 기억이 떠올라서 혼자 돌아왔다는 거야.

흰부리돌고래는 자신이 전설 속 귀신고래를 만났다는 사실에 무척 들떠서 의기양양했다. 하지만 귀신고래 자체는 덩치도 너무 크고 나 같은 고래와는 너무 다르니 내가 찾던 소문은 아니었다. 거기서 자리를 뜨려고 했는데, 흰부리돌고래가 나를 붙잡았다.

—잘 들어봐, 지금부터가 진짜야. 그 귀신고래가 들려준

이야기인데. 사실은 자신이 오래전 이 작은 대양에서 아주 이상한 걸 목격한 적이 있다는 거야. 그건 네 표현을 흉내 내자면 '귀신물고기'라고 할까, 무척 으스스한 존재였대. 처음에는 어른거리는 형체가 조그만 돌고래인가 싶어 다가갔는데, 아무리 살펴봐도 도무지 이 바다의 생물 같지가 않았대. 빨간 눈을 가지고 있고, 지느러미는 묘한 빛으로 반짝이고, 이 바닷속 생물을 흉내 내기는 했는데 실은 어느 생물과도 닮지 않은 기이한 모습이었대. 마치 저주를 받은 것처럼……. 귀신고래는 지금도 그 기이한 물고기를 생각하면 무서워서 지느러미가 오그라든다는 거야. 어때, 엄청 무섭지? 끔찍하지?

흰부리돌고래는 아마 내가 비명을 지르며 달아나기를 기대한 것 같았지만, 나는 오히려 그 이야기에 눈이 번쩍 뜨였다.

*

참돌고래 친구들에게 잠시 작은 대양에 다녀오겠다고 인사를 했다. 친구 고래들은 그 흰부리돌고래가 엄청난 허풍쟁이일 거라며 나를 말렸지만, 내 고집을 꺾지는 못하고 보내주었다. 홀로 헤엄쳐서 바다를 가로질렀다. 육지와 육지 사이, 바다가 무척 깊고 차가워서 폭은 좁지만, 대양 같은 느낌을 준다는 의미에서 다들 '작은 대양'이라고 부르는 이곳은 내가 이미 알고 있는 곳처럼 편안하게 느껴졌다. 소문 속의 귀신고래와 귀신고래가 들려준 이야기의 주인공을 찾아 헤맸다. '돌고래를 흉내 내려고 했지만 어설프게 그러지 못한 존재'라니, 내가 그런 존재라고 생각하는 것은 아닌데도 어쩐지 마음이 쓰였다.

작은 대양을 한참이나 헤집고 다닌 끝에야 귀신고래를 만날 수 있었다. 사실은 귀신고래가 나를 찾아낸 것에 가까웠다.

―몸집이 유독 조그만 돌고래 한 마리가 나를 찾고 있다고 하더군. 혹등고래의 노랫소리를 잘 따라 한다면서. 혹시나 해서 그 소리를 따라왔지.

귀신고래가 나를 들여다보더니 이상하다는 듯 물었다.

―그런데 우리 언젠가 만난 적이 있지 않니?

―저는 당신을 처음 보는걸요.

―아주 오래전에 말이야.

돌고래들도 장수하는 고래들은 오래 살지만, 나는 기억이 전혀 없으니 그건 아닌 것 같다고 대답하려고 했는데, 귀신고래가 먼저 말을 이었다.

―선박들. 인간들이 선박을 많이 띄우는 항구 앞에서 너를 본 것 같아. 그때만 해도 위험한 곳이었지.

―그건 제가 아닐 거예요. 그보다 저, 당신이 이야기해준 그 귀신물고기에 대해서 묻고 싶은데요…….

―지금 보니, 그 귀신물고기가 너를 닮은 것 같기도 하군. 너보다 훨씬 어설프게 생겼었지만.

　나는 어리둥절해졌다. 귀신물고기가 나를 닮았다니?

　―네가 이상한 고래들에 대한 소문을 수집하는 걸 알아. 그리고 그 귀신물고기는, 고래인지는 불분명하지만, 확실히 이상했지. 작은 대양을 돌아다니다 보면 그 녀석을 발견할 수 있을지도 모르겠어.

　―하지만 당신은 항구 가까이에서 그 귀신물고기를 봤다면서요. 바닷가는 무척 위험하고요.

　―그렇지, 그냥 가기에는 위험하지.

　육지 가까이에는 선박들이 많다. 어른 고래들의 말에 의하면 이제 고래를 직접 사냥하는 사람의 수는 확연히 줄었다. 그렇지만 여전히 선박 주위에서는 소음 때문에 방향감각을 잃기 쉬웠다. 귀신고래가 망설이는 나에게 조언했다.

　―정 궁금하다면 폭풍우가 치는 날에 가봐. 그런 날에는 선박들이 나오지 않으니까.

　나는 귀신고래의 말을 기억하며 육지 가까이로 헤엄쳐 갔다. 그 주위를 맴돌며 다른 고래 무리와 인사하고 암벽 위 새들을 흘긋거리며 날씨가 궂어지기만을 기다렸다. 그리고 마침내 새벽부터 비가 쏟아지고 바람이 거세게 불어 풍랑이 이는 날이 찾아왔다.

소금물 주파수

파도가 세게 치는 탓에 사람들이 띄운 배는 보이지 않았다. 나는 잠수해서 귀신물고기를 찾아 헤매다가, 위로 뛰어올라 바다 위를 살피고, 다시 아래로 잠수해 귀신물고기를 찾아 헤매기를 반복했다. 너른 바다에서 거센 파도나 폭풍우는 별문제가 되지 않았다. 하지만 진짜 문제도 있었다. 며칠 내내 몸을 숨기며 조심하느라 햇볕을 제대로 받지 못한 것이다.

 태양 빛을 보지 못하는 시간이 길어지면서 나는 기력을 잃어갔다. 하지만 멀리 나와서 포기할 수도 없고, 무엇보다 풍랑이 거세서 선박의 위협이 없는 날을 놓치기도 싫었다. 나는 무리해서 탐색을 계속했다. 뛰어오르고, 잠수하고, 또 뛰어오르고.

 그러다 어느 순간 파도의 흐름을 놓쳤다.

 휩쓸리는 것은 순식간이었다. 기력이 없어서 제대로 방향을 잡지도 못했다. 거센 파도 때문에 준비할 틈도 없이 수면 위에 내팽개쳐졌다. 정신 차리고 다음 파도를 똑바로 타야 했지만, 바람이 너무 빠르게 불었고 파도는 지나치게 높았다. 끝없이 휩쓸리고, 또 휩쓸리는 사이에 나는 잠시 의식을 잃어버렸다.

*

 정신을 차렸을 때, 나는 깜깜한 어둠 속에 있었다.

 물속이 아니었다.

 엄청난 무게가 느껴졌다. 바다 위로 뛰어오를 때마다 느껴지던, 해수면이 나를 끌어당기는 듯한 그 묵직한 중력이었다. 나를 지탱해주던 바다가 없었다. 차갑고 단단한 바닥뿐이었다. 순간 두려움이, 공포가 나를 짓눌렀다. 안 돼, 이러다간 죽을 거야.

 빨리 바다로 돌아가야 해. 여긴 어디지? 시끄럽고 덜컹거리는 무언가가 나를 운반하고 있었다. 마구 몸부림치며 소리를 냈고 되돌아오는 메아리를 탐지했다. 벽이 아주 가까이 있었다. 나는 몸을 뒤틀며 다가가 벽을 쳤다. 반응은 없었다. 그래도 계속 벽을 쳤다.

 밖에서 누군가가 소리치는 것이 들렸다. 인간 목소리였다! 나는 더욱 격렬하게 몸부림쳤다. 나는 포획된 것이다. 수족관으로 끌고 가려는 것이 분명했다. 붙잡힐 수는 없었다. 거세게 움직이자 갑자기 빛이 확 쏟아졌다. 갑작스레 비친 빛 때문에 앞이 보이지 않았다. 하지만 나는 온 힘을 다해 다급하게 앞으로 몸을 내던졌다. 으악! 하는 인간의 비명이 들렸고 나는 허공으로 내팽개쳐졌다. 바닥으로 추락한 나는 끔찍한 일을 예상했지만······.

부서지지 않았다. 무언가 부드럽지만 기다랗고 빽빽한 갈색 풀들이 내 밑에 있었다. 그리고 조금 떨어진 곳에 물이 보였다! 물을 향해 가야 했다. 본능이 나를 재촉했다. 나는 물을 향해서 미친 듯이 몸부림쳤다. 뒤에서 소리치는 목소리가 들려왔지만 절대 그쪽을 보지 않고 물을 향해서 있는 힘을 다해 움직여갔다. 그때 나는 갑자기 이곳이 새들의 소리로 가득 차 있다는 것을 깨달았다. 그리고 또 바다에서는 만난 적 없는 털 달린 동물들이 내 주위에 모여들고 있었다. 새들이, 털 달린 동물들이 나에게 무슨 일이냐고 묻는 것 같지만 그들과 나는 언어가 달라서 말이 통하지 않았다. 하지만 이곳이 바다가 아니라는 건 알 수 있었다.

생각을 이어갈 틈도 없이 물에 겨우 도착한 나는 격렬하게 몸을 뒤틀어 물속에 나를 빠뜨렸다. 바다에 비하면 턱없이 얕고 폭도 좁지만, 어디론가 길게 이어져 있는 물이었다. 물에 들어와서야 나는 정신을 차렸고 자유롭게 움직일 수 있었다. 그제야 이곳을 둘러보았다. 내가 부서지지 않게 받쳐준 푹신한 풀들. 그 위를 마구 날아다니거나 바닥에 내려앉은 새들이 도대체 내 정체가 뭔지 궁금해하는 듯이 나를 내려다보고 있었다. 그리고 이름 모를 동물들, 어떤 것은 꼬리가 아주 길었고 또 어떤 것은 연안에서 가끔 보던 물범처럼 생겼는데 더 작았다. 그 동물들도 나를 보고 있었다. 이곳은 바다도 아닌, 육지도 아닌…… 여기가 대체 어디일까? 나는 어디로 붙잡혀 가고 있었던 걸까?

뒤늦게 내가 일으킨 소란이, 새들뿐만 아니라 저 바깥에 선 인간들의 시선도 끌고 있었다는 사실을 깨달았다.

"엄마, 엄마! 저것 좀 봐."

조그만 사람 하나가 뭐라고 크게 소리쳤다.

"강에 돌고래가 있어!"

정말 이상하게도, 나는 그 말을 알아들을 수 있었다.

2

"거참, 희한한 일이 다 있네."

모아는 꾸벅꾸벅 졸다가 옆자리 할머니의 말에 화들짝 놀라 깼다. 당연히 낯선 할머니였지만, 지금은 돌아가신 외할머니와 작년에 오래 함께 지냈더니 이제는 할머니들이 말 거는 소리에 이렇게 자동 반사적으로 몸이 반응하곤 했다. 눈치를 흘낏 보니 옆자리 할머니는 딱히 모아에게 말을 건 것은 아니고, 텔레비전을 보며 혼잣말을 한 모양이었다.

혹시 그새 촬영 검사를 하러 간 엄마가 검진실에서 나왔을까 싶어 모아는 복도 쪽을 기웃거렸다. 아직 끝나려면 많이 남은 듯했다. 다시 대기실 의자로 돌아와서, 이제는 소리 나게 혀를 쯧쯧 차고 있는 아까 그 할머니 옆자리에 앉았다.

"허어, 그것참. 세상에 별일이 다 생겨."

할머니는 무척 심각한 표정을 하고 있었다. 괜히 오지랖 부리지 말자, 생각하면서도 모아는 무심코 묻고 말았다.

"저, 무슨 일 있으신가요. 도와드릴까요?"

"아니, 태화강에 고래가 있다잖어."

"네에?"

할머니가 뭘 잘못 보신 게 아닐까. 황당한 기분으로 고개를 돌려서 할머니의 시선이 향하고 있는 조그마한 텔레비전 화면을 보는데, 거기에 정말로 있었다. 태화강에서 헤엄쳐 어디론가 달아나고 있는 돌고래가. 아래에는 '시민 제보 영상'이라는 출처도 붙어 있었다.

태화강에 돌고래라니, 내가 지금 꿈을 꾸나?

모아는 어리둥절한 채로 눈을 깜빡였다.

*

모아는 고래에 대해서 늘 복잡한 기분을 느꼈다. 굳이 하나를 고르라면, 사실은 지긋지긋해하는 쪽에 가까웠다.

어쩌면 고래의 도시를 자처하는 울산에서 자라서 도시 곳곳의 고래 그림, 고래 조각상, 고래 인형 따위를 지겹게 마주친 탓일 수도, 아니면 울산 사람들은 다 고래 타고 다니는 거 아니냐는 시시한 농담을 대학 친구들에게 열 번도 넘게 들어서일 수도 있었겠지만, 아마 그뿐만이었다면 모아도 그저 재미있게 여기는 정도였을 것이다. 그보다는 역시 외할머니 탓이 크겠지. 모아는 생각했다. 평생 고래에 빠져 있었던, 거동조차 힘든 순간에도 연구선을 타야 한다고 우겨댔던 고집 센 할머니. 생애 마지막 날까지도 엄마를 속 썩였던 할머니를 생각하면, 고래를 마냥 좋아하기 쉽지 않았다.

아홉 살 때 모아는 처음으로 고래 암각화를 봤다.

울주군 대곡리에 세계에서 가장 오래된 고래 암각화가 있다고 했다. 학교 소풍이었다. 단체로 대절한 버스에서 내려 나무가 우거진 오솔길을 한참 따라가다 보니 전망대가 나왔다. 거기서 이미 모아는 조금 실망했다. 선생님에게 설명을 듣고 모아가 기대한 건 영화 〈쥬라기 공원〉에 나오는 듯한 거대하고 웅장한 고래 그림이었는데, 막상 마주한 건 평범한 계곡이었다. 암각화는 생각보다도 훨씬 작아서, 전망대에 놓인 망원경을 들여다봐야 건너편 암벽 위에 새겨진 암각화를 볼 수 있다고 했다. 모아 앞에 끼어들어 가장 먼저 달려가 망원경을 들여다본 남자애가 눈을 떼더니, 퉁명스럽게 말했다.

―안 보이는데요, 선생님.

원래 암각화를 보는 건 쉽지 않다고 선생님은 껄껄 웃었다. 하필 그 전날까지 비가 내려서 암벽은 거의 물에 잠겨 있었다.

두 번째로 소풍을 갔을 때는 다들 암각화에는 관심도 주지 않고 전망대를 뛰어다니다 선생님에게 혼이 났다. 세 번째로 갔을 때 중학생 모아는 조금 짜증을 냈던 것 같다. 도대체 여기서 선사시대 사람들이 고래를 잡았던 게 나랑 무슨 상관이라는 거야? 수천 년 동안 그렇게 잡아댔으니 고래가 다 멸종 위기에 처했지. 모아는 투덜거렸다. 고작해야 1년에 한두 마리쯤 잡는 게 다였을 애꿎은 선사인들을 탓하면서. 그날 모아가 할머니에게 소풍 장소를 불평했더니 할머니는 기다렸다는 듯 수천 년 전부터 울산에 살았던 고래들과 동해의 귀신고래 회유해면에 대해 모아가 궁금하지도 않은 강의를 시작했고, 모아는 귀를 틀어막았다.

모아가 제 발로 암각화를 다시 찾아간 건 10년도 넘게 지난 다음이었다. 할머니가 보고 싶어서, 그런데 이제 할머니는 없으니 무작정 고래라도 찾아가야겠다고 생각했다. 그렇지만 왜 하필 어렸을 때도 감흥 없던 이곳에 왔는지, 고래를 보고 싶은 거라면 수족관에 간다든지 탐사선을 탄다든지 하는 다른 방법도 있었을 텐데, 왜 수천 년 전 사람들이 그린 바위 그림을 보러 왔는지 모아는 자신도 설명하기 힘들었다. 어쨌든 수족관은 싫었다. 거기 갇힌 고래들은 별로 행복하지 않을 테니까. 탐사선은 날씨가 추워지면 어차피 운행하지 않고, 고래를 발견할 가능성도 높지 않다고 했다. 할머니에게 말을 건다면, 할머니를 다시 만날 수 있다면, 그건 어쩐지 늘 의미를 알 듯 말 듯 했지만 끝내 이해하지 못했던 이 고래 암각화 앞일 거라는 생각이 들었다. 그리고 모아는 이 그림이 그냥 고래가 아니라 고래 사냥을 기록한 암각화라는 묘한 사실을 떠올렸다. 인간이 고래를 압도하며 한 종을 멸종까지 몰아가기 이전, 고래가 인간을 압도하는 두려움과 숭배의 대상이었던 옛 시절의 기록.

평일 낮의 반구대에는 사람이 거의 없었다. 날씨는 맑았고 마침 일주일 내내 비가 오지 않아서 계곡 수위가 많이 낮아졌다. 오후의 태양이 빛을 드리우며 음각의 오래된 고래 조각을 선명하게 보이도록 만들었다. 오래전 인간을 압도했을 거대한 고래는, 기묘하게도 이 절벽에 새겨지자 그저 암석 위 얼룩 같았다.

절벽 건너편에서 모아는 중얼거렸다.

할머니, 저 다시 돌아왔어요. 그렇게 떠나고 싶었던 이곳에요.

*

그러니까, 어느 정도는 할머니 때문이었다.

작년 초에 철물점을 운영하던 엄마가 발을 동동 굴렀다. 할머니가 갑자기 쓰러져 간병을 해야 하는데, 당장 가게를 봐줄 사람이 없다고 했다. 하필이면 삼촌도 남해로 장기 출장을 떠나 있었다. 삼촌이 돌아올 때까지 딱 석 달만, 그동안만 봐달라고 엄마는 모아를 구슬렸다. 동네 철물점이라 아는 사람만 들르고 단골들이라 물건 위치도 척척 잘 찾으니 재고 관리 말고는 할 일이 별로 없을 거라고. 또 하필 모아가 회사에서 퇴사한 직후였다. 잠깐 숨 좀 돌릴 겸, 엄마도 돕고 할머니도 자주 뵐 겸, 몇 달만 울산에 있다가 다시 서울로 돌아올까 싶었다. 어차피 고향에 완전히 돌아갈 생각은 없었다. 일자리가 서울에 많기도 했다. 지방 청년들이 수도권으로 몰리고 지역이 텅 비어간다는 뉴스를 보면서도 모아는 시큰둥하게 생각했다. 당연하지, 사람도 볼거리도 다 여기에 있는걸.

그런데 막상 울산으로 돌아와서 시내를 걷는데 기분이 묘했다. 아마 그건 모아가 학생 때와 달리 더는 서울에 환상이 없는, 심지어 부대끼는 인구 밀도에 질려버린 어른이 되어서도 있겠지만, 모아가 기억하는 울산의 모습과 지금의 울산이 달라서이기도 했다. 예전에 모아가 살던 칙칙한 동네가 보기

좋게 정돈되고 가로수가 무성해진 건, 그래도 어느 도시에서 나 있을 법한 변화이니 그러려니 했다.

가장 당황스러웠던 건 태화강이었다. 분명 태화강은 오래전 공장 폐수가 흘러서 모아가 어렸을 때까지도 어른들이 고개를 내젓던 강이었는데, 지금은 맑은 강이 되어 있었다. 강변 대나무숲 위로 까마귀 떼가 날아올랐다. 억새 길을 걷던 모아가 인기척에 고개를 돌렸더니, 운동복을 입은 자원봉사자들이 봉투를 들고 휴지 조각을 줍고 있었다. 그 모습을 보는 모아의 마음 한구석이 이상하게 흔들렸다.

나는 떠나고만 싶어 했는데, 여기 남아서 돌보는 사람들이 있었구나.

그 생각을 한 다음에야 모아는 지금 병원에 계신 할머니가 거의 평생을 울산에 살았고, 이 모든 변화를 목격했으리라는 사실을 깨달았다. 지금은 의식이 가물가물해 엄마도 모아도 잘 기억하지 못하는 할머니. 모아가 짐작할 수 없는 풍랑의 시대를 거쳐온 할머니.

장생포의 생선 가게 집 딸이었던 할머니는 비린내 속에서 자랐고, 대학교에서 공부까지 마치고도 다시 바다 앞으로 돌아왔다. 할머니의 정식 직함은 '수산 자원 연구원'이었지만 정작 할머니가 가장 관심을 쏟았던 대상은 고등어나 멸치나 오징어가 아니라 고래였다. 할머니는 어린 시절 동네 어른들이 고래를 잡아다 낱낱이 해체해 팔고 먹는 것까지 가까이서 봤으면서 어떻게 고래를 그렇게 좋아할 수 있었을까. 모아의 순진한 질문에 엄마는 코웃음 치며 현인처럼 대답했다.
—원래 사랑이란 복잡한 거지.

사랑은 복잡한 것일까. 아마도 그런 것 같았다. 엄마와 할머니 사이를 보면 꼭 그랬다. 은퇴할 나이를 훌쩍 넘긴 할머니는 거동이 아주 힘들어지는 날까지도 연구선에 올랐다. 고래와 관련된 중요한 연구라고 했는데 엄마에게도 모아에게도 그게 무엇인지 말해주지 않았고 온통 할머니의 마음은 바다에, 고래에 매여 있었다. 모아는 할머니가 들려주는 고래 이야기를 가끔은 좋아했고, 그 시대 여자로서 드물게 연구를 하고 평생 직업을 가졌던 할머니를 존경했지만, 그 때문에 외롭고 서운했다는 엄마의 한탄을 한참이나 듣고 있을 때면 할머니에 대한 원망 한 조각이 생겨나기도 했다. 할머니는 왜 엄마의 엄마인 걸까. 아주 모르는 사이였다면 그저 멋지다고만 생각했을 텐데.

쓰러진 이후로 할머니는 다시 바다에 가지 못했다. 할머니의 기억은 계속 파편이 되었다. 이상하게도 엄마의 이름을 먼저 잊어버리고, 모아의 이름은 꽤 오래 기억했다. 의사에게 시간이 별로 남지 않았으니 준비를 하라는 말을 들었다. 이따금 깨어 섬망 증상을 보이거나 알아들을 수 없는 이야기를 하는 할머니를 볼 때면 마음이 아팠는데, 할머니와 늘 티격태격하며 오랜 시간 함께 살았던 엄마는 할머니가 모아 이름만 부르는 것을 엄청 서운해했다.

할머니가 모아에게 하는 말들은 정말이지 알 듯 말 듯 했다. 모아를 몽아, 하고 부를 때도 많았다. 처음에는 모아야,를 잘못 들은 줄 알았는데 거듭 들어도 할머니는 몽아, 부르고 있었다.

―할머니, 나 몽이 아니고 모아인데.

―몽이도 모아도 다 내 손녀지. 내가 꼭 당부할 것이 있는데 그걸 못 전했다.

―그게 뭔데요? 지금 나 여기 있으니까 말하면 되지.

―한 번은 돌아와야 한다. 알겠지? 그래야 다시 나아갈 수도 있다.

마지막 날들에 할머니와 나눈 대화는 풀기 어려운 수수께끼였다. 할머니는 누구에게 말하고 있는 걸까. 모아는 이미 돌아와 여기 있는데 왜 돌아오라고 하는 걸까. 할머니는 그렇게 이해하기 힘든 말을 늘어놓다가도, 갑자기 총명한 눈빛으로 울산 앞바다에서 최근 발견된 고래 개체들에 대해 이야기해서 모아를 더욱 헷갈리게 했다.

―고래 말고 엄마나 나한테 해주고 싶은 이야기 없어요?

그런 질문을 하면 할머니는 초점이 나간 것처럼 멍한 눈을 했다. 모아는 메마른 할머니 손을 만지작거렸다. 나는 할머니를 사랑하는 걸까? 그렇지. 할머니를 조금 미워하기도 할까? 아주 약간은.

마지막은 비극적이었다. 해야 할 일이 있는데 그걸 마무리 못 했다고 하루에도 몇 번이나 중얼거리던 할머니는, 결국 늦은 새벽에 홀로 병실을 빠져나갔다가 병원 입구에서 직원에게 발견되었다. 이미 의식을 완전히 잃은 이후였다. 그게 마지막이었다. 혼자서는 거동조차 불가능한 할머니가 도대체 어딜 가겠다고 거길 제 발로 나간 거냐고, 엄마는 한참을 울었다. 주위에서는 그래도 긴 세월 하고 싶은 일을 하며 지내다 가셨다고 말했지만, 위로가 되지는 않았다.

돌아가신 할머니 때문에 크게 상심한 엄마를 옆에서 달래주다가, 엄마가 다시 철물점 문을 열 정도로 어느 정도 회복되었을 무렵 모아는 서울로 가는 기차표를 예매했다. 그간 오래 비운 집도 살펴보고 이직 준비도 해야 했다. 기차를 타러 가는 길에 이전 직장 사수에게서 전화 한 통을 받았다.

―모아 씨, 저번에 울산이 고향이라고 했죠? 만약에 기회되면 울산에서 일할 생각도 있어요?

딱히 없는데요, 하고 무심코 대답하려다 모아는 가만히 입을 다물고 전화 너머의 이야기를 들었다. 지인이 운영하는 회사에서 최근 울산의 큰 사업 하나를 진행하게 되었는데, 울산에 머물 경력직을 구한다고 했다.

─모아 씨가 계속 서울 사는 건 알지만, 혹시나 해서요.

모아는 생각해보겠다고 하고 전화를 끊었다. 덜컹거리는 기차 안에서 창밖을 바라보는 내내 마음 한구석이 불편했다. 특별히 마음이 동하지는 않은 상태로, 주위 반응이 어떤가 싶어 다음 날 만난 직장 전 동료에게 화두를 던져보았더니, 의아한 반응이 돌아왔다.

"고향으로 돌아간다고요? 왜요? 여기에 훨씬 기회가 많을 텐데……."

이상하게도 전 동료의 그 반응이 모아의 마음을 더욱 흔들었다. 한 걸음 물러나는 건 포기하는 것일까. 애초에, 고향으로 돌아가는 건 물러나는 건가? 문득 할머니의 말이 떠올랐다.

'한 번은 돌아와야 한다. 알겠지? 그래야 다시 나아갈 수도 있다.'

그건 대체 무슨 뜻이었을까. 엄마는 쓸데없이 의미 부여하지 말라고, 그 노인네 원래도 이상한 말을 워낙 많이 했다고 투덜거렸지만, 모아는 그 말을 떠올린 이상 돌아오지 않을 수 없었다. 정작 울산에서 한동안 일하기로 했다는 모아의 말에 엄마는 별달리 이유를 묻거나 토를 달지 않았다.

돌아온 날에 엄마는 짧게 말했다.

"그래. 잘 왔어, 모아야. 할머니도 좋아하시겠다."

울산에 온 지 세 달이 지났을 때, 모아는 지난 시간 동안 할머니가 도대체 무슨 일을 했는지 알고 싶다고 생각했다. 뒤늦게 모아의 짐 꾸러미에서 발견된 쪽지 하나 때문이었다.

거의 의식 없이 병실에만 누워 계시던 시기에 모아는 할머니의 휴대전화를 대신 가지고 있었는데, 그때 발신자명에 모 연구원이라고 뜨는 전화가 이름을 바꾸어 여러 번 왔다. 언젠가는 전화가 세 번 연속으로 걸려 오길래 일단 받았더니, 대뜸 "방금 메일로 보낸 HM-3102 신호 데이터 보셨습니까?"라는 질문이 들렸다. 모아가 퉁명스럽게 "저희 할머니, 지금 쓰러져서 확인 못 하세요" 하고 대꾸했다. 전화기 너머에서 "엇, 죄송합니다"라며 거듭 사과가 돌아와서 별말은 않았지만 모아는 그 일을 기억했다. 혹시나 해 HM-3102라는 의문의 문자열을 메모지에 적어두기도 했다. 그때 전화를 걸었던 것으로 추정되는 사람들도 장례식에 찾아왔다. 그들은 눈치도 없이 모아나 모아의 엄마에게 할머니에 관해 뭔가를 물어보고 싶어 하는 것 같았다. 하지만 모아는 그 사람들을 열심히 외면했다. 괜히 엄마에게 쓸데없는 말이라도 붙여서 더 속상하게 할까 봐 걱정이 됐던 것이다.

할머니는 거의 평생 동해수산자원연구소에서 일했고 정년 가까운 나이에 연구소 산하로 새로 생긴 고래연구센터로 옮겨 연구를 이어갔다. 그런데 분명 은퇴할 나이가 지난 후에도 할머니는 무언가에 몰두하고 있었으니 그건 아마 연구소의 정식 업무는 아니었을 것이다. HM-3102라고만 휘갈겨 써둔 메모지가 짐 꾸러미에서 발견되었을 때, 이것이 단서가 될 수 있겠다고 모아는 생각했다.

단서는 오직 그뿐이었고 처음에는 휘갈겨 쓴 글씨가 모호해 숫자도 불분명해서 3101, 3162 하는 식으로 여러 숫자를 입력해보아야 했다. 인터넷에 검색하니 온갖 상품 판매 페이지와 항공편 출-도착 정보가 떴는데, 전부 걸러내고 학술 연구 결과에만 집중해 찾았다. 그러자 'HM-3102를 통해 얻은 경로 데이터……' 따위의 문구가 검색에 걸렸고, 그 자료들은 대부분 같은 이메일 주소가 적혀 있었다. 이메일 주소는 한국의 연구 기관 도메인 형식과는 완전히 달랐지만, 모아는 혹시나 하는 마음에 고래연구센터의 연구원 소개 목록을 살펴보았다.

거기에 있었다. 도메인 형식은 다르지만, 아이디가 비슷한 사람이. 할머니에게 걸려온 전화의 발신인으로도 보았던 이름이었다.

전화를 걸자 젊은 남자가 받았다. 모아가 대뜸 자신은 임영선 씨의 손녀라고, 할머니가 생전에 하셨던 일이 궁금하다고 하자 처음에 그는 무척 경계하는 듯한 태도를 보였다. 아마 미리 알아보지 않고 전화부터 걸었다면 끝까지 말해주지 않앉을 것이다. 하지만 모아가 "HM-3102에 대해 알고 싶어요" 하고 콕 집어 이야기하자 그의 목소리에서 긴장이 풀렸다.

"저, 혹시 박사님이 무슨 말씀이라도 해주신 겁니까?"

"아뇨. 할머니는 말해주신 적 없는데, 제가 찾아봤어요. 무슨 일을 하셨던 건지 너무 궁금해서요. 그것 때문에 엄마가 얼마나 속상해했는데요. 지금이라도 이야기를 듣고 싶어요."

그는 잠시 망설이다가 만나서 이야기하자고 했다.

*

"늘 죄송한 마음이었습니다. 박사님이 연세가 있으시니 몸에 무리가 갈 거라고 짐작은 했지만 연구에 항상 큰 도움을 주셔서요. 그렇게 갑자기 쓰러지실 줄은 몰랐는데……."

카페에서 만난 연구원의 진심인지 인사치레인지 모를 말에 모아가 시큰둥하게 듣고 있자, 그가 본론으로 들어갔다.

"생태조사 로봇을 훈련하는 일이었습니다."

"네?"

"임영선 박사님이 하셨던 일이요."

갑작스러운 말에 모아는 눈만 깜빡였다.

"박사님이 평생 연구해오신 동해 고래들의 습성과 특징, 바다에서 살아남는 법, 그리고 감지해야 하는 정보들을 로봇에게 가르쳐 내보내는 거였습니다. 오래전부터 저희의 숙원은 울산 앞바다에 고래들이 다시 돌아와 건강하게 살아가는 일이었고, 그러려면 고래들의 종별 개체수, 이동 경로, 건강 상태와 동해 고래들만의 특성에 대한 심층 조사가 꼭 필요했습니다. 고래들이 떠나거나 개체수가 줄어든 이유를 파악해야 문제를 해결할 수도 있으니까요. 그런데 연구선으로 접근해 조사하는 고전적인 방식도 있지만 아무래도 표면적일 수밖에 없고 선박 소음이 고래들에게 불편함을 주기도 하니, 박사님은 아예 고래 무리에 합류해 고래처럼 살아가는 생태조사 로봇을 만들고 싶어 하셨죠. 마침 10여 년 전부터 동물행동학과 자연 다큐멘터리 촬영 분야에서 대상 동물을 닮은 로봇을 만들어 투입하는 연구가 활발해지기도 했지요."

연구원이 침착하게 설명을 이어갔다.

"하지만 임 박사님의 돌고래 로봇은 어딘가 독보적이었어요. 놀라웠죠. 초기 모델, 유령처럼 조용해서 우리가 '고요'라는 별칭으로 불렀던 모델까지는 다른 생태조사 로봇들처럼 외관도 어설펐고, 외부와의 상호작용이나 감정을 표현하는 특징이 뚜렷하게 나타나지 않았지만, 그 기억과 정보를 바탕으로 발전시킨 HM은 정말 똑똑한 돌고래 같았어요. 조사와 귀환, 훈련을 반복할수록 비약적인 발전을 이루었지요. 우리가 여러 번 외관과 지능 프로그램을 업데이트하기도 했지만,

무엇보다 임 박사님의 훈련 방식이 뭔가 달랐던 것 같아요. 로봇을 훈련시키는 게 아니라, 정말 어린아이를 차근차근 가르치는 것처럼, 마음과 감정을 지닌 살아 있는 존재를 대하듯 하셨거든요."

연구원은 HM이 놀라울 정도로 돌고래와 비슷한 존재가 되어간 과정을 꿈꾸는 듯한 표정으로 이야기했다. HM이 완벽하게 고래 무리에 적응하고 수집한 생태 정보를 정확하게 알려준 덕분에 연구 역시 큰 성과를 냈다. 하지만 무엇보다 놀라운 것은 HM의 '마음'이라고 했다. HM이 가진 것이 진짜 돌고래의 마음일지는 인간 연구원으로서는 알 수 없지만, 그건 단순한 생태조사 로봇은 결코 아닐 거라고 했다. HM은 여러 연구원 중에서도 유독 임영선 박사에게 잘 반응하며 배웠고, 그건 HM의 인공지능과 임 박사 사이에 형성된 깊은 애착 관계 때문이었다.

"그래서 박사님의 은퇴 이후에도, 돌고래 로봇이 귀환하고 재정비되어 나가는 시기마다 임 박사님 도움을 받을 수밖에 없었죠. 저희의 훈련 효과가 전혀 없는 건 아니었지만, 임 박사님은 몇 마디 대화만으로도 HM의 가능성을 끌어내셨거든요. 외부 자문직으로 도움을 계속 주셨어요."

거기까지 이야기하던 연구원의 표정이 문득 어두워졌다. 연구원이 말끝을 흐리는 것을 눈치챈 모아가 질문했다.

"HM의 행방이 지금은 불투명해진 것인가요?"

모아가 확인한 바로는, 몇 년 전부터 HM-3102를 통해 얻은 자료로 작성된 해양 포유류에 관한 연구 논문이 올라오지 않고 있었다. 그건 할머니가 늦은 시각에 자주 연락을 받고, 자꾸 아픈 몸으로 밖에 나가려고 해서 엄마와도 갈등을 겪기 시작한 때이기도 했다.

"지난 업데이트에서 치명적인 오류가 생겼어요. 그때 박사님이 갑자기 편찮으셨던 시기이기도 했고, 무엇보다 돌고래 로봇의 지능이 급격히 발전하면서 기존 메모리칩과의 충돌을 일으켰던 것 같아요. HM에게는 원래 바다를 자유롭게 헤엄치고 고래 무리와 어울리다가도 정기적으로 울산 앞바다로 돌아와 고래연구센터에서 점검을 받고 관찰 자료를 공유하도록 회귀 본능이 입력되어 있어요. 환경 측정 센서나 태양광 모듈처럼 계속 유지 보수가 필요한 장치들이 있으니까요. 그런데 그 회귀 본능이 작동하지 않았어요. 임 박사님과 온갖 방법을 시도해봤지만, 해결이 안 돼서 크게 상심하셨죠……."

돌고래 로봇이 바다에서 송신하는 신호 역시 어느 순간부터는 거의 잡히지 않아서, 연구원들은 로봇이 기능을 상실했거나 아니면 너무 먼바다로 떠나서 더는 찾을 수 없게 된 것이라고 추측했다. 결국 할머니가 돌아가실 때까지도 HM은 다시 돌아오지 않았다. 하지만 그날 연구원은 모아에게 한마디를 덧붙였다. 작년에 동해 연안에서 HM으로 추정되는 희미한 신호가 포착되어서 아직 희망을 갖고 있다고.

그 만남 이후, 모아의 머릿속에서는 사라진 돌고래 로봇이 어디로 갔을까 하는 문제가 떠나지 않았다. 그래서 몇 달 뒤 병원 대기실에서 모아가 '태화강 돌고래 출현' 뉴스를 보았을 때, 텔레비전 앞 웅성거리는 사람들 옆으로 비집고 들어가 뉴스 자막을 두 눈으로 확인했을 때, 뉴스에서 반복 재생되고 있는 헤엄치는 돌고래의 영상을 확인하고 또 거듭 확인했을 때 모아가 한 생각은 딱 하나뿐이었다.

돌아온 거야. 할머니의 돌고래 로봇이.

*

—울산 태화강에 돌고래 출현 제보, 태화강 생태 복원 과도했나?
—한국의 강돌고래 서식 가능성, 극히 낮은 것으로 밝혀져……
—태화강 고래 출현 소동, 10여 년 전 英 템스강 소동 연상케 해

수시로 업데이트되는 속보를 들으며 모아는 거리를 달리고 있었다. 검진을 마치고 나온 엄마를 택시에 태워 집으로 보내고, 모아는 곧바로 다른 택시를 잡아 태화강으로 향했지만

돌고래를 보려는 인파가 몰리는지 사거리에서 차가 도무지 꼼짝도 하지 않았다. 어쩔 수 없이 모아는 도로변에 택시를 급하게 멈춰 세우고 차에서 내려 전력으로 뛰었다.

다른 연구원들을 만나기로 한 장소 앞에 도착했다. 모아가 숨을 몰아쉬며 주위를 둘러보니 온갖 이상한 장비를 등에 이고 온 사람들이 보였다. 모아도 그 사람들과 합류해서, 장비를 몇 개 등에 나눠지고 강으로 힘겹게 뛰어갔다. 태화강 주변을 따라 사람들이 잔뜩 모여 있었다. 대부분은 난간이나 강을 가로지르는 다리 위에서 돌고래를 지켜보았지만, 흥분한 나머지 소리를 크게 지르는 사람들도 있었다. 돌고래 로봇은 청력이 민감해서 저러면 놀랄 텐데, 수많은 사람을 어떻게 제지할 수도 없어 모아는 난처하기만 했다.

모아 또래로 보이는 연구원이 다른 연구원에게 푸념했다.

"이게 방향 유도 장비인데, 잘 안 들어요. 지금 사람이 너무 많이 몰려 소음이 크기도 하고, 무엇보다 메모리칩 오류 때문에 HM이 잘 인식을 못하는 것 같아요. 어떻게 해야 할지······."

그때 모아와 연락했던 남자 연구원이 말했다.

"저, 모아 씨가 도움을 주실 수 있을지도 몰라요."

"제가요?"

갑작스러운 말이었다. 모아 자신도 뉴스를 보자마자 연구원에게 급하게 연락하기는 했지만, 할머니의 돌고래 로봇을 꼭 구해야 한다는 생각이었을 뿐 자신이 무슨 도움이 될 거라고 생각한 건 아니었다. 하지만 이어진 연구원의 말로는, 돌고래 로봇이 오랫동안 모아의 할머니가 들려준 음성으로 훈련을 받았기 때문에 비슷한 목소리에 반응할 수도 있다는 것이었다. 모아의 목소리는 당연히 할머니와 같지는 않아도 여기 돌고래 로봇을 되찾으러 모인 사람들 중에는 가장 비슷했고, 무엇보다 모아는 할머니의 말투를 기억했다. 돌고래 로봇이 그 말투에 반응할지도 몰랐다. 연구원의 말을 듣자마자 모아는 망설이지 않고, 연구원들과 함께 강변을 따라 뛰기 시작했다.

연구원들이 범고래 소리를 크게 틀었다. 돌고래가 사람이 많은 곳에서 스스로 벗어나도록 방향을 유도하는 것이었다. 아마 똑똑한 녀석이라서 저 정도에는 속지 않을 텐데, 뒤쫓아오는 인간들이 위협적이라고 생각한 건지 돌고래는 유도한 방향으로 달아나고 있었다. 산책로와 강 사이 거리가 있어 강변에 인적이 드물어지는 곳에서 연구원이 범고래 소리를 줄였다. 대신 유인 장치를 다시 켰다. 그러자 돌고래가 도망치는 걸 멈추고, 무슨 일인지 궁금해하는 듯 그 자리를 맴돌았다. 하지만 여전히 가까이 다가올 생각은 없어 보였다. 이제 모아가 나서야 할 때인 것 같았지만, 돌고래를 어떻게 불러야 할지 알 수 없었다.

"저어, 뭐라고 불러야……."

"박사님이 부르던 이름은 해몽이에요."

그때 모아는 어떤 기억을 떠올렸다. 할머니가 모아의 손을 잡으며 몽아, 하고 따뜻하게 부르던 기억을.

"몽아!"

모아가 크게 불렀다.

"해몽아! 여기로 와, 여긴 안전해!"

효과가 있을까 싶었지만 놀랍게도, 돌고래가 자리를 빙글빙글 맴돌던 것을 멈추었다. 그리고 뒤돌아보는 것처럼 천천히 몸을 돌렸다. 옆의 연구원이 작은 목소리로 말했다.

"아, 정말 돌아보네요. 신기해요."

"몽아, 이쪽으로 와!"

모아가 다시 크게 해몽을 불렀다.

"다들 너를 기다리고 있어!"

해몽이 모아의 목소리에 반응한 듯 이쪽으로 천천히, 익숙한 듯이 강을 거슬러 헤엄쳐오기 시작했다. 연구원들이 해몽을 안전하게 데려갈 수 있게 장비를 준비했다.

강을 거꾸로 헤엄쳐 다가오는 돌고래 로봇이 강에 작은 물결을, 파도를 만들어냈다. 그 물결을 보며, 할머니와의 수수께끼 같던 마지막 대화를 모아는 떠올렸다. 꼭 한 번은 돌아

소금물 주파수

와달라고 했었지. 그래야 다시 나아갈 수 있을 거라면서. 몽이에게 하는 말이었구나. 마침내 연구원들이 품에 무사히 안아 든 몽이의 모습을 보는데 모아는 약간 쓸쓸한 기분이 들었다. 할머니가 여기 있었다면 좋았겠다. 우리 몽이가 돌아왔네, 하고 비로소 안심하셨을 텐데.

하지만 지금은 할머니 대신 모아가 여기에 있었고, 몽이도 잊지 않고 돌아왔다. 먼바다를 가로질러 이곳으로.

3

너는 돌고래 해몽이야.
아주 멀고 깊은 바다로 가게 될 거란다.

나는 기억 속 다정한 목소리에 귀를 기울인다. 나에게 많은 것을 가르쳐주었던, 나를 돌보았던 목소리. 그 목소리가 말하고 있다. 파도와 바위와 모래에 대해서. 깊은 물속에서 살아남는 방법에 대해서. 수많은 고래와 그 고래들의 목소리, 움직임, 행동에 대해서. 나는 언젠가 내가 이 목소리를 들었고, 나는 수없이 바다로 떠났으며, 또 그만큼 여러 번 돌아왔다는 사실을 깨닫는다.

바닷속은 어땠니. 마음에 들었어? 범고래가 위협하진 않던?

다시 차갑게 나를 덮치는 바닷물과, 머릿속을 채우는 바다의 수많은 이야기, 정보들. 흰 파도처럼 부서져 쏟아지는 세상. 나는 바다 한가운데로 나아갔다. 그것들을 수집하고 조사해서 돌아와 이야기해주기 위해서, 이 물속 세계를 보호하는 일을 돕기 위해서.

그래서 나는 알게 된다. 내가 혹등고래들의 오래된 노래를 알고 있는 이유, 귀신고래가 나를 만난 적이 있었던 이유, 내가 그들의 목소리를 잘 흉내 낼 수 있는 이유, 플라스틱과 부력과 산란과 중력을 아는 이유, 친구 고래들을 관찰했던 이유, 이 바닷속의 모든 것이 다 궁금했던 이유, 누군가에게 자꾸 이야기해주고 싶었던 이유.

내가 누구인지 알아내고 싶었고, 내가 가야 할 곳을 알고 싶었던 이유. 어쩐지 나는 바다에서 태어난 게 아닐지도 모른다고 짐작하면서도, 이 깊고 푸른 물이 좋았던, 영원히 바다를 헤엄치고 싶었던, 이 물의 세계에 속해 있다고 느꼈던 이유.

나를 만들고 가르친 그 목소리가 말한다.

멀리멀리 가거라. 가서 이 바다에 고래들이 가득 돌아올 때까지, 인간과 고래가 함께 사는 날이 올 때까지 오래 살고 멀리 헤엄쳐서 그날들을 꼭 지켜보거라. 나는 얼마 지나지 않아 떠나겠지만, 네가 있어서 안심할 수 있구나.

그리고 가끔은 돌아와 바닷속을 증언해주렴.

작은 대양을 떠돌던 어떤 소문에 따르면, 이곳에는 귀신물고기가 산다고 한다. 처음에는 아무리 봐도 이 바닷속 생물을 흉내 내기는 했는데 도무지 이 바다의 생물 같지 않아 무시무시한 소문을 만들어낸 그 귀신물고기는, 언젠가부터 모습을 보이지 않게 되었다고 한다.

이제 나는 그 귀신물고기의 정체를 안다.

돌고래를 닮은 그 물고기는 바다에서 태어나지 않았지만 바다를 사랑하게 됐고, 돌고래로 태어나지 않았지만 돌고래로 살아가기로 했다.

언젠가 바다의 모든 것을 알게 되면, 바다가 더는 궁금하지 않게 되면, 멀리 나가서 아름다운 바다를 마음껏 보라고 했던 다정한 목소리가 더는 기억나지 않을 때쯤이면, 그 돌고래도 조용히 자신이 진짜 태어났던 곳으로 돌아가 눈을 감고 싶어 할지 모르겠다. 하지만 그런 날은 아마 오랜 시간 뒤에야, 셀 수 없이 많은 날이 흐른 후에야 오리라는 것을 나는 안다.

파도 소리가 잦아들면 몽아, 부르던 목소리가 내 뒤를 따라오고, 지금 내 앞에는 차가운 바다가 선명하다.

그리고 이제 나는 아주 멀리까지 가서, 이 바다의 가장 깊은 아름다움을 마주 볼 것이다.

4

연구원들의 손을 거쳐 점검과 수리, 메모리칩 복원까지 전부 마친 해몽은 이제 지쳐서 잠든 것처럼 보였다. 수조에는 물이 가득 차 있었다. 바닷물과 최대한 비슷하게 조건을 맞춘 것이라고 했다. 신기해하며 해몽을 지켜보는 모아에게, 옆에 선 연구원이 목소리를 낮춰 설명했다.

"돌고래 로봇이니까 꼭 물이 필요한 건 아니지만, 물이 있는 걸 훨씬 편하게 느끼는 것 같아요. 어떨 때는 정말 돌고래 같다니까요. 임 박사님은 사람인데, 어떻게 몽이를 돌고래로 길러내신 걸까요?"

모아가 그 말에 작게 웃음을 터뜨렸다. 연구원도 결국 웃고 말았다. 갑자기 키득거리는 두 사람 때문에 수조 속에서 깨어나버린 해몽이 약간은 어리둥절해 보였다. 연구원이 기쁜 표정으로 해몽을 가만히 바라보다가 말했다.

"박사님은 울산이 고래를 살리는 도시가 되기를 바라셨어요. 바다쉼터 사업도 추진하셨고요. 작가들이 울산을 찾아와서 고래에 대한 이야기를 만드는 걸 무척 좋아하셨고, 고래에 대한 자료나 취재 요청에도 협조적이셨어요. 고래를 꼭 눈앞에서 가까이 봐야만 멋지게 그릴 수 있는 건 아니라고, 닿지도 못하는 별들에 대해서 사람들이 수천 년간 얼마나 아름다운 작품들을 많이 만들었냐고 하면서요. 고래를 존중하고, 그래서 고래들이 안심하고 찾아올 수 있는 바다가 되기를 바라셨던 것 같아요. 박사님이 평생 사랑했던 고향이니까요."

태화강 돌고래 출현 소동은 고래연구센터에서 비공개로 수행하고 있던 생태조사 로봇의 정체를 언론에 밝히면서 가벼운 해프닝으로 끝났지만, 문제는 해몽을 앞으로 어떻게 할 것인가를 두고 생겼다. 해몽의 돌고래 같은 외관과 지능에 놀란 사람들 중 일부가 해몽을 울산에 전시하고 시민들이 볼 수 있게 하자고 주장한 것이다.

"절대 안 될 일이죠. 몽이는 바다로 돌아가야 해요."

연구원들은 단호했다. 모아의 생각도 같았다. 할머니는 해몽을 최대한 돌고래처럼 행동하도록 가르쳤다. 그건 해몽이 가급적 돌고래와 가까운 모습으로 바닷속에서 살아가기를 바랐기 때문일 것이다. 물론 그렇게 해야 더 정확한 생태 자료를 얻을 수 있기 때문이기도 하겠지만, 단순히 그뿐만은 아니었을 것이다. 어쩌면 해몽이 만들어진 이후 바다와 연구소를 오가며 수많은 것을 배우고 변화해가는 모습을 지켜보면서, 할머니는 해몽을 정말로 돌고래로서 아끼고 사랑하게 된 것인지도 몰랐다.

"이번에는 위치 센서를 더 발전한 부품으로 교체했어요. 앞으로는 해몽을 위험하게 연안으로 귀환하게 하는 대신 저희가 직접 연구선을 타고 접근하려고요. 연구선에서 생태조사 데이터만 동기화하고, 정기 점검과 업데이트도 배 위에서 한 다음 해몽을 곧바로 바다에 되돌려 보내줘야죠. 그래도 거기도 나름대로 울산 앞바다니까요. 해몽에게도 고향에 가끔 돌아오고 싶은 마음은 남겨두어도 좋을 것 같았어요."

모아는 해몽이 무사히 돌아와 수리까지 마쳐 기쁜 마음과, 할머니에 대한 복잡한 애정과, 해몽을 단순한 돌고래 로봇으로 여기며 가둬 전시하자는 의견에 대한 걱정을 품고 어수선한 마음으로 강변을 걸었다. 연구소 상부에서도 돌고래 로봇이 워낙 사람들의 시선을 크게 끌었으니 홍보용으로 더 유용할 거라는 의견이 나와서, 고래연구센터 사람들은 기분이 상한 모양이었다. 원래는 해몽을 수리하자마자 바다로 보낼 예정이었는데 상부의 의견 때문에 복귀 일정도 지연

된 것 같았다.

모아가 태화강을 따라 한참 걸었을 때, 얼마 전 해몽이 처음 발견되었던 장소 근처의 다리에 사람들이 많이 몰려 있는 것이 보였다. 자그만 피켓을 들고 선 학생들도 있었다. 모아는 걱정스러운 기분으로 가까이 다가섰다. 혹시 사람들이 해몽을 울산 도심에 계속 두자고 주장하면 어떡하지? 하지만 걱정했던 것과 달리, 학생들이 들고 선 피켓은 지속 가능한 바다와 생태 연구를 위해 돌고래 로봇을 다시 바다로 돌려보내자는 이야기였다.

어떤 여자아이 한 명이 손 글씨로 쓴 피켓을 들고 있었다. '해몽이를 다시 울산 앞바다로!' 고등학생 정도로 보였는데, 모아가 눈을 마주치며 웃었더니 여자아이도 씩 마주 웃어주었다. 모아는 생각했다. 밤하늘의 별처럼 멀리 있어도 사람들은 그것을 사랑할 수 있고, 어쩌면 때로는 그게 더 나은 사랑의 방식일 수도 있다고. 그리고 해몽은, 진짜 돌고래는 아니더라도, 바다로 보내주는 것이 해몽을 사랑하는 나은 방식일 것이었다.

[결국 탈출한 돌고래 로봇, 해몽의 행방은?]
태화강을 떠들썩하게 했던 생태조사 돌고래 로봇이 8일 새벽 고래연구센터가 관리하는 바다쉼터에서 탈출해 도망친 것으로 알려

졌다. 고래연구센터는 관리 실책을 인정했으나, 그럼에도 해몽의 해양 환경 적응 능력이 매우 뛰어나고, 부품 결함은 수리를 무사히 완료했으며 추후 필요한 경우 해몽에게 탑재된 위치 센서를 활용할 수 있기에, 당분간은 바다로 돌아간 돌고래 로봇의 위치를 추적하지 않겠다는 입장을 밝혔다. 울산 시민들을 놀라게 했던 태화강 돌고래 출몰 사건은 이처럼 해프닝으로 그칠 전망이다. 해몽이 갑작스럽게 주목받은 것을 계기로, 고래연구센터는 연구 기관에만 공유하던 해몽의 생태조사 연구 보고서를 시민들도 쉽게 접할 수 있도록 해설 자료를 공개하겠다고 밝혔다.

훗날 다시 해몽이 울산 앞바다와 태화강으로 돌아오게 된다면, 그때 해몽이 만날 풍경은 어떻게 달라져 있을까.

휴대전화로 기사를 읽던 모아는 고개를 들고 식탁 맞은편에 있는 엄마를 퍼뜩 보았다. 문득 떠오른 질문이 있었다.

"엄마, 그런데 왜 내 이름이 '모아'야?"

"한자 뜻은 따로 없고 우리말로 붙였지. 세상의 좋은 것들을 다 모아서 주겠다고. 그런데 뜻은 내가 나중에 생각했고 사실 네 이름, 처음에는 할머니가 지은 건데……."

"아!"

모아가 자리에서 벌떡 일어났다.

할머니가 모아라는 이름을 지어줬다고? 게다가 돌아가실

때 하신 말씀이 '모아'와 '몽이'에게 둘 다 하는 말이었다고? 그러면 모아와 몽이 둘 다 내 손녀라고 하던 말이 그냥 의식이 가물가물하실 때 별 뜻 없이 하신 말이 아니었어?

모아는 순간 혼란에 빠졌다. 아니, 그런 의미에서라면, 몽이가 내 동생인가? 잠깐. 최초의 버전은 나보다도 일찍 만들어졌다고 했으니 내 언니인가? 어라, 엄밀히 세대로 치면 설마 이모인가? 그렇게 생각하니까 너무 이상한데……. 그냥 돌고래 로봇 동생이 있는 걸로 하자. 모아는 그렇게 생각하며 마음속 혼란을 추스른 다음, 다시 자리에 앉았다.

"왜, 뭔데?"

"엄마. 나 숨겨둔 동생 있는 거 알아?"

이번에는 엄마가 마시던 물을 뿜을 뻔했다. 폭탄 발언을 수습하려면, 조금은 긴 설명이 필요할 것 같았다. 모아는 속으로 웃었다.

어느 쪽이든, 아무렴 좋았다.

모아에게는 바다로 간 돌고래 로봇 동생이 있다. 돌고래는 아니지만 진짜 돌고래만큼 자유로운. 고래들 사이에서 헤엄치며 몽이는 물속 너른 세상으로 향해 가겠지. 바다가 더 나아지기를 바라는 마음이 해몽을 더 멀리, 그보다 더 멀리까지 밀어줄 것이다. 그래도 몽이가 가끔 이곳을 그리워할 수도 있겠다고, 나중에 다시 만나면 그때는 몽이에게 자기 이름에 관해 이야기해주어야겠다고 모아는 생각했다. 여기가 몽이의 고향이니까.

고요와 소란

사물에는 목소리가 있다. 그것들은 영혼을 지닌 채 우리에게 말을 걸어온다. 거품 터지는 소리, 부서지고 꺾이는 소리, 잘그락거리고 찰랑대고 끼기긱끼기긱 미끄러지는 소리를 통해서. 사물들은 단순히 소리를 내거나 진동하는 것 이상의 이야기를 건네온다. 표면 위에 켜켜이 쌓인 시간과 공간의 겹에 대해서, 삶의 진실에 대해서. 그래서 우리는 사물들에게 영혼이 있다는 것과 그들이 고유의 목소리를 가진다는 것을 믿으며, 그 영혼의 휘광과 그림자가 우리에게 드리우는 옷자락을 붙잡으려고 시도한다.

아니, 그랬던 시절이 있었다. 사물에게 목소리가 있었고, 그것들이 우리에게 말을 걸어오던 시절이.

그 시절에 사물들은 생생한 목소리로 말했다. 우리는 귀 기울였고 들었고, 그 존재들의 영혼을 우리의 영혼에 각인했다. 그러다 어느 날 갑자기 목소리들은 떠나버렸다. 사물들은 조용해졌다. 우리는 그 이유를 알지 못한 채 비통해하며 사물들의 표면에 귀를 가져다 댄다. 안쪽 깊은 곳에서 울리는 고동 소리를 들으며, 여전히 그 안에 깃든 영혼의 존재를 감지하려고 애쓴다. 이제 그것들은 영혼을 지닌 채로 침묵을 지킨다. 우리는 사물들의 침묵을 들으며, 우리가 듣지 못하는, 우리를 떠나버린 목소리를 그리워한다.

내가 서해겸을 네 번째로 만났을 때 그는 매우 지쳐 있었고, 며칠은 잠을 못 잔 사람처럼 퀭했다. 해겸은 지난 일주일간 라오스에서 급한 업무를 마치고 돌아왔다고 했다. 라오스에 있던 개인 소유의 목소리 기록관이 얼마 전 문을 닫았는데, 그 기록관은 국제 목소리 아카이브에 통합되지 않은 곳으로서는 해겸의 기록관과 더불어 단둘뿐인 기록관이었으므로, 이제는 인천에 있는 해겸의 기록관이 세상에 남은 유일한 사설 기록관이 되었다는 것이다. 라오스 기록관 관장은 국제 아카이브나 다른 개인 수집가들이 자신의 소장품을 가져가겠다는 것을 거절했다. 그러고는 소장품을 라오스 곳곳의 창고에 분산해두었는데, 지난주에 갑자기 마음을 바꾸어 해겸에게만 그 자료를 넘기겠다고 해서 해겸은 급히 라오스로 날아가 중요한 기록을 챙기고 반출 허가를 받느라 며칠

밤을 새웠다고 했다.

실제로 이번 체류에서 내가 해겸의 기록관에 머무는 사흘간 끊임없이 초인종이 울렸다. 커다란 상자가 계속 도착했는데, 통관 서류가 붙은 그 상자들은 대부분 라오스와 태국을 비롯한 동남아시아 지역의 목소리 기록과 해설, 그리고 사물의 표본이었다. 동남아시아에서는 목소리뿐만 아니라 그런 표본들, 즉 목소리가 발견된 특정한 사물들을 '영혼 사물'이라고 부르며 귀하게 여겨온 문화가 있다고 했다. 나도 혹시 라오스에서 온 영혼 사물을 살펴봐도 될지 조심스럽게 청했지만 해겸은 고개를 저었다.

"분류를 마치기 전에는 안 됩니다. 창고 직원들이 박스를 다 헤집어놔서 기록과 사물을 짝지어놓은 라벨이 온통 엉망이 됐습니다."

그는 단호한 어조로 말하고는 다시 분류 작업에 몰두했다. 어찌나 집중했는지, 지난번과는 달리 내가 기록관 깊은 곳까지 들쑤시고 다녀도 전혀 신경 쓰지 않았다. 그가 전보다 나를 덜 불편하게 느끼는 듯해 그 점은 다행이었다.

처음에 해겸은 나를 기록관에 들이는 것조차 꺼렸다. 내가 찾아본 인터뷰에서 그는 온화한 인상의 중년 여성이었는데, 실제 첫인상은 최소한의 예의를 차리기는 했으나 다소 퉁명스럽고 꽤 방어적인 느낌이었다. 아마 지난 몇 년간 그가 여러 종교 단체의 비난에 시달렸던 것과 관련이 있는 듯했다. 수년 전 그는 방송 인터뷰에서 범신론과 유신론에 기반한 사물영혼론에 모호한 태도를 보였다가 크게 비난받은 적이 있었다. 기록관으로 오는 길에도 낡은 현수막의 날 선 문구들이 그 흔적으로 남아 있었다.

  해겸은 내 한국어 억양이나 발음이 서툴다며 취재를 올바르게 할 수 있겠냐고 까다롭게 트집을 잡았는데, 말레이시아에서 어린 시절을 보내서 그렇다는 해명에도 살짝 미간을 찌푸렸다. 그러더니 그다음에는 내가 사물의 목소리를 기억하기에 너무 앳된 얼굴이라며 또 나를 의심 어린 눈빛으로 살폈다. 직접 신분증을 꺼내 연도를 비교하며 어렸을 때라면 충분히 목소리를 들었을 나이라는 점을 성실히 설명하고 나서야 그는 나를 소파에 앉혔다.

  그런 해겸의 태도는 그가 이제 머리가 희끗하게 세기 시작한 나이라는 점을 고려해도 지나치게 꼬장꼬장한 느낌이었지만, 지난 10여 년간 비주류적 주장을 해오며 마주했을 냉담한 시선이나 그가 젊은 시절 보수적인 업계에서 일해왔다는 것을 생각하면 그리 이상한 일은 아니었다. 그렇다고는 해도 그의 태도에 당황한 나는 첫 만남에서 바보 같은 실수를 저질렀다. 해겸에게 내가 여기까지 온 이유나, 사물의 목소리에 관심이 있는 이유, 어린 시절의 목소리 경험에 대해 허둥지둥하며 설명하다가 손을 잘못 움직여 안경을 툭 떨어뜨렸다. 주워 보니 다리 한쪽이 부러져 있었다. 부러진 안경을 겨우 귀에 걸친 나를 보며 해겸이 황당하다는 듯 웃었다.

"그러게, 뭐 하러 말레이시아에서 여기까지 와 고생을 합니까? 국제 목소리 전시관이 거기에도 몇 군데는 있을 텐데."

여전히 말투는 퉁명스러웠지만 내 실수가 그의 경계를 풀어준 건 확실했다. 그날 나는 그 기록관에서 가장 일반적인 전시실에 가깝게 꾸며진 바깥 공간을 둘러보았고, 해겸은 다음번에는 좀 더 안쪽 자료들을 살펴봐도 된다고 허락했다.

목소리 기록관으로서 해겸의 기록관은 확실히 국제 아카이브에 비해 훨씬 규모가 작았다. 해겸이 수집 작업을 할 때 직접 녹음한 자료들이 대부분이었고, 분류 기준도 한눈에 알아볼 수가 없었다. 이곳에 오기 전 나는 전 세계의 국제 목소리 아카이브를 여러 군데 보고 왔는데, 그런 큰 규모의 기록관은 대개 전시라는 목적에 충실했다. 방문객들이 과거의 '목소리 풍경'을 경험하도록 한다는 목적이 뚜렷했던 것이다. 이를테면 에콰도르의 바뇨스 숲을 모방한 전시관에서는 온갖 열대 새와 나무, 가끔 폭우가 내리칠 때 순식간에 고요해지는 생물음과 더불어 풍경을 뒤덮어버리는 빗소리, 물소리, 그리고 그 소리에 섞여 있는 '해설자'들의 목소리를 마치 그 숲에 들어가 있는 것처럼 들을 수 있었다.

아이오와의 옥수수밭을 모방한 전시관도 있는데, 그곳에서는 언뜻 들어서는 무슨 소리인지 알 수 없는 빠그작빠그작, 찌직찌직 하는 소리가 계속 들려왔다. 조금 소름이 돋으면서도 호기심을 자극하는 그 소리는 해설자들의 말에 의하면 옥수수가 자라면서 섬유질이 내는 소리로, 시간이 작물들에게 부여한 소리였다. 어떤 해설자는 옥수수가 성장통을 호소하고 있다면서 자신에게는 옥수수가 아프다고 불평하는 소리가 들린다고 했다. 해설자의 설명은 농담인지 진담인지 구분이 안 될 정도로 장난스러워서 방문객들은 옥수수 소리를 자꾸 반복 재생하며 깔깔 웃었다.

하지만 해겸의 기록관에는 그럴싸한 전시관이 없었다. 지역, 시간이나 공간, 높이와 지형에 따라 세분된 목소리 풍경은커녕 도대체 무슨 기준으로 구분한 것인지도 이해할 수 없는 사물들과 그 목소리들이 널려 있었다. 나는 해겸의 기록관에 들어서자마자 바닥에서 천장까지 빽빽하게 설치된 철제 선반을 보고 당황했는데, 공장 창고에서나 쓸 법한 것이었다. 그 위에는 오디오 기록의 변천사를 늘어놓은 것처럼 통일성 없는 여러 녹음 기록물, 카세트테이프와 디지털 오디오테이프, 하드디스크를 비롯한 기록들이 그것의 사물들과 짝지어져 놓여 있었다. 코코넛 껍데기와 유리잔, 고양이 수염, 나사못, 물뿌리개, 열쇠, 커피머신, 바싹 마른 불가사리…… 그리고 사물 없이 놓여 있는 기록들. 지금껏 내가 돌아본 다른 목소리 기록관이 사진이나 홀로그램, 영상으로 그 목소리의 주인을 함께 보여줄 뿐만 아니라 사물 혹은 생물을 둘러싼 환경까지 충실하게 구현하고 있었음을 생각해보면, 대충 갈겨 쓴 글씨로 '흰목물떼새' 같은 라벨만 덜렁 붙여놓은 해겸의 소장 자료는 어딘가 성의가 없어 보이기도 했다.

그럼에도 이 기록관에 있는 것은 대부분 해겸이 직접 현장에서 녹음한 목소리였다. 사람들은 해겸이 이 목소리들을 국제 아카이브에 통합하는 것을 거부한 이유가 목소리 수집가의 자부심이나 아집 같은 것이라고 여겼다. 나도 처음에는 그럴 거라고 생각했지만, 이곳에 두세 번 더 방문하면서 어쩌면 진짜 이유는 따로 있지 않을까 짐작하기 시작했다.

무언가 더 있었다. 표면에 드러나지 않는 집요함이. 해겸은 목소리만을 수집해온 것이 아니었다. 목소리 이면의, 그러나 다른 사람들은 주목하지 않았던 무언가를 그는 찾아온 것인지도 모른다.

네 번째 방문에서 나는 그 점을 확실히 느꼈다. 지난번까지는 해겸이 문을 열어주지 않아서 들어갈 수 없었던 기록관 안쪽 수장고 문이 열려 있었다. 그곳에는 산만하게 널브러진 테이프와 녹음기, 디스크들이 보였는데 그 앞에는 이렇게 적혀 있었다.

목소리에 대한 틀린 해석들

 몇 개의 기록을 들어보았는데, 미편집본인지 소리가 제대로 나오는 구간보다 지직거리는 잡음 구간이 더 길었다. 목소리 해설은 두서없었다. 그렇다고 해도 근본적으로 이 기록실 바깥의 것들과 크게 다른 기록은 아니었다. 어떤 점에서 이 해석들이 틀렸다는 것일까?

 방을 한참 살펴보다가 밖으로 나왔을 때, 나는 해겸이 바닥에 쪼그려 앉아 영혼 사물들을 분류하고 있는 것을 보았다. 라오스에서 온 영혼 사물들은 잘 관리된 듯 하나같이 상태가 온전했고, 투명한 상자에 담겨 있었다. 하지만 해겸은 원래 그 사물들이 어떤 대우를 받았는지는 관심 없는 것처럼, 혹은 그 사물에 깃들어 있을 영혼에는 그다지 신경을 쓰지 않는 것처럼, 상자에서 하나씩 꺼낸 사물들을 손이나 드라이버 따위로 두드리거나 거칠게 문지르며 소리를 들었다. 그 모습을 본 나는 무심코 물었다.

 "관장님은 사물에 영혼이 있다는 것을 믿나요?"

 해겸은 흠칫 놀라 고개를 들었다. 그리고 미간을 찌푸린 채 나를 오래 바라보았다. 내 의도를 파악하려는 것처럼. 아마 내가 우회적인 질문으로 그의 '무심론(無心論)'에 대한 입장을 캐내려는 게 아닐까 의심하는 것 같았다. 사물에 영혼이 있다는 믿음은 거의 모든 문화권에서 보편적인 것으로,

세속주의가 강한 한국에서도 흔한 믿음이며 서구권에서는 특히나 사회 근본을 이루는 도덕규범에 가까웠다. 오래전 사물들이 말하기 시작했을 때, 그것들은 단지 죽어 있는 혹은 생기 없는 존재가 아니라 그 각각이 신성과 영혼을 지니고 있음을 명백히 드러냈다. 목소리를 듣기 시작한 인간은 인간 자신만이 영혼을 가지고 있다는 착각에서 벗어나 겸손한 영장류가 되었다. 목소리가 떠난 이후 태어난 세대가 이제 막 10대 초중반이 된 현재는, 목소리를 들은 적 없는 청소년들이 보이는 인간중심적 태도가 여러 사회의 고민거리였다. 그럼에도 사물의 영혼을 부정하는 태도는 대개 부도덕하다는 인상을 주곤 했다. 그러니 나는 사상 검증과 같은 예민한 질문을 한 셈이었고, 특히나 여러 종교 단체로부터 비난받아온 해겸 같은 이에게는 더 민감할 법도 했다. 잠시 뒤 해겸은 당혹감을 표정에서 지우고 말했다.

"당연한 것 아니겠습니까. 난 목소리를 수집하는 사람입니다. 여기 있는 것들도 다 '영혼 사물'이고요."

해겸은 자신 앞에 쌓인 녹음테이프와 디스크, 사물들을 가리켰다. 그 부피와 질량으로서 자신이 해온 일을 증명하려는 사람처럼. 나는 태연함을 가장하며 말했다.

"네. 그렇죠. 그래도 가끔 어떤 사람들은 믿지 않는 것을 수집하잖아요. 가치 있는 수집품으로서요."

해겸이 무심하게 대꾸했다.

"그런 사람이 있기야 하겠습니다만, 나는 이 일에 반평생을 바쳤습니다. 왜 믿지도 않는 것에 굳이 그러겠습니까?"

언뜻 그의 말은 옳아 보였다. 나는 해겸의 앞에 쌓인 영혼 사물들을 보았다. 한때 고유한 목소리를 가지고 말했으리라고 짐작되는, 지금은 특별한 점이 없어 보이는 사물들. 왜 하필 이 순간에 내가 이런 질문을 꼭 해야 한다는 느낌이 드는지는 알 수 없었지만, 이전부터 품어왔던 의문이 고개를 들고 있었다. 나는 이제 막 사물에 영혼이 있다는 걸 알게 된 열 살 어린아이처럼 물었다.

"사물에 영혼을 부여한 건 신일까요?"

"다양한 해석이 있겠지요. 특정한 신일 수도 있고, 모든 존재에 깃든 신일 수도. 난 어느 쪽이든 괜찮다고 생각합니다."

"신이 아니라면요?"

"범심론적 견해라고 하지요. 사물의 영혼을 특정한 인격신이 부여한 것이 아니라, 본디 깃들어 있던 영혼이 목소리를 통해 드러나게 되었다는 주장인데 보통 사람들보다 목소리를 연구하는 학자들 사이에서 조금 더 보편적인 입장입니다. 서영 씨가 있던 곳에서는 이런 걸 가르치지 않았나 보지요? 어린 학생들도 배운다고 알고 있는데."

해겸은 이상하다는 듯 내 눈을 마주 보고는 말을 이었다.

"그래도 뭐, 아주 이상한 일은 아니겠군요. 그동안 사람들은 사물의 목소리 자체에 주로 관심을 기울였지, 누가 어떻게 그 목소리를 부여했는지에 대해서는 유보하는 태도였으니까요. 자칫 잘못 건드리면 또 다른 종교전쟁으로 번질 테니, 사물의 목소리가 인류에게 준 새로운 기회에 집중하는 게 나았을지도 모르지요."

하지만 해겸은 자기 입장에 대해서는 한마디도 하지 않았다. 나는 더 과감한 이야기를 꺼내보고 싶었다.

"정말 이상한 말처럼 들릴 것을 아는데요."

나는 해겸의 표정을 살피며 입을 열었다.

"저는 사물에 영혼이 있다는 것을 늘 믿기 어려웠어요."

"그건 참 희한하군요."

해겸이 나를 빤히 보며 말했다.

"서영 씨는 나를 처음 만났을 때, 어린 시절 사물의 목소리를 들었다고 하지 않았습니까?"

분명 그런 말을 했었다. 해겸에게 내가 수상한 사람이 아니라는 걸 확인시켜주기 위해서, 제대로 떠오르지도 않는 여섯 살 무렵의 기억을 횡설수설하며 이야기했다. 하지만 솔직했던 건 아니었다.

"어른들에게 말했을 때 다들 기뻐하셨거든요. 우리 서영이가 드디어 목소리를 느꼈구나, 하고요. 그런데 시간이 지나면서 다른 생각을 하게 됐어요. 그건 혹시, 사물의 목소리가 아니라…… 뭔가 다른 게 아니었을까? 어쩌면…….ˮ

나는 머뭇거리다 말을 이었다.

"목소리 뒤에 있는 무언가, 혹은 나에게 목소리를 듣게 만든 무언가를 느낀 게 아닐까. 이런 의심을 떨칠 수 없었어요."

"재미있네요. 왜 그런 생각을 한 겁니까?"

"사실은 오랫동안 그 느낌을 설명할 수가 없었어요. 뭔가 이상한데, 이건 남들이 듣는 목소리가 아닌 것 같은데, 검증할 수가 없었죠. 왜냐하면 그 경험 직후에 목소리가 사라져 버렸고 저는 다시는 목소리를 듣지 못했으니까요. 그러다 몇 년 전에 서해겸 관장님이 쓰신 글을 읽게 된 거예요."

"아, 그거요." 해겸이 웃었다. "나를 지난 몇 년간 아주 곤란하게 만들었던 글을 말하는 겁니까?"

"맞아요. 사실 관장님은 그 칼럼에서 아주 조심스럽게 말씀하셨죠. 사물의 목소리는 분명히 실재했지만, 어쩌면 그건 사물의 영혼이 아니라 무언가 다른 것의 증거인지도 모른다고……."

해겸이 손을 내저으며 내 말을 가로막았다.

"이제 됐어요. 지금은 그런 주장 안 합니다. 그 이후로 삶이 무척 귀찮아졌거든요. 남은 생은 그저 이 기록관에서 조용히 기록들을 살피며 살 겁니다. 괜히 분란을 일으키지 않고요."

"하지만 생각을 바꾸신 건 아니잖아요."

내 말에 해겸은 긍정도 부정도 않고 나를 보았다. 나는 한 번 더 밀어붙였다.

"만약 어렸던 제가 '거미'를 만난 거라면요?"

해겸의 표정이 잠시 굳었다. 그는 짧게 중얼거렸다.

"웃기는 소릴. 거미는 만나고 말고 할 수 있는 것이 아닙니다. 애초에 비유에 가까운 표현이고요."

"그렇지만 흔적을 남길 수는 있잖아요. 그리고 관장님은 아직 그 흔적을 찾고 계시죠."

해겸이 허를 찔린 듯 웃었다.

"이봐요. 뭘 알고 왔죠? 나에게 원하는 게 뭡니까?"

"죄송해요. 뭘 알고 온 건 아니에요. 단지 관장님을 만나면, 긴 이야기를 나눌 기회가 있다면 꼭 묻고 싶었어요. 사물의 영혼에 대해 어떻게 생각하시는지, 그리고 왜 거미를 찾고 계신지를요."

"그게 이제 와서 왜 중요합니까? 서영 씨도 알다시피, 이젠 아무도 내 주장을 진지하게 여기지 않아요. 날 찾아오거나 이 기록관을 조사하겠다고 오는 사람들 대부분은 그저 나를 재미있는 조롱거리로 삼을 뿐이지요. 그러다 내가 늙어 죽으면 다들 이런 주장쯤은 금방 잊어버릴 겁니다. 고작 이 정도 취급을 받는 내 생각이, 서영 씨에게는 왜 의미가 있는 거죠?

고요와 소란

당신에게 다른 꿍꿍이가 없다는 걸 내가 믿어야 합니까?"

"솔직히 말씀드리면……" 나는 천천히 말을 이었다. "잘 모르겠어요. 저도 왜 이게 저에게 중요하게 느껴지는지 설명을 못 하겠어요. 그저 관장님의 글을 처음 보았을 때부터, 그리고 거미들의 존재에 대해 계속 생각하고 또 생각하기 시작한 이후로……"

나는 망설임을 담아 말했다.

"그들이 존재했으면 좋겠다는 생각이 들었어요. 그러면 덜 외로울 것 같다는 생각도요."

해겸의 표정이 찌푸려졌다. 그리고 그는 고개를 숙였다가, 잠시 뒤 다시 들어 나를 마주 보았는데, 그 얼굴에는 설명할 수 없는 묘한 표정이 걸려 있었다.

"그것 참 이상하네요. 난 그들을 쫓는 내내 외로웠거든요."

해겸은 미소 지으며 입을 열었다.

"하지만, 그래요. 어차피 이건 수도 없이 반복해온 이야기니까, 또 한다고 닳을 일은 없겠지요."

그렇게 그는 긴 이야기를 시작했다.

사물들이 말하기 시작했을 때, 해겸은 서른네 살이었다.

빙하로 가득한 북극을 나와 문명 세계로 돌아왔더니 갑자기 세상이 변해 있었다.

그 전까지 해겸은 빙하가 부서지는 소리를 녹음하기 위해 북극으로 긴 출장을 떠나 있었으므로, 처음에는 무슨 일이 벌어진 것인지 알아차리는 데에 시간이 걸렸다. 북극 출장은 한 영상미술 작가가 자신의 전시에 사용할 빙하 소리를 의뢰하면서 시작되었고, 해겸은 음악감독 임승하의 현장 녹음에 동행했다. 까탈스러운 임승하의 비위를 맞추기 어렵다는 점을 알면서도 수락한 건 제법 좋은 보수와 더불어, 극지에서의 현장 녹음이 호기심을 자극한 탓이었다.

스피츠베르겐섬에 체류하는 몇 주 동안은 바깥세상과 단절되어 있었다. 통신 문제로 연락이 제대로 되지도 않았고, 굳이 연락할 만한 가족이나 친구도 없었다. 해겸은 오직 눈과 빙하, 바람, 물의 소리에 집중했다. 임승하의 까다로운 요구에 맞춰가며 소리를 거듭 녹음하고, 우연히 발견한 북극곰의 발소리를 멀리서 기록하려다 곰에게 들킬 뻔한 위기를 넘기고, 크레바스 아래로 내려가 스테레오 마이크를 더 깊은 곳에 바짝 갖다 댄 채 빙하의 파열음을 녹음하다가 발아래가 푹 꺼져서 정말로 죽을 뻔하고, 위로 간신히 기어 올라와 헤드폰을 쓰고 귀 양옆에서 울려 퍼지는 소리, 심장 깊은 곳의 무언가가 쩍 쪼개지는 듯한 파열음을 들었을 때, 빙하의 소리를 제대로 잡아냈음을 깨닫고는 고함을 지르며 임승하와 손뼉을 짝 마주쳤다.

그렇게 긴 출장을 마치고 베이스캠프에서 장비와 오디오 테이프를 챙겨 롱위에아르뷔엔 외곽의 숙소로 돌아왔다. 숙소의 분위기가 아주 이상했다. 몇 주 전에 두 사람을 친절하게 대해주었던 숙소 주인도 보이지 않았다. 대신 카운터에는 급하게 투입된 앳된 얼굴의 남자 직원뿐이었는데, 그는 혼란스러워하는 얼굴로 '지금 시내가 복잡하니 나가지 말라'라는 말만 영어로 반복했다. 로비에 있는 작은 텔레비전에서는 노르웨이어 뉴스가 계속 흘러나왔는데 앵커의 표정이 심각했다. 하지만 더 당혹스러웠던 것은 급한 전화를 좀 하고 오겠다며 잠깐 나갔다 돌아온 임승하의 말이었다.

"나 당장 출발해야 해. 해겸 씨는 원래 비행편 타고 와. 장비는 부칠 수 있는 건 부치고, 테이프는 내가 챙길게. 빨리 가야 해. 남편이 혼자 허둥지둥해서, 도대체 무슨 얘기인지 잘은 모르겠는데……."

예정대로라면 원래 두 사람은 이 숙소에서 며칠 더 체류하고, 스발바르 공항으로 가서 트롬쇠로 이동한 다음, 거기에서 한국으로 돌아갈 계획이었다. 그런데 임승하는 굳이 비싼 항공편으로 앞당겨 한시라도 급히 한국에 돌아가야 한다는 것이었다.

"무슨 일인데요? 누가 다쳤어요? 전쟁이라도 터졌대요?"

답답해진 해겸이 채근하자 임승하는 찬물을 맞은 사람 같은 표정을 지었다. 짧은 침묵 뒤에 그가 입을 열었다.

"내 딸이 자갈의 목소리를 듣는대."

임승하가 황급히 떠난 방에 남은 장비를 정리한 다음, 해겸은 빌린 차를 몰고 마을로 나왔다. 원래도 얼마 안 되는 마을 주민들과 관광객뿐인 조용한 곳이었지만, 기분 탓인지 현장 녹음을 하러 들어가기 전보다도 더 인적이 드물었다. 전쟁이나 대지진 같은 재난까지는 아닌 듯했지만, 거리 분위기가 무척 이상했다. 사람들은 모두 혼란스럽고 또 어수선해 보였다. 가게를 지키는 직원들도, 버스를 모는 사람들도 있었지만, 그들은 처음 이 일에 투입된 것처럼 어색해했다. 모든 이들이 갑작스럽게 자신이 속해 있던 일상에서 쫓겨난 것 같았다.

해겸은 잡화점에 들어가, 지난 일주일간 나온 영어 잡지와 신문을 손에 잡히는 대로 바구니에 담았다. 점원은 해겸이 든 잡지 표지를 보고 흠칫하더니 계산을 해주었다. 그리고 다음으로 들어간 또 다른 상점에서, 해겸은 가판대 앞에서 기이한 비명을 내지르는 남자와 마주쳤다. 잠시 뒤 경찰이 그 남자를 데리고 떠났는데, 멀어지는 동안에도 남자는 이상한 소리를 냈다. 문득 해겸은 그가 까마귀 소리를 흉내 낸 것 같다고 생각했다. 그리고 해겸이 잡지를 재빨리 고르는 동안 뒤에서 계속 똑딱똑딱 소리를 내는 여자도 있었는데 꼭 시계 초침 소리처럼 들렸다. 해겸은 섬뜩한 기분을 추스르며 숙소로 돌아와 잡지를 책상 위에 늘어놓았다. 표지에는 대부분 일그러진 표정을 짓고 있는 사람들이 나와 있었다. 잡지 표제들이 무척 기이했다.

사물들이 말하기 시작했다, 전대미문의 목소리 사태, 나는 가재의 목소리를 들어요, 거미줄에 걸렸을 때의 대처 방안. 해겸은 그것들을 먼저 나온 순서부터 읽어나갔다.

한 달 전, 세계 각지에서 촉각 과민을 보고하는 사례들이 갑자기 빗발치기 시작했다. 그것은 대개 머리카락이 자꾸 뺨에 닿아서 미친 듯이 거슬리는데 막상 뺨을 손으로 훑어보면 머리카락은 없고, 무언가 닿는 느낌만 있어 신경이 쓰여 죽겠다는 불평이었다. 드물게 작은 벌레가 기어가는 듯한 의주감, 개미에게 물린 듯한 따끔한 느낌을 호소하는 이들도 있었지만, 대부분은 실 같은 무언가가 피부 표면에 자꾸 닿는 느낌이라고 설명했다. 그런데 머리카락을 아예 밀어버린 사람들조차도 비슷한 증상을 호소했으므로, 누군가 이 증상을 '거미줄에 걸린 느낌'이라는 말로 정리했다.

처음에 이 증상은 너무나 하찮고 사소해서, 매우 많은 이가 같은 증상을 호소했음에도 불구하고 생리적이기보다는 사회적인 현상으로 분석되었다. 경제 불황, 전쟁에 대한 공포, 빈부 격차에 대한 극심한 불안이 대중들의 감각 과민증을 유발한 것이라고 전문가들은 설명했다. 그러나 불안으로 인한 일시적 현상이라는 설명은 사람들을 설득하지 못했다. 증상을 겪는 사람들은 공통점 없이 세계 각지에서 동시다발적으로 나타났고 빠르게 늘었다. 전 세계 인구의 넷 중 하나꼴로 증상을 호소할 무렵에는 생명에 지장이 없다고 해도 그냥 넘어갈 수 없는 심각한 문제가 되었다.

더욱 이상한 것은 증상이 확산되는 방식이었다. 만약 이것이 일종의 감염병이라면 원인이 되는 병원체가 있을 텐데, 기존 지식으로는 이 증상의 확산을 설명할 수 없었다. 이것은 사람에게서 사람으로 옮겨 가지도, 사람에게서 동물로 퍼지지도 않았고, 모기나 박쥐를 숙주 삼지도 않았다. 공기나 물체 표면, 혈액을 통해 확산하는 것도 아니었다. 이 증상은 말 그대로 공간을 가로지르는 거미줄에 의해 퍼지는 것 같았다. 데이터를 분석해보면 가상의 거미줄이 드러났다. 이 거미줄은 광장, 도로, 골목, 해안과 강 따위를 가로질렀고 사람들이 이것을 통과할 때 '거미줄에 걸린 느낌'이 시작됐다. 증상의 확산을 설명하려는 온갖 가설이 제안되었으나 어느 것 하나 명쾌하지 않았다.

그러나 이 모든 혼란은 더욱 큰 혼란에 밀려났다. 거미줄에 걸린 사람들에게 더욱 심각하다고 말할 수 있는 일이 벌어졌기 때문이다.

해겸이 긴 경유를 거쳐 한국으로 입국하던 무렵에 그 두 번째 파고가 들이닥쳤다. 공항은 이상할 정도로 고요했다. 오가는 사람들은 불필요한 의심을 사지 않으려는 것처럼 입을 꾹 다물고 있었다. 입국심사대의 직원은 해겸이 내국인임을 확인하고도 이 시기에 어디를 다녀왔는지, 왜 하필이면 북극까지 출장을 다녀왔는지를 집요하게 캐물었다. 해겸은 이런 사태가 생긴 줄 전혀 모르고 떠났으며, 통신이 터지지 않는 오지의 녹음 작업이다 보니 외부와 전혀 연락이 닿지 않았고, 다시 도시로 나와보니 갑자기 세상이 변해 있었다고 한참을 설명한 끝에야 겨우 풀려났다.

"그래서, 무슨 일이 있었던 겁니까? 한국은 괜찮습니까?"

풀려날 때 해겸이 물으니 직원은 고개를 가로저었다.

"저도 모릅니다. 지금은 아무도 모를걸요."

해겸이 작업실로 대여해서 쓰던 작은 주택에 도착해보니 상황은 더 가관이었다. 우체통을 가득 채우다 못해 바닥에도 쌓인 편지와 음성사서함을 가득 채운 연락들. 해겸은 가장 위에 있는 봉투를 뜯어내 편지를 읽기 시작했다.

서해겸 선생님께

저는 지금 당신의 도움이 시급한 상황입니다. 당신이 현장 녹음가로 일하고 있다는 여성잡지 인터뷰를 작년에 보았습니다. 제발 저를 도와주세요. 비용은 필요한 만큼 얼마든지 내겠습니다. 당장 제게 말을 걸어오는 환기팬 소리를 명료하게 녹음해서 그것들이 무슨 말을 하는지를 이해하고 싶어요. 그래야만 저를 짓눌러오는 이 마음의 부채감을 해소할 수 있을 듯합니다. 그것들은 저에게 무언가를 간절히 말하고 싶어 합니다. 저는 그것을 이해하기 위해 귀를 기울이고, 그 소리를 따라 하고, 다시 들어보고 있습니다. 그러나 저를 둘러싼 소음이, 저의 트이지 않은 귀가, 목소리에 귀를 기울이는 것을 방해합니다. 카세트테이프로 초보적인 녹음을 시도해보았습니다만 도저히 온전히 담을 수가 없었습니다. (……)

연락은 모두 거미줄에 걸린 사람들에게서 온 것이었다.

그들은 자신이 거미줄에 걸린 이후로 어떤 무생물 사물이나 생물의 소리를 듣기 시작했다고 말했다. 그리고 그 소리를 듣기만 하는 것이 아니라, 그것이 자신에게 집요하게 무언가 말해오는 것 같다고 했다. 많은 이가 그것을 '목소리'라고 표현했다. 그들은 소리를 계속 들어야 한다는 생각에 사로잡혔고, 소리 속에서 사물의 목소리를 정확히 짚어내야 한다고 느꼈다. 그들이 듣는 사물이나 생물은 매우 다양했지만, 보통 한 사람이 한 종류의 목소리를 들었다. 그들은 때로 사물이 내는 소리를 반복해서 따라 했고, 그것은 강박을 잠시 해소해주었으나 근본적인 불편을 해결해주지는 않았다. 해겸에게 연락해온 사람들은 해겸이 사물의 소리를 녹음해주기를 바랐다. 그 소리를 계속 듣고 듣다 보면 목소리를 들을 수도 있을 것 같다고 그들은 말했다.

그들은 이런 사물들의 목소리를 들었다. 집 앞에 버리려고 쌓아둔 종이 상자, 플라스틱 빗자루, 눈곱이 낀 빨간 눈의 토끼, 오래된 철문, 은행나무, 종려나무, 마대에 담긴 낙엽 더미, 볼펜, 연필, 시계, 프라이팬, 가문비나무, 빗방울, 파란색 슬레이트 지붕, 건물을 이루는 철근, 자동차 타이어, 화강암, 화분의 배양토, 지렁이, 이끼, 그리고 드물게는 철창에 갇힌 개와 비닐에 담겨 판매되는 열대 물고기들. 어떤 사람들은 악기들의 목소리를 듣고 싶어 했는데, 음악 속에 녹아든 악기 선율 대신 악기 그 자체의, 다른 악기에 오염되지 않은 목소리를 듣기를 원했다. 대부분의 사물이나 생물은 일상 가까운 곳에 있었다. 하지만 영상 속이나 여행에서 단 한 번 보았던 뜻밖의 사물에 사로잡혀 괴로워하는 사람들도 있었다.

"그러니까, 저 마당 문이 말을 한다고 생각하시는 거죠?"

녹슨 철문의 목소리를 듣는다는 한 노인은 심각한 노환으로 발성에 어려움을 겪고 있었다. 그의 아들이 노인의 작고 떨리는 목소리를 옆에서 듣고 해겸에게 옮겨주었다.

"아직은 잘 모르겠대요. 하지만 문에 꼭 영혼이 있는 것 같다고 말씀하세요. 자세히 오랫동안 그 소리를 들어서 이해하고 싶으시대요."

아들은 걱정스러운 얼굴로 말했다. 노인은 자신의 마당에 있는 문, 원래는 뒷문이었지만 너무 녹슬어서 열릴 때마다 큰 소음이 나는지라 잘 쓰지 않고 잠가놓은 문이 얼마 전부터 자신에게 말을 걸어오는 것 같다고 했다. 하지만 그 소리를 가까이서 들어보려고 해도 늘 골목을 지나다니는 오토바이 소리, 사람들의 말소리가 섞여서 들려오고 하다못해 바람 소리에도 신경이 쓰여서 녹슨 철문의 목소리에 집중이 잘 안 된다는 이야기였다.

해겸은 한 주 동안 매일 노인의 집을 찾아갔다. 노인의 아들이 보조 문을 열었다 닫는 소리를 녹음했다. 삐걱대는 소리가 아주 세게 들리도록 거칠게 열기도 했고 거의 들리지 않을 정도로 약하게 열기도 했다. 빠른 속도로, 느린 속도로, 중간 속도로도 열었다. 비가 오는 날, 바람이 세게 부는 날, 건조한 날에 녹음했고, 새벽과 아침, 한낮, 늦은 오후, 저녁, 그리고 또다시 새벽에 녹음했다. 녹슨 철문이 내는 소리는 비슷한 듯하면서도 매번 달랐다. 문과 문틀, 경첩, 땅이 마찰하는 정도에 따라서, 공기 중의 습도가 높아 소리가 멀리 가는지 아니면 건조해서 얼마 못 가 뚝 끊기는지에 따라서 다른 소리가 났다. 문틀이 빗물에 잠겨 있을 때, 진흙투성이일 때, 바짝 말라 있을 때도 모두 다른 소리가 났다.

일주일 뒤 해겸은 철문의 소리를 편집해서 노인에게 들려주었다. 노인은 해겸이 건네준 헤드폰을 눌러쓰고 철문이 보이는 마루에 앉아 소리를 들었다. 해겸은 노인의 표정이 굳어 있다가, 실룩거렸다가, 웃다가 또 쓸쓸해졌다가 하며 한참을 변하는 것을 멀리서 지켜보았다. 긴 시간이 지난 뒤 헤드폰을 벗은 노인은 아들에게 손짓해 무어라고 속삭였고, 아들이 해겸에게 다가왔다.

"저, 문에서 어떤 말을 들으셨대요."

아들은 늙은 아버지의 말을 곧이곧대로 믿어도 될지 좀 확신이 없지만, 들은 것을 전하고 싶다고 했다.

다음 의뢰인을 만나러 가면서 해겸은 내내 들은 말을 생각했다. 노인은 문에게서 이런 말을 들었다고 주장했다. '어떤 것들은 녹슬어도 제 역할을 한다'라고. 하지만 아들의 불신이 이해가 됐다. 문이 그런 말을 했다는 것을 어떻게 믿을까? 노인을 비롯한 의뢰인들을 만나며 해겸은 점차 혼란스러워졌다. 사물들이 말을 한다니. 그것도 아주 구체적인 말을 한다니. 물론 현장에 나가 있던 해겸도 비슷한 생각을 한 적이 있다. 숨을 죽이고 온갖 무생물과 생물들의 소리를 들을 때, 이 돌멩이와 벌레와 풀은 그것만의 목소리를 가지고 있는 것 같다고 생각한 적이 있었다. 그 소리들은 계속해서 외부 세계에 반응하며 변화하고, 그 자체로도 녹슬고 낡아간다. 시간이 사물의 외견에 변화를 덧칠하는 것처럼 소리 위에도 변화를 덧칠한다. 하지만 해겸이 느낀 것이 어디까지나 추상적인 형태였다면 노인이 말하는 것은 너무 구체적이었다. 아니, 너무 '인간적'이었다. 노인은 철문이 영혼을 지니기라도 한 것처럼, 생각하고 인식하고 관점을 가진 것처럼 말하고 있었다. 그건 너무 의인화된 해석이 아닌가.

해겸은 기록을 복사해 가져온 테이프를 고요한 작업실에서 듣고 또 들었다. 어느 순간에는 정말로 그것이 끼긱 하고 삐걱거리는 소리를 내며 살아 있는 것처럼, 말하는 것처럼 느껴졌지만 소리를 끄고 고요한 세계로 돌아오면 그런 느낌은 사라졌다.

사람들은 계속해서 거미줄에 걸렸고 사물들의 목소리를 들었다. 해겸에게 오는 의뢰도 끊이지 않았다. 거미줄에 걸린 사람들은 보통 한 달에서 두 달 정도, 어떤 특정한 사물이나 생물의 소리를 듣고 싶다는 강렬한 열망에 사로잡혔다. 그리고 자신이 들었던 소리를 다른 사람들에게도 들려주고 싶어 했다. 시간이 지나면 보통 증상은 서서히 옅어지며 사라졌지만, 그러다 다시 거미줄에 걸리기도 했고, 그러면 또 다른 소리를 듣게 되었다. 그들은 소리를 정확히 듣고 싶어 했고 온종일 듣고 싶어 했으므로, 해겸을 필요로 했다.

해겸은 소리를 듣고 분석하고 잡음을 제거했다. 때로는 의뢰인이 원하는 소리가 두드러지도록 과감하게 편집했다. 인간은 듣고 싶은 것을 듣고, 듣고자 하는 것을 듣는다. 그래서 현장에서 특정한 소리를 의식하고 듣는 것과 모든 소리를 차등 없이 수음하는 마이크로 녹음된 소리는 다르게 느껴진다. 게다가 특정 사물이 내는 소리에 대해 흔히 상상하는 것과 그 사물이 실제로 내는 소리도 다르다. 그 때문에 이전 의뢰인들은 해겸이 녹음한 실제 소리를 들어보고는, 결국 합성한 소리나 폴리아티스트가 제작한 소리를 영상에 사용하는 경우도 많았다.

하지만 이제 의뢰인들이 듣고 싶어 하는 것은 현실과 상상의 낙차에도 불구하고 있는 그대로의 소리였다. 해겸은 의뢰인이 사물에게서 어떤 목소리를 들을지 상상하며 소리를 다듬었다. 바람 소리, 지나가는 차 소리 따위는 대개 걸어냈지만, 때로는 소음과 목적 소리가 그렇게까지 뚜렷이 구분되지 않기도 했다.

보통 사람들은 일상 반경 안에 있는 소리부터 듣기 시작했으므로 사람들이 거미줄에 걸리기 시작하던 초창기에는 녹음의 난도가 높지 않았다. 초기에 해겸은 주로 국내 의뢰를 받았다. 한국의 전 지역을 돌아다니며 도심과 공원, 빌딩 안, 강가와 해변과 숲에서 녹음했다. 하지만 해겸이 목소리 녹음 전문가로 점차 이름이 알려지면서, 해외에서도 의뢰가 들어

오기 시작했고 해겸은 멀리 갈 가치가 있는 일이라면 시간을 쪼개서 멀리까지도 갔다. 해겸은 의뢰인들의 금전 사정에 맞추어 의뢰비를 조절해주는 대신 목소리의 편집본을 비상업 목적으로 수집하며 전시할 권리를 요청했는데, 의뢰인 대부분이 기꺼이 그 조건을 수락했다. 사물의 목소리를 들은 사람들은 대개 그것을 누군가와 공유하고 싶어 했기 때문이다.

사물들이 말하기 시작하던 처음 몇 년은 소리를 기록하는 매체가 아날로그에서 디지털로 급격히 전환되며 간편한 녹음기가 보편화되던 시기이기도 했다. 사람들이 목소리를 듣게 되면서 전환 속도는 더욱 빨라졌다. 얼마 지나지 않아서 거의 모든 이가 자신만의 녹음기를 가지고 익숙하게 소리를 기록하며 편집하기 시작했다. 사람들은 자신이 들은 사물의 소리에 '목소리 해설'을 달아 통신으로 공유했다. 그러면서 해겸에게 들어오던 소리 의뢰는 비교적 일상적인 분야에서는 줄어든 반면, 점점 어려운 의뢰들이 그 자리를 채웠다. 더 먼 곳, 더 접근하기 힘든 곳. 쉽게 포착할 수 없는 사물들과 생물들.

목소리 수집은 해겸이 원래 하던 현장 녹음과 비슷하면서도 확연히 달랐다. 예전에 해겸은 '어떤 소리를 어떤 느낌으로 녹음해달라'는 지시를 받고 혼자 현장으로 갔다. 하지만 목소리를 수집할 때, 의뢰인들은 직접 현장으로 가고 싶어 했다. 드물게 의뢰인이 거동이 불편해 현장까지 가기 힘든 경우를 제하고는 보통 의뢰인과 함께 갔다. 그리고 황무지에서, 폭포 아래에서, 공원에서, 주차장에서 해겸은 전갈과 새와 선인장과 바퀴와 표지판의 소리에 귀를 기울이는 의뢰인을 지켜보았고, 그들의 표정이 다채롭게 변해가는 것을 보았다. 다른 시간대에, 다른 날씨에, 무생물 사물과 생물들이 다르게 만들어내는 소리 속에서 의뢰인들은 목소리를 들었고 영혼의 존재를 느꼈다. 그들은 세계가 인간만으로 이루어지지 않았음에 기쁨을 느꼈다.

해겸에게 그것은 어떤 신비나 영성을 한 걸음 비켜서서 바라보는 일이었다. 충만한 한편으로 몹시 외로웠다. 해겸 자신은 단 한 번도, 사물의 목소리를 들은 적이 없었기 때문이다.

사물들이 말하기 시작한 이후로 세상은 급격히 변화했다. 사람들은 이전과 같은 방식으로 살 수 없었다. 나무를, 돌을, 벌레를, 광물을, 더는 예전처럼 마구 소모하거나 캐내거나 죽일 수 없었다. 다른 생물들의 거처를 아무런 가책 없이 변형할 수도 없었다. 그럼에도 인간은 필연적으로 다른 생물을 먹고 자연의 사물들을 훼손하며 사는 존재였다. 살아가는 일은 여전히 만물에 빚을 지는 일이었다. 그러나 전과 달리 사람들은 그 사실을 마음 깊이 인정해야 했고 또 매 순간 새롭게 인식해야 했다. 문명은 다르게 재편되고 있었다. 목소리를 들으면서도 그것을 부정하고 귀를 막는 사람들은 여전히 존재했지만, 저항 없는 나무들을 베어내는 것보다 나무를 안고 항의하는 사람들이 있는 숲을 베어내는 일이 훨씬 더 번거로웠다. 목소리가 사라지는 곳, 목소리가 파괴될 위기에 처한 곳마다 목소리를 지키고자 하는 사람들이 더욱 고집스레 몰려들었다.

21세기로 들어서자 세계의 성년 인구 중 사물의 목소리를 한 번이라도 들은 사람이 80퍼센트에 달했다. 증상을 숨기거나, 목소리를 들었음에도 정확히 인지하지 못한 것으로 추정되는 집단을 더하면 대부분 사람이 목소리를 들은 경험이 있다고 해도 무방했다. '목소리를 들을 권리'가 논의되기 시작했다. 어떤 지역이나 환경을 변형하는 일은 그곳에 있는 목소리를 파괴하거나 변형하는 일이기 때문에 신중하게 다루어졌고 이미 생산된 인공물 역시 예전처럼 가볍게 폐기되지 않았다. 인공물도 목소리를 지니고 있었기 때문이다. 만들고 부수고 또 새롭게 만들고 부수던 문명은 점차 덜 만들고 덜 부수는 방향으로 전환되었으므로, 자본주의는 예전과 같이 끝없는 성장을 좇는 방식으로는 유지될 수 없었다.

여러 종교가 각각의 방식으로 사물의 목소리를 설명했다. 인격신을 믿는 종교들은 신이 사물들에게 영혼을 부여했다고 여겼으며, 인간을 올바른 방향으로 인도하기 위한 목적이라 주장했다. 불가지론자들과 범신론자, 그리고 무신론적 종교의 지도자들도 각각의 신념과 교리를 통해 사물들이 어떻게 말하기 시작했는지 설명했다. 사물에게 영혼이 있고 의식과 관점이 깃들어 있다는 주장은 거의 모든 종교에서 제기되었다. 어느 주장 하나가 뚜렷한 주류라고는 할 수 없었다. 많은 이가 하나만을 택하기보다 절충안을 받아들였다. 무엇보다 목소리는 설명되기 이전에 먼저 경험된 현상이었으므로, 사람들은 목소리에 대한 종교의 설명 없이도 사물의 영혼을 믿었다. 사물들은 인간과 같지는 않으며, 그것들에게 깃든 영혼의 깊이나 양상도 사물마다 모두 다르지만, 그럼에도 그것들은 인식하고, 느끼고, 때로는 고통과 기쁨을 아는 존재로 여겨졌다.

해겸에게도 사물에 목소리가 있다는 것은 부정할 수 없는 진실처럼 보였다. 하지만 왜 그 사물들이 해겸에게만큼은 말을 걸어오지 않을까? 때때로 해겸은 자신이 의심할 바 없이 신이 존재하는 세계에서 고독한 불신자가 된 것 같았다. 신이 존재한다는 것을 믿고 싶어서 그 증거를 수집하는 데에 매달리지만 정작 그 자신만은 한 번도 신을 만난 적도 느낀 적도 없는 사람. 그래서 목소리들은 해겸을 기쁘게 하는 만큼이나, 늘 조금은 쓸쓸하게 했다. 그런 동시에 해겸은 여전히 사물들이 만들어내는 소리에 깊이 매료되었고, 들은 적 없는 그것들의 목소리를 상상했다.

긴 출장을 마치고 서울로 돌아왔을 때의 어느 오후를 해겸은 기억한다. 이상할 정도로 고요한 날이었다. 발 닿는 모든 장소에서 사람들이 침묵하고 있었다. 골목에서, 지하철역에서, 전철 안에서 사람들은 각자 어떤 소리에 집중하고 있었다. 한강을 건너는 전철에서 해겸은 마주 앉은 사람들의 얼굴을 살폈다. 그들은 조용히 입을 다물고, 이따금 소곤거리며 옆 사람과 내릴 역에 대한 짧은 대화를 나눌 뿐 대개의 시간은 다른 소리를 듣고 있었다. 이어폰을 끼거나 헤드폰을 쓴 사람들도 있었지만, 바깥 소리를 듣는 사람들도 많았다. 밖으로 나왔을 때 해겸은 시끄러운 매미 소리와 새소리, 그리고 바람이 가로수의 이파리를 요란하게 뒤흔들고 떠나는 소리를 들었다. 도시는 고요해졌다. 하지만 귀를 기울이면 이제 그 고요를 인간 아닌 존재들의 소리가 채우고 있음을 알 수 있었다. 해겸은 그 모순적인 고요를 진심으로 사랑했다. 그러면서도 자신이 들을 수 없는 소란을 미워했다. 어쩌면 그 충돌하는 마음이 그를 다음 질문으로 이끈 것인지도 몰랐다.

그쯤에서 해겸은 말을 멈추고, 마실 차를 가져오겠다며 일어섰다. 나는 의자에 앉아 해겸의 사무실 책장에 가득 꽂힌 서류철들을 보았다. 견출지가 붙어 있지 않아 겉만 보아서는 어떤 내용인지 알 수 없었다. 하지만 나는 빼곡하다 못해 거의 흘러넘칠 것 같은 그 자료들에서 집요함을 느꼈다. 해겸이 모락모락 김이 나는 주전자를 손에 들고 다시 돌아왔을 때 나는 책상 귀퉁이를 보고 있었다. 거기 놓인 논문의 애매하게 펼쳐진 페이지에, 복잡한 수식과 도표가 가득했다. 나는 아마도 물리학 논문으로 추정되는 그것과, 해겸이 오랜 시간 찾아 헤맸던 것의 상관관계를 생각했다. 고개를 돌리다 나는 해겸과 눈이 마주쳤고, 잘못된 일을 하다가 들킨 것처럼 움찔 놀랐다. 하지만 해겸이 나를 비난하는 눈빛을 하지 않았으므로, 나는 용기를 내서 물었다.

"목소리 주위에 머물렀는데도 끝까지 목소리를 듣지 못했기 때문에, 거미들에 대해 질문하기 시작하신 건가요?"

"음, 목소리가 존재하는 동안은 그렇지 않았습니다. 나는 언젠가 목소리를 들으리라는 기대를 놓지 않았거든요."

해겸은 내 맞은편에 앉으며 말했다.

"아마 나는 그 시점에 전 세계에서 가장 많은, 다양한 사물과 생물의 소리를 들어본 사람 중 하나였을 겁니다. 늘 소리를 들었고, 소리 주위에 머물렀고, 그렇게 애쓰고 사랑하다 보면 언젠가 진짜 목소리를 느낄 수도 있을 것이라고 믿었지요. 처음에는 정말로 사물의 목소리가 있는지, 사물의 영혼이 실존하는지 의심을 품었지만 나중에는 그 의심조차 사라지고 그저 나에게도 사물들이 말을 걸어오기를 바라는 마음이 더욱 컸습니다. 그때까지는 괜찮았어요. 그 모든 목소리가…… 갑자기 떠나버리기 전까지는요."

해겸의 말처럼 목소리는 어느 날 갑자기 사라졌다. 언질도 기약도 없이 사물들은 한순간 조용해졌다. 그리고 다시는 말하지 않았다.

세상은 다시 혼란해졌다. 종교 지도자들은 인간이 신의 뜻을 따르지 않아서, 마음대로 이 땅을 해치고 사물들의 목소리를 파괴했기 때문에 신이 목소리를 다시 앗아가는 징벌을 내린 것이라고 했다. 또 어떤 지도자는 인간이 사물의 목소리에 단지 얕은 관심만을 가졌을 뿐 진정으로 그 말뜻에 귀 기울이지 않았기 때문에 되돌아온 업보라고 했다. 종교를 믿지 않는 사람들조차도 사물들의 침묵에 괴로움을 느끼고, 목소리의 파괴와 멸종을 막지 못한 인류 문명의 위기를 성토했다. 목소리의 회복을 위해 급진적인 변화를 촉구하는 국제기구와 시민단체들이 출범했다.

해겸 역시 상실감을 느꼈다. 가져본 적 없는 것에 대한 상실감이었고, 그렇기에 더 허망했다. 하지만 해겸이 수집한 자료들을 원하는 사람들이 급격히 늘어났기 때문에 상실을 곱씹을 새도 없었다. 쏟아지는 연락에 응대하고, 국제 아카이브에 협조하느라 밤새워 일하던 어느 날이었다.

"어떤 사람들이 나를 찾아왔습니다. 목소리가 사라진 직후였지요. 응대를 돕는 보조 직원이 있는데도 대뜸 나를 찾더군요. 그들은 내가 지금까지 수집한 기록 중에, 사물이 아니라 '거미'에 대한 기록이 있냐고 물었습니다. 갑자기 거미라니? 목소리를 듣는 전조 증상이 거미줄에 걸린 느낌이라고 표현되지만, 어디까지나 증상의 특징이나 전파되는 방식의 은유라고만 생각했으니 그 말이 무척 황당했지요. 그리고 그런 자료는 취급하지 않는다고, 여기서 나가달라고 했더니 그들이 진지한 얼굴을 하고는 묻더군요. '해겸 씨, 당신은 사물에 정말로 영혼이 있다고 믿으시나요? 그건 영혼 없는 목소리를 상상할 수 없는 인간이, 한계 많은 방식으로 목소리를 해석하기 위해 만들어낸 상상의 산물이 아닐까요?'"

해겸은 잠시 말을 멈추더니 의미심장한 표정을 지었다.

"나는 그 사람들을 쫓아 보냈습니다. 참 귀찮은 사람들에게 걸렸다는 생각뿐이었어요. 그런데 그날 밤 어떤 소리를 반복해서 듣다가 문득 이상하다는 생각이 들더군요. 그 사람들이 아니라, 아무 의심 없었던 내가요."

해겸이 자리에서 일어났다. 해겸은 낮은 책장 위에 놓여 있던 헤드폰을 집어 들어 나에게 건넸다.

"직접 들어보는 게 좋겠습니다. 잘 들어봐요. 이건 목소리가 사라지기 전 내가 작업하던 미편집본 파일입니다."

나는 헤드폰을 머리에 썼다. 해겸이 연결된 컴퓨터에서 소리를 재생했다.

처음에는 소리가 아주 작았다. 헤드폰에서 들려오는 소리보다 사무실의 공조기 소음이나 해겸이 키보드를 누르는 소리에 더 신경이 쓰일 정도였다. 하지만 집중하자 헤드폰 속에서 웅웅대는 배경음이 들렸다. 그리고 귀 양옆에서 작게 툭, 툭, 하는 소리가 들렸다. 다음 순간 커다란 고동 소리와 엔진음이 울려서 나는 흠칫 놀랐다. 선박 소리로 추정되는 그 소리는 다시 사그라들고, 정적이 이어졌다. 아마도 바닷속에서 녹음된 것 같았다. 짧은 정적 끝에 또 툭, 툭 소리가 들려왔다.

―아, 맞습니다. 이 소리입니다.

갑자기 한 남자의 목소리가 그 위에 겹쳐졌다.

―이게 정확히 제가 들었던 소리입니다. 말미잘이에요. 말하고 있습니다. 화를 내는 거예요. 아까 큰 배가 지나갔잖습니까? 물속은 수많은 소리로 시끄러운데 선박이 지나가면 한순간 조용해지거든요. 물고기들이 놀라서 도망치고, 다들 얼어붙은 것처럼 한동안 안 움직여요. 그런데 말미잘은 바닥에 붙어 사니까, 불평하는 거죠.

남자가 말을 멈출 때마다 아주 미세한 툭, 툭, 소리가 들렸다.

―좀 내버려두라고 하는 것 같아요. 네, 말미잘의 목소리가 잘 들리네요. 아까 먹이를 노리다가 소음에 다 도망가버려

서 몹시 짜증이 난 겁니다. 하하, 정말 친근하네요. 미안해지기도 하고요. 제가 배를 몰고 지나간 건 아니지만·······.

녹음 기록은 거기서 끊겼다. 뒤에 무언가 더 이어질 줄 알고 나는 가만히 기다렸다. 하지만 소리는 끝났다.

나는 의아해져서 해겸을 바라보았다. 방금 들은 건 흔한 목소리 기록이었다. 아직 난삽하고, 편집이 안 되어 있고, 의뢰인의 해설도 두서없었지만 어쨌든 많고 많은 목소리 기록 중의 하나였다. 그런데 왜 이 기록을 들려준 것일까?

"말미잘은 원래 직접 소리를 내는 생물이 아니라고 알려져 있습니다. 그래서 처음에 이 의뢰를 받았을 때는 좀 의심스러웠지요. 다만 의뢰인이 다이빙 중에 말미잘의 목소리를 들었다고 몇 번이나 주장한 데다가, 말미잘이 다른 사물에 부딪혀 내는 소리를 들으려 할 수도 있고, 또 이 일을 하다 보니 예상치 못한 소리를 듣는 일도 많아서 수락했지요. 저는 그 사람과 물속으로 함께 내려가 소리를 녹음했습니다. 남자는 듣자마자 이것이 말미잘의 목소리라고 확신하더군요. 그리고 이 녹음 기록을 편집하기 직전에 갑자기 사물의 목소리가 사라져버린 것이지요. 온통 난리가 난 탓에 의뢰를 마무리하지 못한 상태였고요. 그런데 그 수상한 사람들이 다녀간 날에, 이상하게 자꾸 이 기록이 생각났습니다. 그게 정말 말미잘의 소리가 맞았을까? 나는 당시 참고용으로 같이 녹화해두었던 보조 카메라의 영상을 켜놓고 소리를 다시 들었습니다."

해겸은 무덤덤하게 말했다.

"내가 발견한 게 뭔지 알겠습니까? 열 번도 넘게 확인했지만, 그건 말미잘 소리가 아니었습니다. 길게 내민 수중 마이크 끝에 작은 물고기가 툭툭 스치며 녹음된 잡음이었지요. 의뢰인은 말미잘이 말하고 있다고 생각했는데, 그건 말미잘에게서 비롯된 소리조차 아니었던 겁니다. 생각해보면 예전에도 그런 일은 있었습니다. 의뢰인들은 이따금 소리를 잘못 파악하고, 나는 여러 번 다양한 조건에서 소리를 녹음해서 의뢰인이 듣고자 하는 사물의 소리를 정확하게 짚어내는 일에 능했으니까요. 그렇지만 의뢰인이 확신한 목소리 내용이 황당할 정도로 틀렸다는 걸 확인하니 뭔가 다른 생각이 들더군요. 그때까지 나는 의뢰인의 말을 곧이곧대로 들으면 안 된다는 걸 알고 있었으면서도, 정작 아주 중요한 부분만은 의심하지 않았던 셈입니다. 그러니까 만약 사물의 목소리가…… 어떤 본질적이거나 근원적인 것이 아니라, 사물이 지닌 영혼에서 나오는 휘광 같은 것이 아니라, 오직 인간의 관점이 개입한 주관적 해석에 불과하다면?"

해겸이 머그잔을 들어 차를 한 모금 마시고는, 내 눈을 빤히 마주 보았다.

"왜 예전에는 그 생각을 못 했을까요? 수천 번도 더 깨달을 기회가 있었습니다. 내가 하는 일이야말로 인간의 소리 해석이 얼마나 부정확한지, 인간의 귀가 얼마나 속기 쉽고 듣고자 하는 것만을 듣는지를 파악하는 일이었으니까요. 그런데도 나는 나를 제외한 모든 사람이 사물의 목소리를 듣고 있다는 사실에 홀려서, 어쩌면 사물의 영혼이라는 것 자체가 존재하지 않을지도 모른다는 걸 외면했던 거지요. 그제야 무의식에 묻어놓았던 질문들이 갑자기 싹을 틔웠습니다. 사물들이 영혼을 지닌 채 말하는 게 아니라, 인간이 사물의 영혼을 상상하며 듣는 것이 아닐까? 그렇다면 무엇이 이 거대한 상상적 환청을 만들었을까? 누가 인간들로 하여금 사물의 목소리를 하필이면 그런 방식으로 듣게 했을까? 이렇게 물어야 한다는 생각을 그제야 했던 것이지요."

해겸은 자신을 찾아왔던 사람들을 수소문했다. 그들은 일종의 학술 단체를 이루어 활동하면서, 사물의 목소리가 아니라 그 현상의 원인인 '거미줄'을 연구하고 있었다. 거미줄 자체의 특징에 집중해 초자연적인 이유를 배제하고 현상의 근본적인 원인을 찾으려는 것이었다. 그들은 해겸에게 과거 세계를 돌아다니며 수집한 목소리의 메타 데이터, 즉 소리 자체뿐만 아니라 그것이 기록된 장소와 시간에 대한 데이터를 받을 수 있겠느냐고 했다. 해겸은 분석 결과를 자세히 공유받는 조건으로 단체에 합류했다.

거미줄은 목소리 현상의 핵심이었다. 거미줄은 그것을 통과한 사람들에게 사물의 목소리를 듣게 한다. 하지만 정작 거미줄에는 검출 가능한 실체가 없다. 그것은 데이터 분석으로만 드러나는 가상의 선이었다. 그런데 어떤 학자가 거미줄이 있던 자리는 기묘하게도 그 바로 옆 공간에 비해 동위원소의 존재비가 자연 존재비와 미묘하게 달라진다는 분석 결과를 내놓았고, 이 차이에 주목한 이들은 거미줄이 단지 생물학적인 무언가가 아닐 뿐 분석할 수 있는 물리적 실체를 가지고 있다고 생각했다.

잇따른 이론 연구를 통해 그들은 거미줄이 바이러스나 세균 같은 생물학적 문제가 아니라 시공간의 균열이나 어긋남에 가깝다는 가설을 세웠다. 이 가설은 너무 복잡하고 추상적이어서 사람들의 관심을 끌지 못했고, 주류 이론은 계속 생물학으로 거미줄을 설명하려고 애썼다. 하지만 해겸이 합류한 학술 단체는 이 직관적이지 않은 가설을 따르며 거미줄을 추적했다.

해겸을 비롯한 연구팀은 과거 거미줄이 출현했던 장소에 대한 방대한 데이터를 분석했다. 그렇게 드러난 거미줄은 재미있게도, 그것 자체가 의도를 가진 것처럼 행동하고 있었다. 거미줄은 처음에는 지구 곳곳에 완전히 무질서한 방식으로 나타났다. 심지어 바다 위나 성층권에도 무작위로 나타나서,

배를 타고 망망대해를 이동하거나 비행기를 타고 가던 중 거미줄에 걸린 경우도 있었다. 그러다 거미줄은 마치 처음 몇 번의 시도를 통해 지구라는 행성을 파악해나가는 것처럼, 점차 질서와 패턴을 가지고 나타나기 시작했다.

인구 밀도나 도시화 정도, 지형, 강수량 등 여러 지리적인 조건에 따라 거미줄이 나타나는 방식을 분석할 수 있었다. 그 결과는 무척 기이했다. 너무 무질서해서 패턴이 드러나지 않던 극초기를 지나자 거미줄이 지구를 '학습'하기 시작한 것처럼 보였다. 초기에 나타난 거미줄들은 대개 인구 밀도가 높거나 도시화된 지역에 분포하다가, 중기에는 도심을 벗어나 인구 밀도가 낮은 곳에 주로 나타났고, 후기에는 점점 사람이 거의 살지 않는 야생의 숲, 무인도 인근의 항로와 황무지 등으로 향했다. 심지어 후기에 나타난 거미줄은 의도를 가지고 사람을 유인하는 것처럼 보였다. 인구 밀도가 어느 정도 있는 곳에 거미줄이 나타난 다음, 거미줄에 걸린 사람들이 소리를 듣기 위해 외곽으로 이동하면 그들을 노리고 있던 것처럼 또 다음번 거미줄이 나타나는 패턴이 관측된 것이다. 우연이라고 하기에는 명백한 목적과 의도가 보였다.

"그 패턴은 너무 확연해서 자료를 본 사람들은 모두 분석 결함을 의심할 정도였습니다. 가설에 억지로 꿰맞추기 위해 데이터를 조작한 게 아니냐는 비난까지 들었지요. 하지만 수

백 번의 검증 끝에도 결과는 여전했고, 우리는 거미줄을 치는 존재를 가정하기 시작했습니다. 인간의 과학으로는 이 존재들을 설명할 수 없다는 사실은 분명해 보였지요. 애초에 우리는 거미줄이 시공간의 어긋남과 관련 있다는 짐작만 할 뿐, 그것이 정확히 어떻게 만들어지는지조차 알 수 없었으니까요. 그 시공간의 어긋남이 인간의 뇌에 도대체 어떻게 작용해 목소리를 듣게 하는지도요. 그럼에도 불구하고 데이터는 뚜렷한 방향으로 우리를 이끌었습니다. 지구라는 행성 위에 의도적으로 거미줄을 치고, 사람들에게 사물의 목소리를 듣게 하는, 불가해한 그림자로만 그 자신들의 존재를 드러내는 '거미'를 향해서요."

"그런데 저, 궁금한 것이 있어요."

나는 머뭇거리며 입을 열었다.

"만약 그런 존재들이 있다고 해도요. 그러니까 거미줄을 치고, 사물에 목소리를 부여하고, 인간들이 그 목소리를 듣고 상상하게 한 존재들이 있다고 하더라도, 도대체 왜 그들이 그런 일을 할까요? 뭘 얻을 수 있는 것도 아니잖아요."

해겸이 예상한 질문이라는 듯 가볍게 웃었다.

"맞습니다. 그들의 목적은 우리 사이에서도 격렬한 논쟁을 불러일으켰지요. 결국 단체가 와해되기 전까지도 하나로 의견이 모이지 않았습니다. 어떤 사람들은 사실상 유신론에 가까운 입장으로서, 거미들이 인류를 올바른 길로 이끌고자 했던 선한 존재라고 여겼죠. 상반되는 의견으로는 거미들이 위험한 지성 생명체이며, 소리에 민감하게 반응하는 존재로서 지구를 공격하기 전 미리 탐색한 것이라는 가설도 있었고요. 심지어 특별한 의미 없는 장난 같은 것이라고 주장하는 이도 있었습니다. 이를 두고 토론이 자주 벌어졌지요. 그리고 지금부터는 순전히 나만의 가설입니다만……."

해겸은 잠시 말을 멈췄다가, 미소 지으며 말했다.

"난 그들이 우주의 소리 수집가였을 것이라고 생각합니다."

그가 눈을 반짝이며 말을 이어갔다.

"생각해보세요. 우주 규모에서 봤을 때, 지구는 참 기묘하게도 소란스러운 행성이에요. 우주는 고요하지요. 대부분 진공이어서 소리를 전달할 매질이 없습니다. 빛은 멀리까지 가서 우주 곳곳에 널리 스미지만, 소리는 매질이 없어 멀리 가지 못하니 우주는 적막합니다. 공기나 물이 있는 행성 표면으로 내려와야 소리가 들리지요. 행성들 중에서도 지구는 유독 특별해요. 화성이나 타이탄과 같은 다른 천체 표면에서 녹음된 소리를 들어보면 대개는 적막하고, 이따금 들리는 바람이나 천둥 소리 정도가 전부이지요. 하지만 지구는 온갖 소리로 가득 차 있어요. 사물과 생물들이 내는 수많은 소리가 서로 뒤섞이고 상호작용해서 때로는 지나치게 시끄러울 정도로요. 그러니 내가 우주의 소리 수집가였다면, 꼭 이곳 지구를 살피고 싶었을 겁니다."

"그렇지만……."

다른 근거가 없지 않으냐고 물으려던 나는 해겸의 눈빛에 가로막혔다. 해겸이 웃었다.

"그들은 인간에게 사물의 목소리를 듣게 했지요. 난 그게 중요한 증거라고 생각합니다. 지구의 소란은 생물들, 무생물 사물들, 그리고 생물과 상호작용하는 자연과 함께 번성해요. 그렇지만 지금까지 지구의 소리 풍경은 인간들이 만들어낸 소리에 지나치게 뒤덮여 있었지요. 내가 과거에 현장 녹음을 하러 도시에서 멀찍이 떨어진 곳으로 가면 처음에는 그 지역을 채운 다양한 소리가 들리는데, 얼마 못 가 차나 비행기 따위가 지나가며 큰 소음을 내서 정적이 찾아오곤 했습니다. 새들도 입을 다물고 벌레들도 도망쳐버리니까요. 분명 이 행성은 수많은 소리로 가득한 곳인데, 지구 어딜 가든 사람들의 목소리가, 사람이 만들어낸 인공음이 소리 풍경을 점령해버리는 거지요. 그래서 나는 처음에 그 사실을 파악한 거미들이 소리를 수집하기 위해 지구 곳곳에 거미줄을 친 다음, 인간을 도구로 사용했을 것이라고 가정했어요."

"도구라고요?"

"일종의 특수 지향성 마이크처럼 말이에요. 인간에게 특정 사물이나 생물의 소리를 집요하게 듣게 함으로써 너무 과하게 범람해 잡음이 되어버린 인간의 소리를 줄이고, 사물과 생물의 소리 하나하나에 귀를 기울이게 하는 것이지요. 아까도 말했다시피 인간의 뇌는 아주 특정한 소리에만 초점을 맞추는 기능이 있는, 초지향성 마이크처럼 작동하잖습니까? 그들이 다양한 개별 소리를 수집하기 위해 인간의 마음을 이용했다고 하면 목소리 현상의 많은 부분이 설명되지요. 난 그 가설을 바탕으로 거미줄의 분포 데이터와 당시 수집된 목소리의 메타 데이터를 다시 살펴봤습니다. 그러자 거미줄이 사람들을 흔한 소리에서 점차 덜 수집된 소리를 향해 이동하도록 유도한다는 뚜렷한 경향을 발견할 수 있었지요. 거미줄은 사람들이 더 작고, 더 조용하고, 더 드문 소리를 듣게 하고 그곳으로 향해 소리에 귀 기울이게 했던 거예요. 그리고 결과적으로, 사람들이 더 작고 조용하고 드문 소리들을 발견하고 보호하도록 만들었지요."

아까부터 어떤 생각 하나가 맴돌았다. 짧은 정적이 생겼을 때, 나는 입을 열어 묻고 말았다.

"그러니까 관장님의 말대로라면…… 거미들이 소리를 수집하기 위해 지구에 거미줄을 쳤고 우리는 소리 수집의 도구가 되었을 뿐이라면, 결국 사물의 영혼이라는 것은 상상에 불과했던 걸까요? 우리가 가진 지식으로는 이해할 수 없던 낯선 갈망을 설명하기 위해, 인간은 사물의 영혼이라는 개념을 발명해낸 것일까요?"

해겸은 나를 잠시 바라보더니 조심스럽게 입을 열었다.

"네. 아마도요. 영혼이라는 것을 어떻게 정의하느냐의 문제이겠지만 사물과 생물이 인간과 같은 형태의 자의식을 가지는지에 대한 것이라면, 아마 그것은 발명된 개념이겠지요. 특정한 소리를 듣고 또 듣고 싶은 갈망에 시달리는데, 그 이유를 알 수도 없고 소리 자체의 아름다움을 느낄 수도 없어서, 결국 그 대상이 무언가를 말하고 있다는 믿음으로 이어진 것이 아닐까요. 어쩌면 그건 인간의 슬픈 한계일지도 모릅니다. 영혼 없는 사물의 고유한 목소리를 온전히 들을 수 없는 인간은, 사물의 소리를 갈망할 때조차 우리 자신의 모습에 빗대어 그 본질을 상상할 수밖에 없으니까요. 하지만 이따금 그것조차 거미들의 의도일 수 있겠다고 생각합니다. 내가 북극으로 가서 빙하의 소리를 있는 그대로 녹음한다고 했을 때조차도, 그 소리에는 듣는 나의 의도와 관점이 담겨 있었으니까요. 그렇게 생각한다면, 사물의 영혼이라는 개념은 목적 소리와 완전히 분리할 수 없었던 인간의 관점의 흔적이겠지요."

그러면서 해겸은 자신이 지금까지 모아왔던, 거미들이 소리 수집가라는 가설을 뒷받침하는 자료를 더 보여주었다. 대부분은 데이터를 분석한 양적 자료로서 거미줄의 분포 변화와 목소리 수집 대상의 상관관계를 분석한 통계가 많았다. 하지만 그중 일부는 통계가 아닌 면담 기록이어서 눈길을 끌었다. 면담자들은 대개 거미줄에 걸렸을 때의 이상한 느낌을 묘사했는데, 다른 사람들처럼 특정한 사물의 소리를 듣는 대신, 이 세상에 없는 무언가의 소리를 들어야 한다는 강박에 시달렸다고 보고한 사례들이 있었다. 그들은 공통적으로 거미줄에 걸리던 그 순간 거미줄 뒤에 있는 어떤 존재를 느낀 것 같다고 보고했다. 그런 근거들에 의하면 해겸의 가설은 완전히 허무맹랑하지만은 않은 것이었다. 나는 이 가설이 검토해볼 만한 증거들에도 불구하고 진지하게 다뤄지는 대신 반감만을 사다가 잊히고 만 이유를 궁금해했다. 그 이유에 대해 해겸은 무덤덤하게 말했다.

"그건 인간이 원하는 신의 모습이 아니니까요."

나는 그 말을 수긍할 수밖에 없었다. 사물의 영혼을 믿는 이들에게, 인간이 어떤 초공간적 존재의 소리 수집 도구로 이용되었을 뿐이며, 사물의 영혼은 인간이 상상해낸 개념에 불과하다고 한다면 누구도 납득하지 못할 것이다. 근거는 있지만 감정적 설득력이 부족한 해겸의 주장은 처음부터 반감을 살 수밖에 없는 운명이었을지 모른다. 그럼에도 나는 그 이야기가 마음에 들었다. 사물에는 목소리가 있고, 그 목소리를 부여한 존재들이 있으며, 우리 인간은 그들의 도구로서 소리를 듣고 해석하고 기록했다는 그의 가설이.

어느새 오전이 훌쩍 지나가 한낮이 되어 있었다. 해겸이 창밖을 보고는 말했다.

"시간이 많이 흘렀군요. 라오스에서 온 기록을 정리해야 하니 이쯤 하고, 다음에 마저 이야기를 나누는 게 좋겠습니다. 그래서 말인데……."

해겸의 시선이 나에게로 돌아왔다.

"처음에 서영 씨가 말한, 어렸을 때의 그 기억은 뭐였습니까? 조금 전에 내가 보여준 사례들과 비슷한 것이겠지요? 거미줄 뒤에 있는 존재를 느꼈다던 이들의 보고 말입니다."

"비슷하지만, 조금 다를 수도 있어요. 어렸을 때 저는 소리를 전혀 못 들었거든요."

해겸은 조금 눈을 크게 뜨며 나를 보았다. 내가 말했다.

"어른이 된 후 수술을 해서 지금은 약간 들어요. 그래도 관장님이 듣는 것과 완전히 같지는 않을 거예요."

그제야 해겸은 내 안경에 눈길을 주었다. 지금까지 안경 렌즈 위에 작은 회색 글자가 전사되고 있는 것이, 대화 내용을 녹취하는 것이라고만 생각한 모양이었다. 해겸이 입을 열었다.

"그랬군요. 과거 내 의뢰인들 중에도 소리를 못 듣는 사람들이 있었습니다. 다만 그들은 사물이나 생물 표면에 몸을 접촉해서 진동을 통해 목소리를 듣는다고 말했지요. 서영 씨는 그런 경우가 아니었습니까?"

"저는 그렇지 않았어요. 어떤 차이인지 잘 모르겠지만, 확실한 건, 그때 저의 세계에는…… 소리라는 개념 자체가 없었어요. 소리라는 게 존재한다는 걸 알지만, 그게 저에게 중요하지 않았다고 해야겠죠. 그래서인지도 모르겠어요. 거미줄에 걸렸을 때, 온몸으로 느껴지는 아지랑이 같은 감각이 있었거든요. 소리가 아니었어요. 악기 줄 같은 것에 걸려든 느낌이었죠. 사물이나 생물이 아니라, 그 너머에 있는 어떤 이들이 그 줄을 통해 자신의 존재를 알리고 있는 것 같다고 느꼈어요. 말을 걸어오는 것 같았어요. 제가 이해할 수 있는 방식이 아니어서, 그 말을 이해할 수는 없었지만요. 그 이후로 저는 항상 뭔가가 있다고 생각했어요. 사물의 목소리만이 아니라, 사물에 목소리를 부여한 존재들이 있다고……. 아무도 제 말을 믿지 않았죠. 그래서 오래 외로웠어요."

해겸은 내 말을 듣고 침묵하더니, 잠시 뒤 나지막이 물었다.

"지금도 그렇습니까?"

나는 대답하지 않았다. 하지만 나는 해겸의 눈이 조금 반짝이는 것을 보았고, 아마 나도 그랬을 것이다.

기록관을 나오기 전 나는 해겸에게 짧은 영상을 보여주었다. 그것은 어린 시절에 아버지가 촬영한 내 모습이었다. 친구들과 함께 소풍을 갔는지 왁자지껄한 주위 소음이 녹음되어 있는데 아마 당시의 나는 듣지 못했겠지만 내 이름을 부르는 소리도 있다. 키도 몸집도 아주 작은, 여섯 살쯤 된 내가 언덕 위를 뛰어 올라가는 뒷모습이 보인다. 그러다 멈춰 선 나는 풀밭 위에 주저앉아서 땅을 들여다보는데, 그때 문득 내 주위의 풍경이 아주 살짝 이지러진다. 다음 순간 풍경은 아무 일도 없었던 것처럼 돌아온다.

언젠가 아버지는 이 영상을 보여주면서 유독 꿈같은 날이었는데 영상도 꼭 그렇게 찍혔다면서, 비디오를 데이터화할 때 변환이 잘못되어 망가진 모양이라면서 그 장면을 짚었다. 정확히 기억하는 것은 아니지만 아마 이 순간이 거미줄에 걸린 때인지도 모르겠다는 내 말에 해겸은 고개를 갸웃하면서도, 좀 더 살펴보고 싶다며 영상 데이터를 받아 갔다.

"어쩌면 그때 서영 씨가 사물의 소리가 아닌 내적 감각에 집중했기 때문에 거미줄 뒤에 있는 거미를 알아차린 것인지도 모릅니다. 다음에 우리가 만나면, 그 감각에 대해 길게 이야기해보고 싶군요."

나는 돌아가는 비행 편 시간 때문에 곧 떠나야 했다. 해겸은 아쉬워하면서도 나중에 다시 방문하면 어렸을 때 느꼈던 아지랑이 같은 감각에 대해 자세히 말해달라고 청하며 나를 배웅했다. 나와 같은 경험을 한 사람들이 세계 곳곳에 더 있을지도 모르니 앞으로 찾아 나서보자는 이야기도 나누었다. 해겸의 표정은 처음 만났을 때보다 많이 부드러워져 있었다. 나는 그에게 가볍게 인사하고 기록관을 빠져나왔다.

밖으로 걸어 나오자 늦봄 오후의 햇볕이 쏟아졌다. 기록관에서부터 아래쪽 큰길가로 이어지는 언덕길을 내려가며 나는 어떤 기억을 떠올렸다. 해겸에게 보여준 영상 속의 그 순간을, 사실 나는 꽤 선명하게 기억한다. 어른이 되어 비디오를 보면서 상상으로 되살린 기억인지, 아니면 정말로 그 순간을 또렷하게 기억하는 것인지는 불분명하다. 어린 시절의 기억들이 대부분 그렇듯이 말이다. 그럼에도 어쩐지 어제의 일처럼 그날을 떠올릴 수 있다.

고요함에 잠겨 있었지만, 그것이 고요하다는 인식조차 없었던 날들. 어느 봄날에 나는 친구들과 목소리 찾기 놀이를 하려고 밖으로 나왔다. 벌써 사물의 목소리를 듣게 된 조숙한 아이들이 있었고, 그것은 성장의 증표였기에 우리는 목소리를 듣는 척하려고 애썼다. 나도 그랬다. 나는 소리를 듣지 못하면서도, 소리라는 개념이 낯선데도, 친구들과 어울리고 싶어 목소리 찾기 놀이에 합류했다. 하지만 어차피 들리지 않는 소리에 금세 싫증을 느끼고, 나는 아이들과 멀찍이 떨어진 언덕을 혼자 올라가다가 멈춰 섰다. 아마 풀 위를 기어가는 무당벌레를 자세히 들여다보려고 했을 것이다.

그 순간 약간 서늘하고 살짝 소름 돋는 물의 장막 같은 것이 나를 스쳐 지나간다. 나는 흠칫 놀라며 주위를 둘러보고, 하늘을 바라보고, 뒤돌아 나를 찍고 있는 아빠와 눈을 마주친다. 나의 몸을 관통하는 얇고 가느다란 실 같은 것이 진동하는데, 누군가가 숨어 있는 자신을 찾아보라고 멀리서 실을 가만히 건드리는 것 같다. 나는 눈을 크게 뜨고 그것을 찾기 위해 주위를 둘러보지만, 실을 건드린 존재는 눈에 보이지 않는다. 마치 숨바꼭질을 하듯이, 톡 두드리고 도망쳐 숨어버린 것처럼. 나는 결국 누가 그런 일을 벌였는지 찾지 못하고 언덕을 내려온다.

그 이후 오랜 시간 동안, 사물들이 말하는 세계에서 목소리를 듣지 못해 외로울 때마다 나는 그 순간을 생각했다. 숨바꼭질을 하고 있다고 생각했다. 이 지상에 가득 펼쳐진 거미줄 위에서, 오직 나 혼자서 그 거미줄을 친 존재를 찾고 있다고 생각했다. 내가 그들을 눈치챘기 때문에 나에게만은 목소리가 들리지 않는 것이라고.

그때와 비슷한 언덕에서 나는 잠시 멈추어 눈을 감는다.

사실 나는 그들과 숨바꼭질을 한 게 아니었을지도 모른다. 하지만 그들은 어쩌면 정말로 존재할지도 모른다.

영혼도 아니고 신도 아닌. 그저 소란하고 아름다운 무언가를 찾아서 먼 길을 온 존재들.

나는 천천히 숨을 들이쉰다. 그러면서 그들과 함께 이 지표면에서 멀어지는 상상을 한다. 열기구처럼 나는 위로 올라간다. 수직으로 가볍게 떠올라, 성층권을 지나고 열권을 통과해 점점 둥근 원처럼 축소되는 지구를 상상한다. 지상에서 위로 멀어질 때 세상은 놀랍도록 빠르게 고요해진다. 소리 풍경은 표면에 잠시 머무는 새벽안개 같은 것. 공기가 옅어지고 마침내 희소해지면 소리를 전달할 매개가 사라지고, 침묵이 우주를 가득 채운다. 거미들은 그 적막한 우주에서 순간의 소란을 찾아 헤매는 존재. 그들은 오랜 시간 숨죽이며 기다리다가, 어느 순간 흔들리는 거미줄에 올라탈 것이다. 그들은 고요에서 소란으로, 또 소란에서 고요로 건너뛸 것이다. 그러니 그들은 무엇보다 이 우주가 지극히 고요하며, 아주 찰나의 소란만을 지닌 고독한 공간임을 이해할 것이다.

나는 긴 숨을 내쉬었다. 오랜 외로움이 호흡과 함께 길게 빠져나왔다. 그것은 고요한 한낮의 거리를 잠시 떠돌다 차츰 흩어져, 소리처럼 사라졌다.

달고 미지근한 슬픔

새하얀 양봉복은 우주복을 닮았다. 머리부터 발끝까지 감싸는 흰색 슈트를 입고, 얼굴에는 메시 베일을 두른다. 두꺼운 장갑을 끼고 긴 부츠를 신는다. 소매와 발목 틈새까지 벌들이 파고들지 못하게 은색의 덕트 테이프로 단단히 밀봉하면, 양봉복 안과 바깥 세계는 차단된다. 그 순간만큼은 정말 우주 한복판에 나온 느낌이 든다고, 단하는 그렇게 생각했다. 정수리부터 차갑게 내리꽂히는 긴장감, 자신의 가만한 숨소리뿐인 적막. 그건 마치 우주선 외벽을 수리하기 위해 진공 속으로 몸을 내던진 우주인이 마주할 고요 같다고.

그러나 그다음에는 완전히 다른 일이 벌어진다. 벌치기가 발을 내딛는 곳은 진공이 아닌 수만 마리의 살아 있는 벌들 사이다. 정원에는 우주의 침묵 대신, 귀를 시끄럽게 울리는 군집 지성체들의 날갯짓이 있다. 양봉복은 우주복만큼 엄밀하게 밀폐되지 않아서 어딘가 반드시 틈새가 있다. 벌들은 느슨한 테이프, 오래되어 이가 벌어진 지퍼, 찢긴 메시 베일 사이로 집요하게 침투한다. 양봉은 온갖 불쾌한 감각과 함께하는 일이다. 손목에 들러붙는 위협적인 간지러움. 얼굴에 벌들이 밀착할 때의 공포. 방심하는 사이 톡, 혹은 쿡 하는 따끔한 느낌. 수십 시간 이어지는 화끈거림과 쓰라림.

단하가 처음 양봉을 시작했을 때 단하는 그 기묘한 감각들에 매료되었다. 오래전에는 네트워크에 양봉장 일지를 남기기도 했다. 양봉복과 우주복이 얼마나 닮았는지, 벌떼와 대면하는 순간의 시끄러운 고독이 얼마나 진공 속에 있는 것 같은지. 양봉복 안에서 벌어지는 감각적 사투와 벌들의 군집 움직임에 대한 순수한 감탄도 남겼다. 다른 벌치기들은 그 일지를 입문자의 과장되고 유치한 낭만 정도로 여기며 지나치는 것 같았지만, 개중에는 단하를 대놓고 비웃는 사람들도 있었다.

─왜 그런 한심한 상상을 해? 이제는 우주에 갈 수도 없는 시대인데.

꼭 그런 메시지 때문만은 아니었지만, 몇 년 뒤에 단하는 기록을 그만두었고 간접적으로 열려 있던 타인과의 유일한 소통 경로마저 차단했다. 그래도 다른 벌치기들의 조언을 따르지는 않았다. 정원으로 이어지는 오두막 뒷문을 열 때마다 단하는 재차 공상에 빠지기를 고집했다. 적막이 아닌 감각으로 가득 찬 정원의 우주를 상상했다. 몇 걸음 내디디면 물밀듯이 밀려오는 감각들. 달콤하다고 말할 수 있는 감각은 그중 일부에 불과한데도 단하는 그 감각의 파도가 좋았다.

양봉복이 우주복과 닮았기 때문에 양봉을 시작했던 단하는, 처음의 환상과는 전혀 다르다는 것을 알게 된 뒤에도 양봉을 계속했고 그 일을 사랑했다. 단하는 자신만의 우주복을 입고 벌들의 우주에 둘러싸여 조그만 벌꿀 항아리를 만들고, 벌들의 춤을 연구하고, 밀원식물을 찾아 가까운 숲을 탐색하며 폐쇄된 세계를 즐겼다. 때로는 자신의 우주가 생산해낸 달고 끈적한 기쁨도 즐겼다.

단하는 오직 자기 자신과 벌들의 세계에 몰두할 조그만 공간만 있으면 되었기에, 벌꿀을 너무 많이 얻을 필요도 없었다. 생활에 필요한 정도만 채밀하고 나머지는 벌들을 위해 놔두었다. 벌들 속에 있을 때면 인간들의 미묘한 신경질과 짜증, 분노를 마주하지 않아도 됐고, 그 이유를 짐작하려 안간힘을 쓰지 않아도 되었기 때문에 삶이 극도로 단순해졌다. 그렇게 단하는 오랫동안 미적지근한 평화에 파묻혀 살았다. 평온하고도 지루한 일상이 셀 수 없는 나날 동안 이어졌다. 그 평온이 어느 날 풋내기 침입자에게 방해받기 전까지는.

여느 때와 같은 오후, 그날도 단하는 양봉복을 입고 벌집에 모인 벌과 꿀들을 검수하고 있었다. 날씨가 좋아서 벌들의 다수는 꽃꿀을 채취하러 숲으로 떠났고, 벌집에는 수분을 날려서 꿀을 진하게 만드는 일벌들만 남아 단하는 벌들에게 방해받지 않고 스무 여개 남짓 되는 벌집들을 찬찬히 살펴볼 수 있었다. 여왕벌의 건강 상태를 점검했고 진드기에게 당한 벌집에 약을 치느라 오전 시간을 다 보냈다. 꿀이 흘러 넘치기 전에 서둘러 채밀해야 할 것 같은 벌집이 두 개 있었다. 오후에는 작업복으로 갈아입은 후 채밀 창고로 가서 고장 난 채밀기의 원심분리축을 수리했다.

바람 한 점 불지 않는 날 채밀기를 고치느라 땀범벅이 된 채로 단하는 오두막으로 돌아왔다. 양봉 작업을 하는 동안 간단히 휴식을 취하거나 점심을 먹을 수 있는 조그만 오두막이었다. 남은 하루는 집에서 벌꿀을 병에 옮겨 담을 생각이었다. 단하는 땀에 들러붙은 작업복을 겨우 벗고 속옷 차림으로 뒤돌았다.

그리고 잠시 눈을 의심했다. 무방비 상태의 자신 앞에 사람이 있었다. 여자였다.

단정한 회색 셔츠에 캐주얼한 검은 바지를 입은, 품에는 서류철 같은 것을 안고, 한 손에는 몸집에 비해 커 보이는 공구상자를 들고, 놀란 얼굴로 단하를 올려다보는 여자.

"너……."

누구냐고 소리를 지르고 싶었지만, 다음 말이 나오지 않았다. 단하는 옆 테이블에 내려놓았던 벌집 내검용 칼을 잡아 치켜들었다. 꿀을 훔치러 온 건가? 귀금속을 노린 강도? 그런데 뜻밖에도 여자는 단하보다 더 놀란 것 같았다.

"흐악!"

여자의 하찮은 비명을 들으니 단하는 기운이 빠졌다. 그냥 길을 잘못 든 사람인가? 저런 허술한 태도로 단하에게 해를 끼칠 것 같지는 않았다. 그런데 이 동네에서 길을 잘못 들 수가 있나? 단하는 의심의 끈을 놓지 않고, 여전히 칼을 겨눈 채로 여자를 살폈다. 여자는 단하가 자신을 진지하게 공격할 의사도 있다는 걸 아는지 모르는지, 동그란 눈을 크게 뜨고 단하를 바라보았다.

"저, 양봉가 백단하 선생님, 맞으세요?"

단하는 미간을 찌푸렸다. 그 짧은 한마디 안에 트집 잡고 싶은 게 한두 개가 아니었다. 일단 '양봉가 백단하 선생님'이라는 비효율적인 명칭은 무엇이며, 왜 용건은 말 않고 대뜸 사람부터 찾는 것인지. 땀에 잔뜩 젖은 속옷 차림인 사람을 앞에 두고 이름부터 냅다 묻는 건 또 어느 세계의 예의란 말인가. 하지만 너무 오랜 시간, 실제 인간과는 말을 나누지 않은 나머지 단하는 자신이 말하는 법을 잊어버렸다는 사실을 깨달았다.

"……."

 의도치 않았던 침묵이 이어지는 가운데 여자는 눈을 도르르 굴렸다. 단하는 한숨을 쉬고 내검용 칼을 다시 테이블 위에 올려놓았다. 말은 해야겠는데 말이 나오지 않았다. 그래서 단하는 옆 테이블에 놓여 있던, 한동안 거의 쓰지 않았던 스크린보드를 들어 신경 입력 기능을 켰다.

 ─당장 나가.

 단하의 목소리가 합성된 음성이 그 말을 재생했다. 대뜸 반말이 된 건 신경 입력 기능이 기본적으로 반말로 설정되어 있기 때문이지만 무례한 침입자에게 굳이 격식을 차리고 싶지도 않았다. 여전히 눈을 동그랗게 뜨고 단하를 빤히 보는 여자에게 단하는 한마디를 덧붙였다.

 ─위험하니까.

 벌들이 이제 꿀 채집을 마치고 돌아올 시간이어서 침착하게 굴지 않으면 벌들을 불안하게 할 수 있고, 하필이면 당신이 검은 옷을 입고 와서 벌들의 공격성을 자극할 수 있다는 설명까지는 굳이 덧붙이지 않았다. 솔직히 말하면 이 여자가 벌에 쏘이는 것보다 벌들이 불청객 때문에 놀랄까 봐 걱정이었다. 단하는 긴말 덧붙일 것 없이 여자가 당장 나가주기를 바랐다.

여자가 단하를 관찰하며 말했다.

"제가 이규은이에요."

―이름 물은 적 없는데.

"백단하 선생님 계신가요? 저 왔다고 하면 아실 거예요."

―나야. 네가 누군지는 모르겠고.

"네?"

―내가 백단하라고.

여자는 놀란 듯 눈을 크게 뜨더니 우와, 감탄을 내뱉으며 단하의 양손을 덥석 잡았다.

"정말 만나 뵙고 싶었어요. 초대해주셔서 감사해요!"

단하는 예상치 못한 접촉과 뜻밖의 말에 당황해서 붙잡힌 손을 비틀어 빼려고 했지만, 사람과의 상호작용 자체가 너무 오랜만이라 허둥지둥하는 꼴만 되었다. 겨우 한 발짝 물러난 단하가 물었다.

―초대했다고? 내가 너를?

"네, 초대요! 분명 저를 초대해주셨어요. 기억 안 나세요? 한 달 전의 일인데, 그동안 제가 다른 지역에서 하던 연구를 마무리하느라 좀 늦어졌거든요."

한 달이고 자시고 단하는 이 오두막에 누군가를 초대한 적이 없었다. 단하는 기본적으로 사람을 싫어했고, 여자는 더 싫어했으며, 그중에서도 어린 여자들을 특히 귀찮아했다. 무엇보다 그저 같은 여자라는 이유만으로 손을 덥석덥석 잡아대는 이런 태도에 몸서리쳐졌다. 그러니 술에 취해 고주망태가 되었다고 해도 자신이 규은을 초청했을 리가 없었다.

하지만 규은이 내민 스크린보드에 단하는 멈칫했다. 보드에 자신의 네트워크 프로필이 떠 있었다. 언제인지는 기억도 나지 않지만, 분명 언젠가 자신이 프로필로 설정했던 유백색 띠를 가진 노미아(Nomia) 알칼리벌의 사진이었다.

규은 씨, 제 이야기를 흥미롭게 봐주셔서 매우 감사합니다.
사정상 더는 글을 올리지 않고 있습니다.
더 나눌 이야기가 있다면, 아래 주소로 찾아와주세요.

단하는 이 메시지를 보낸 기억이 없었다. 그래도 그게 단하가 쓴 메시지인 건 맞았다. 단하의 프로필이 있고, 양봉장 주소가 정확히 적혀 있고, 심지어 형식상 정중하게 초대를 하고 있는 것도 사실이었다. 발신 일자도 규은의 말대로 한 달 전이었다. 황당해진 단하는 메시지를 유심히 뜯어보다가 맨 아래의 또 다른 문장을 발견했다.

이 메시지는 자동 응답으로 전송되었습니다.

그제야 어렴풋이 기억났다. 오래전 양봉장 일지를 그만 쓰기로 했을 때, 가끔 왜 일지를 더 쓰지 않냐고 묻는 사람들이 있었다. 단하는 그들에게 일일이 답장하기 귀찮아 자동 응답을 걸어두었다. 단하의 양봉장 주소까지 적어서. 그 이후에도 몇 번 더 질문이 이어졌지만 실제로 양봉장을 찾아오는 사람은 없었다. 아마 그들이 정말로 단하의 일지에 관심이 있거나 단하와 벌에 대한 이야기를 나누고 싶었던 것이 아니라, 시시한 호기심 혹은 트집거리를 찾아다니는 정도에 불과했기 때문일 것이다. 그러니까 눈앞의 이 여자, 규은은 단하의 일지에 관심을 가지고, 초청에 응한 최초이자 유일한 사람인 셈이었다.

그래도 이상했다. 그 자동 응답을 설정한 건 아마 20년도 더 된 일일 텐데.

황당하지만 얘기나 들어보자는 생각에 단하는 물었다.

―여기 찾아온 이유가 뭔데?

규은은 선뜻 대답하는 대신 조금 망설였다.

"저는 어, 그러니까…… 사실 메시지에도 썼지만, 부탁을 드리려고 했는데요."

어디선가 크게 윙 하는 소리가 들려왔다. 벌집에서 탈출한 벌 한 마리가 오두막 안으로 들어온 것이었다. 우물쭈물하던 규은이 날아온 벌을 발견하고 눈을 크게 떴다. 단하는 신경 쓰지 말라는 의미로 손을 들어 규은의 시선을 돌리려고 했다.

"그, 이런 부탁을 드려도 될지 모르겠지만……."

그래도 규은은 여전히 긴장한 듯 벌에 시선을 고정하고 있었다. 벌에 신경을 쓰면 오히려 쏘인다고, 신경 쓰지 말고 하던 얘기나 계속하라고 단하가 말하려는 순간, 규은이 물었다.

"혹시, 벌에 좀 쏘여봐도 될까요?"

별 미친 인간이 다 있군.

그런 생각이 들었을 때 냉큼 내쫓았어야 했는데, 단하는 그때 즉시 실행하지 않은 자신을 탓하며 한숨을 내쉬었다. 규은은 지켜보는 동안 절대 방해하지 않겠다고 말했지만, 당연하게도 신경이 쓰였고 방해가 됐다. 흰 포대 자루가 단하를 졸졸 따라다니는 것 같았다. 단하가 빌려준 양봉복이 규은에게 너무 컸던 것이다. 메시 베일의 뒤통수 쪽 지퍼를 어설프게 잠근 것도 거슬렸다. 단하는 미간을 찌푸리며 규은의 뒤통수를 노려보다가 고개를 돌렸다.

규은은 곤충을 연구하는 사람이라고 했다. 지금은 곤충들의 독성과 공격성을 연구하는 중이라고, 그래서 벌에게 쏘여보려는 것이라고 했다. 뜬금없이 곤충 연구라니? 요즘 시대에 곤충을 연구하는 사람이 왜 있는 걸까? 하긴, 이런 시대에 굳이 벌을 치는 단하 같은 사람도 있으니 다른 종류의 괴짜들도 있겠지. 여러 미심쩍은 점에도 불구하고 단하는 규은을 내쫓는 대신 양봉장과 벌들을 관찰할 수 있게 허락해주었다. 형식상 규은을 초청한 건 단하였으니까. 비록 그 초청이 단하의 의식하에 이루어진 것은 아니고, 일지를 올린 건 무려 20년 전이었지만 말이다.

"여기 있으면, 언젠가는 벌에 쏘여."

단하는 천천히 입을 열어 말했다. 벌들 사이에 있으면 정신을 바짝 차려야 하니 신경 입력 기능을 쓸 수가 없었다.

"그러니 일부러 쏘이지는 마."

규은이 아니라 벌을 위한 경고였다. 벌의 침은 한번 박히면 빠지지 않는 갈고리 모양이라, 벌은 침을 쏘고 나면 이어진 내장이 몸 밖으로 흘러나와 치명상을 입고 죽는다. 개체이지만 군집에 복무하는 벌 하나하나의 죽음을 다른 생물의 죽음과 동일하게 볼 수는 없겠지만, 그래도 가급적이면 벌들이 죽지 않는 편이 좋다. 그런 단하의 설명에 규은은 이해하기 어려운 표정을 지었는데 질겁한 것인지 호기심을 느끼는 것인지 단하로서는 알 수 없었다.

금방 흥미를 잃을 거라는 단하의 예상과 달리, 규은은 그 이후 꾸준히 양봉장을 찾아왔다. 어떤 날은 얼굴만 비추고 갔지만 어떤 날은 거의 하루 종일 머물렀고, 그런 다음에는 열흘 넘게 보이지 않다가 또 먼 곳에 출장을 다녀왔다며 반갑게 인사하며 나타났다. 규은은 단하가 하는 일을 옆에서 관찰했고, 가끔은 어설프지만 작은 일들을 도왔고, 스크린 보드에 뭔가를 기록하고, 사진을 찍고, 계속해서 질문했다. 단하의 일상은 예전과 비슷했지만 어떤 면에서는 완전히 달라졌다. 단하는 양봉의 과정과 벌의 생태 하나하나에 대해 꼬리를 물고 이어지는 규은의 질문이 생각보다 귀찮지 않았는데, 벌과 양봉에 대해서 누군가에게 말하는 일이 의외로 즐거웠기 때문이다. 규은이 단하의 일상에 더한 것은 굳이 분류하자면 불쾌함이 아니라 미세한 기분 좋음에 가까웠다. 그럼에도 단하는 약간의 의심을 품은 채 규은을 살폈다.

일단 겉으로 보아서는 규은은 그럴싸한 연구자였다. 틈틈이 도표나 수식이 가득한 논문들을 들여다보는 눈빛이 진지했고, 관찰력도 좋았다. 규은은 단하의 양봉장에 있는 벌집마다 벌의 종류가 다르다는 것을 빠르게 파악했고, 그 벌들이 서로 다른 꽃가루를 묻혀 온다는 것도 얼마 지나지 않아 알아냈다. 실제로 단하는 고대의 양봉가들이 주로 길렀던 사육종 외에도 다양한 야생벌들을 기르고 있었다. 단하는 규은에게 고대에는 양봉가들이 아피스 멜리페라(Apis mellifera)라는 사육종만을 길렀는데, 단일종이다 보니 꿀벌 군집 붕괴 현상에 취약해서 멸종 위기까지 갔다는 사실을 알려주었다. 반면 이 양봉장에 있는 벌의 종류는 수십 가지에 달한다고 설명하자, 규은에게서 뜻밖의 대답이 돌아왔다.

"벌들마다 통증 반응이 다를 테니 다 쏘여봐야겠네요."

말이 그렇게도 되나. 그런데, 굳이 직접 쏘여봐야 할까?

작은 의문들이 차곡차곡 쌓였다. 일단 한 가지. 규은은 벌레를 징그러워했다. 다른 사람이라면 모를까, 곤충 연구자가 저렇게 연구 대상을 징그러워할 수가 있을까? 벌은 좀 나았지만, 벌 이외에 진드기나 하얀 구더기 같은 애벌레들이 손에 들러붙을 때마다 규은은 으악, 하고 소리 질렀다. 또 한 가지, 규은은 벌이나 다른 곤충들을 관찰하기보다 양봉가인 단하를 관찰하는 데에 더 많은 시간을 쓰는 것 같았다. 실제로 단하가 하는 일도 벌과 관련이 있으니 그럴 법도 했지만, 때로 단하는 자신이 규은의 연구 대상이 된 듯한 기묘한 기분이 들었다.

그렇지만 한동안 단하는 그 의문을 깊게 파고드는 대신 그냥 두었다. 작은 즐거움을 잃고 싶지 않아서였다. 규은은 단하의 이야기를 무척 귀 기울여 들었다. 규은은 벌과 양봉뿐만 아니라 단하의 생각과 느낌에도 관심이 많았고, 그래서 단하는 처음으로 누군가와 자신의 일상을 깊이 공유하는 경험을 했다. 가끔 규은이 열흘 넘게 나타나지 않을 때면 어딘가 허전했다.

오랫동안 사람과의 소통을 차단하고 살아왔지만, 그건 단지 마음을 나눌 사람이 없었기 때문일까? 단하는 인정하기 조금 부끄러웠던 마음을 받아들였다. 처음 양봉을 시작했을 때부터 그랬다. 단하는 누군가에게 벌들을 바라보며 느끼는 경탄에 대해서, 시끄러운 고독으로 가득한 이 일에 대해서 말하고 싶었다. 양봉장 일지를 올렸던 것도 그 때문이었으니까. 물론 규은에게는 이 모든 것이 단지 연구이자 일에 불과하다는 사실을 알고 있었지만, 그럼에도 단하는 규은이 일상 한구석으로 침투한 것이 싫지 않았다.

벌에 쏘여봐도 되겠냐던 첫 부탁처럼, 규은은 벌에 쏘이는 일 자체에 가장 관심을 보였다. 양봉에 숙련된 단하는 벌들에게 워낙 익숙해서 쏘이는 일이 거의 없다 보니 주로 옆에서 허둥지둥하던 규은이 벌에게 쏘였다. 그런데 규은은 쏘인 부위가 거의 매번 달걀만큼 크고 붉게 부풀어 오르는데도 아파하는 일이 그다지 없었다. 오히려 쏘인 부위에 손바닥만 한 장치를 가져다 대며 뭔가를 분석하는 규은의 얼굴은 무척 차갑고, 심지어는 통증을 거의 느끼지 않는 것처럼도 보여서 단하는 섬뜩했다. 하지만 단하가 규은의 상태를 살피면 규은은 평소처럼 "으으, 제 팔 너무 징그러워요" 하는 식으로 호들갑을 떨었다. 조금 전의 냉정한 태도는 없었던 것처럼.

어느 날은 드물게 단하가 벌들에게 잔뜩 쏘인 적이 있었다. 꿀 수확을 하던 날이었다. 원래 꿀 수확은 벌들이 가장 예민해지는 작업이라 규은 없이 단하 혼자서 작업했는데, 하필이면 그날 훈연기가 제대로 작동하지 않아 단하가 쏘이고 말았다. 퉁퉁 부은 얼굴로 수확을 중단하고 오두막으로 돌아가자 기다리던 규은이 놀란 표정을 했다. 단하는 아무렇지 않게 응급처치를 했지만, 결국 신음을 약간 흘렸다.

규은은 아파하는 단하에게 장비를 들이대는 것을 미안해하면서도, 옆에서 통증 부위를 기록하고 관찰하기 시작했다. 단하는 별로 기분 나쁘지 않았다. 그게 처음부터 규은이 하려던 일이니까. 규은이 무언가를 한참 기록하더니 내려놓고 입을 열었다.

"단하 님은 아주 오래 양봉을 하셨잖아요. 여전히 벌에 쏘이면 많이 아픈가요?"

"아프지."

단하는 대답하며 쏘인 부위를 건드려보았다. 처음 시작할 때만큼은 아니지만, 여전히 아팠다. 어쩌면 단하가 극도로 조심하고 감각에 예민한 편이라 그런 것일 수도 있었다. 벌에 면역이 생길 정도로 많이 쏘인 양봉가들은 몇 방 정도는 따끔하는 느낌으로 그치기도 한다고 했다.

"그런데 왜 아플 위험을 감수하고 계속하세요?"

규은의 질문에 단하는 대답했다.

"살아 있다는 느낌이 드니까."

그러고 나서 단하는 자신의 대답에 약간 놀랐다. 누군가에게 그런 말을 해본 적이 없었다. 그냥 둘러댄 말은 아니었다. 실제로 단하는 벌들을 다룰 때 살아 있다는 느낌을 받았다. 수만 마리 벌들 사이에 있으면 설명할 수 없는 감각이 단하를 붙들었다. 평생을 품어왔던 부유하는 느낌, 이 세상에 없는 느낌, 그 공허함 속에서 단하를 세계에 단단히 붙잡아두는, 그래서 '살아 있다'고 느끼게 하는 감각. 그 살아 있다는 느낌이 통증과 동일하지는 않았다. 그건 양봉의 총체적인 감각에서 왔다. 하지만 통증은 그 총체에 분명 녹아 있었다.

"살아 있다고요?"

규은이 차갑게 물었고, 단하는 순간 당황하며 규은의 얼굴을 마주 보았다.

규은은 저도 모르게 대꾸한 것인지 얼른 표정을 바꾸었지만, 단하는 그 짧은 질문을 그냥 지나칠 수가 없었다.

"그럼 살아 있지 않다는 건가?"

규은은 아주 잠깐 머뭇거렸고, 얼른 웃으며 덧붙였다.

"당연히 살아 있죠. 그냥 그 말이 인상 깊어서요."

하지만 그 짧은 머뭇거림이 단하에게 어떤 확신을 주었다. 지금까지 쌓아온 의문들이 같은 방향을 가리키고 있었다.

그날 침대에 누워 천장을 보는데 잠이 오지 않았다. 단하는 규은과 함께 보낸 그간의 시간이 즐거웠다. 누군가에게 자기 이야기를 잔뜩 하고 싶은 노인 같은 마음이 스스로에게 있던 줄도 몰랐다. 규은과는 단지 우연하게 관찰 연구로 엮인, 아무리 좋게 해석해도 친구라고는 할 수 없는 사이였지만, 그래도 단하는 오랜만에 자신의 닫힌 세계에 누군가를 들이는 기쁨을 느꼈다. 하지만 그 모든 게 다 기만에 불과했다면 이날들을 어떻게 기억하게 될까.

예상대로 얼마 뒤에 규은이 관찰을 마무리하겠다고 말할 때까지만 해도 단하는 망설였다. 규은의 다정한 태도를 보니 굳이 그 속내를 캐묻고 싶지 않았던 것이다. 규은은 지금까지 도와줘서 너무 고맙다고, 꿀벌들에 대해 이야기하는 시간이 행복했다고 말했다. 그리고 이제 기록한 내용들을 정리해서 연구를 이어가려고 하니 나중에 네트워크를 통해 다시 연락하겠다고 말했다. 어쩌면 모든 것이 웃으면서 잘 마무리될 수도 있었다. 그럼에도 뒤돌아서는 규은의 뒷모습을 보면서 단하는 무언가를 결심했다.

몇 걸음 빠르게 다가서며 단하가 말했다.

"잠깐, 가기 전에 관찰 기록을 보여줘."

규은이 멈추며 뒤돌아보았다. 규은의 표정이 이상하게 구겨졌다.

"관찰 기록이요?"

"그래. 지금까지 나에 대해서 기록했잖아."

"네? 맞아요……. 하지만, 왜 지금 갑자기요?"

"무슨 문제라도 있나? 나에 대한 기록을 보겠다는데?"

"죄송해요. 그 말이 맞지만…… 지금은 안 돼요. 너무 예상치 못하게…… 아직 너무 난삽하고, 또 개인적인 감상도 많고요. 음, 시간을 주시면 이따가 좀 정리해서 제가 보내드릴 테니까요."

횡설수설하면서도 스크린보드를 등 뒤로 숨기는 규은을 보면서 단하는 배신당한 기분이었다. 단하는 오두막 문을 막아서면서 규은의 스크린보드를 향해 손을 뻗었다. 관찰 기록을 보여주지 않으면 강제로 뺏어서라도 볼 생각이었다. 줄 때까지 여기서 몇 시간이고 서 있을 수도 있었다.

규은이 막힌 오두막 출구와 단하를 한참이나 번갈아 보더니, 긴 침묵 끝에 어쩔 수 없다는 듯 스크린보드를 내밀었다.

관찰 기록은 흘려 쓴 글씨와 전문용어로 추정되는 약어로 가득했다. 규은은 단하가 못 알아볼 거라고 생각하고 내민 것인지도 모르지만, 중간중간 규은의 메모 일부를 알아볼 수 있었고 단하의 의심을 사실로 확정하는 데에는 그것만으로도 충분했다. 그러니까, 규은은 곤충을 연구하는 사람이 아니었다. 관찰 기록에 적힌 것은 대부분 단하에 대한, 그리고 단하가 '느낀다'고 보고한 감각에 대한 기록이었다.

"대체 왜 나를 찾아온 거지?"

단하는 화가 났다. 이전에는 이렇게 강렬한 분노를 느낀 적이 없었다. 몸이 떨리고 명치가 뜨거워졌다.

"왜 하필 나를 골랐지? 비웃으러 온 건가? 이런 세계에서 굳이 안 해도 될 짓을 하면서 아등바등 애쓰며 살아가는 게 우스워? 이제 날 조롱거리로 만들어서 전시할 건가?"

관찰 기록의 알아볼 수 없는 약어들 사이에서도, 단하의 눈에 확연히 들어온 한 줄은 이런 것이었다. 왜 모든 것이 거짓에 불과한 세상에서, 어떤 사람들은 여전히 '살아 있다'고 느낄까?

이로써 믿고 싶지 않지만 명백해진 사실이 있었다.

규은은 '몰두'하지 않는 사람이었다.

몰두는 허무에 빠지지 않고 살아가기 위한 규칙이다.

단하는 몰두하지 않는 사람이 싫었다. 이 세계가 거대한 양자 컴퓨터 속 큐비트서버로 구현된 시뮬레이션이고 더는 진짜 인간 따위는 존재하지 않는다는 사실은, 그것을 생각하면 생각할수록 거대한 공허만을 안겨준다. 이 세계에 몰두하지 않는 사람들은 마치 자신만이 진실을 아는 것처럼 다른 모든 이들을 비웃곤 했다. 그들은 모두가 아는 사실을 끊임없이 다시 말하고 싶어 했다. 어차피 우리는 실재하는 물리적 몸이 없는, 그래서 통 속의 뇌조차 되지 못하는 부유하는 데이터에 불과해. 그리고 그 속삭임이 과거의 인류를 집단 자살로 몰고 갔다.

처음 데이터 세계로 이주한 초기 이주 세대는 몰두가 필요하다는 것을 몰랐다. 그들은 자신들이 육신을 버리고 양자 큐비트의 세계로 이주한 데이터 정신이라는 것을 매 순간 인식했으며, 심지어는 불필요할 정도로 과도하게 인식했다. 수년도 지나지 않아 그들이 기반으로 삼고 있던 문화적 유산, 즉 진짜 지구 위에서 몸을 가지고 살았으나 지금은 멸종된 고대인들이 만들어낸 정신적 기반과, 더는 몸을 갖고 있지 않은 인간의 자의식 사이에 균열이 생겨났다.

어차피 몸이 없는데 왜 몸에 기반한 감각과 감정과 행동이 필요할까? 슬플 때 몸이 떨리고 명치가 아프도록 고통스러운 감각이 왜 필요할까? 사랑할 때 심장이 터져나갈 것 같은 느낌이 왜 필요할까? 몸이 있던 고대인의 문학과 음악과 미술과 춤이 새 인류에게 더 무슨 의미가 있을까? 이제 인간은 그 자신의 물리적 생존과 안정과 주위 환경에 대해 스스로 조금도 기여할 수 없는 데이터 조각에 불과한데, 이제 무엇을 추구하며 살아야 할까? 초기 이주 세대는 그 무수한 의문에 대한 답으로, 몸이 없는 존재들에게 허락되는 가장 먼 감각과 먼 의식까지 가보는 방향을 선택했다.

그들은 자기장과 전기장과 초음파와 적외선을 감각했고, 방사능과 공기 중의 분자 하나하나를 개별적으로 탐지하는 능력을 실험했고, 서로 다른 종류의 전자기파 스펙트럼을 동시에 감지했고, 중력파와 시간의 곡률을 인지하기 시작했다. 그들은 서로 연결된 집단 무의식을 실험했고 여러 공간에 동시에 존재하는 다차원적인 존재가 되어보았다. 하지만 그 어떤 것도 그들에게 살아 있다는 감각, 현존감을 주지 못했다. 오히려 그들이 인간의 몸을 벗어나 다른 감각을 실험할수록, 세계가 물리적 현실의 완전한 복제가 아니라 모사에 불과하다는 사실이 더 선명해졌다. 이 세계는 인간의 몸에 갇혀 있던 고대인이 경험하고 이해했던 지식의 기반 위에 시뮬레이션된 세계였고, 그래서 그 한계 밖은 우스꽝스러운 스케치처럼 보였다. 초기 인류는 점점 허무의 덫에 걸려들었다. 그들은 자신이 살아 있지 않다는, 엄밀한 의미에서는 존재하지도 않는다는 생각에 너무 깊이 빠져들었다.

현 인류는 초기 이주 세대의 집단 자살과 대규모 재생성 끝에 기억을 지우고 탄생한, 의도적으로 세계에 '몰두'하도록 학습된 세대였다.

몰두는 규칙이다. 몰두는 이 세계가 마치 물리적 현실인 것처럼 살아가는 행위다. 몰두는 이 세계가 거짓이라는 사실에서 모른 척 눈을 돌리고, 모두가 그러기로 합의하는 것이다. 고대인들이 모든 인간은 죽는다는 사실을 알면서도 매분 매초 죽음의 무게에서 눈 돌리며 살아갔던 것처럼, 몰두 역시 이 세계에 도사린 근본적인 허무에서 도망치며 살아가는 것이다.

그렇기에 단하는 규은에게 자신의 일이 모욕당한 것이나 다름없다고 생각했다. 몰두하지 않으면 단하가 하는 일은 아무런 의미가 없다. 땀을 뻘뻘 흘리며 벌집을 검수하고 벌들을 돌보는 일도, 서로 다른 종의 벌들이 채취해 오는 다양한 향의 꿀을 맛보는 것도, 벌에 쏘여 고통을 느끼면서도 매일 아침 양봉장으로 나서는 것도, 수만 마리 벌들 사이에서 벌떼의 일부가 되는 상상을 하는 것도, 시끄러운 고독 속에서 우주와 양봉이 공유하는 고립감을 생각하는 것도, 세계가 거짓이라고 생각하면 아무 의미가 없다. 어차피 이 세계에는 벌도 꿀도 우주도, 심지어는 벌에 쏘이거나 땀을 흘릴 몸조차도 실제로는 존재하지 않는데, 다 무슨 소용이란 말인가?

단하는 너무 화가 나서 규은을 관리국에 신고하려고 했다. 관리국에서 몰두하지 않는 사람들에게 경고와 처벌 조치를 한다는 이야기를 들은 적 있었다. 생각할수록 몸서리쳐졌다. 규은이 그런 사람이라는 걸 알았다면 말도 섞지 않았을 텐데. 그런데 한창 네트워크로 신고 절차를 밟던 중에, 단하는 문득 뭔가 이상하다는 생각이 들어 멈추었다.

그러니까, 규은은 실제로 뭘 연구하고 있었던 걸까.

규은은 자신을 곤충 연구자라고 말했지만 그건 거짓이었

다. 하지만 단하가 언뜻 본 관찰 기록은 그저 무의미한 글자들의 모음이 아니었다. 어쩌면 규은은 정말로 감각에 대해 연구하고 있을 수도 있다. 그런데 어차피 이 세계에 몰두하지도 않는 사람이, 자신이 거짓이라고 생각하는 세계에서 감각을 연구하는 건 또 무슨 소용일까?

단하는 신고 양식 문서를 폐기하고, 천장을 보며 욕을 내뱉었다. 몹쓸 일에 휘말려서 생각을 멈출 수 없었다. 이래서 사람들이 몰두하지 않는 이들을 불쾌하게 여기는 건데.

다음 일주일도 단하는 매일 아침 양봉장으로 향했다. 땀을 흘리며 열심히 일했고, 하루의 끝에는 직접 수확한 꿀을 바른 토스트를 먹었다. 하지만 이미 시작된 생각은 멈추지 않았다. 감각이 점차 이상해졌다. 일주일 뒤에는 단하의 눈에 보이는 것과 들리는 것, 피부에 흐르는 땀, 토스트의 맛 같은 것이 전부 비누 거품처럼 미끄럽게 흘러내리는 느낌이 들기 시작했다.

그래서 단하는 잔뜩 화가 난 채로 오랜만의 외출을 감행했다.

규은이 사는 동네는 장난감으로 만든 마을 같았다. 규은의 집은 아이가 쓴 것처럼 못생긴 글자로 이름이 크게 적힌 장식용 우체통 덕분에 쉽게 찾아낼 수 있었는데, 그 집도 모형 주택 같았다. 모든 게 원색에 거슬릴 정도로 광택이 나는 플라스틱이었다. 단하는 자신의 정교한 양봉장과는 비교도 되지 않을 정도로 성의 없는 시뮬레이션으로 구현된 낯선 동네를 인상 쓴 채로 둘러보다가, 망설임 없이 규은의 집 문을 두드렸다. 예전에 규은이 단하에게 네트워크로 보냈다는 메시지를 찾아 규은의 주소를 알아낸 것이다.

고개를 내민 규은은 눈을 동그랗게 떴다. 단하가 퉁명스레 말했다.

"잠깐 이야기 좀 하지?"

어딘가 잔뜩 풀이 죽은 기색으로 규은은 문을 열어주었다. 단하는 미간을 찌푸리며 안으로 들어갔다. 단하를 거실 소파에 앉힌 규은은 몇 분 지나지 않아 주방에서 찻잔을 들고 나왔다. 거실에 달콤한 꿀 향이 퍼졌다. 규은이 찻잔을 테이블 위에 내려놓는 것을 보자, 단하는 더 참을 수가 없었다.

"대체 뭘 하고 싶은 거야? 이 세계는 다 거짓인데 저 사람은 왜 저런 한심한 짓에 몰두하냐며 기만적인 기록을 써대더니 지금은 꿀차를 마시라고 하네. 이것도 어차피 가짜 액체 아니야?"

"단하 님. 맹세컨대, 그건 정말 오해예요……."

규은이 여전히 의기소침한 얼굴로 말했다.

"알아요. 진짜 전 쓰레기예요. 최악이죠. 그렇지만 정말 단하 님을 그런 식으로 생각한 건 절대 아니었어요. 꿀차가 가짜 액체여서 의미 없다고 생각하지도 않았고요……."

그럼 대체 그게 다 뭐였냐고, 전부 설명해보라는 단하의 눈짓에 규은은 한숨을 푹 쉬고 입을 열었다.

"저는 지금까지 살아 있다는 느낌을 추적해왔어요. 단하 님과 가까워지면서 제 연구 내용을 솔직하게 밝혀야 한다고 생각했지만, 그 시점에서는 그럴 수 없었어요. 왜냐하면 단하 님이 정말로 벌들의 세계에 몰두해 있다는 걸 알아버렸거든요. 아마 단하 님도 아실 거예요. 몰두는 이 세계의 엄격한 규칙이지만, 동시에 굉장히 연약한 규칙이에요. 단지 이 세계가 거짓이라는 것을 잠깐 상기하는 것만으로도 그 몰두는 깨져버리니까요."

슬프지만 사실이었다. 규은이 직접 단하에게 이 세계가 거짓이라고 소리를 친 것도 아닌데, 단하는 규은의 입장을 알게 된 것만으로 이후 줄곧 거짓 세계에 대한 생각을 멈출 수 없었다.

"얼마 전부터 끔찍한 느낌이 사람들 사이에 퍼지고 있어요. 살아 있지 않다는 느낌이요. 초기 이주 세대를 집단 자살로 몰아간 원인과 동일하죠. 저 역시 그 느낌에 시달렸고, 그래서 감각에 대한 연구를 시작했어요. 저는 그것이 몰두의 규칙에 근본적인 결함이 있기 때문이라고 생각했죠. 몰두의 규칙은 우리에게 착각을 강요해요. 우리는 몸을 소유하고 있다고, 신체 감각은 실재한다고, 그 감각에서 출발하는 정서와 느낌을 가지고 살아간다고요. 그렇지만 그 착각은 진실과 다르기에 견고하게 유지될 수 없어요."

규은은 자신의 연구에 대해서 구체적이고 단호하게 설명했다. 이어진 이야기는 단하도 어렴풋이 짐작했지만 굳이 짚고 싶지는 않았던 사실이었다. 단하와 규은이 살고 있는 세계와 그 안의 개인들은 양자 컴퓨터 속 수많은 광자 큐비트로 이루어져 있지만 결국 전체 시뮬레이션 자원의 한계가 있다는 것. 고대인의 몸속 장기를 대략적으로 흉내 낼 수는 있어도 분자와 원자와 전자, 그 세밀한 상호작용을 큐비트로 일일이 시뮬레이션할 수는 없다는 것.

그렇기에 아무리 몰두하려고 애쓰는 사람들도 언젠가는 반드시 한계에 부딪힌다. 실제로는 피가 돌지 않고, 호르몬이 분비되지 않고, 신경 자극도 존재하지 않는데, 오직 감각만이 진짜 같을 수는 없는 것이다. 감정도 마찬가지다. 감정이란 몸을 가지고 있던 고대인들이 자신의 신체적 반응과 외부 환경에 대한 두뇌의 예측을 해석하는 방식이었다. 슬프기 때문에 호흡이 가빠지고 눈물이 흐르는 것이 아니라, 호흡이 가빠지고 눈물이 흐르는 것을 슬프다고 해석한 결과가 감정이었던 것이다. 하지만 그 감정의 기반이 되는 온갖 감각들, 특히 가장 중요한 몸의 내부수용 감각이 상당 부분 결여된 세계에서 감정을 느끼려는 노력은 오히려 세계가 가짜라는 사실을 직시하게 할 뿐이었다.

"거기까진 알겠는데, 그럼 어떻게 해야 할까요? 해결할 방법이 안 보였어요. 제 연구도 원래는 그런 절망적인 결론으로 향하고 있었고요. 어차피 이 세계는 거짓이고, 우리의 감각과 감정도 거짓이고, 몰두는 언젠가는 깨어질 수밖에 없고, 거대한 허무감에 빠져서 스스로를 삭제하기를 선택했던 초기 이주 세대처럼 우리도 결국 그렇게 될 수밖에 없다고……. 그런데 그 무렵에, 단하 님이 쓴 양봉장 일지를 발견한 거예요."

단하는 그제야 규은이 처음에 자신을 찾아온 이유를 알았다. 오래전 단하는 양봉장 일지에 많은 것을 썼다. 벌들로 가득한 정원에서 느끼는 긴장과 고독, 벌이 코에 닿는 느낌과, 양봉복이 땀에 젖어 피부에 들러붙는 감촉과, 심장이 빨라지거나 느려지는 느낌. 단하는 그 감각들을 진실하게 느꼈고, 자신이 이 몸에 속해 있다고 느꼈다.

"정말 만나 뵙고 싶었지만 20년도 넘은 글이어서 연락이 될 거라고는 기대 안 했어요. 하지만 그 일지가 제 관점을 바꾸었죠. 계속 단서가 보이기 시작했어요. 이 세계의 모든 것이 거짓인데도 어떤 사람들은 정말로 자신이 '살아 있다'고 느껴요. 몸이 없는데도 마치 몸을 느끼는 것처럼 보여요. 공허감에 지배당하지 않죠. 그런 사람들의 사례를 찾아 연구하기 시작했어요. 어떻게 그게 가능할까? 모두가 허무에 빠져드는 이 세계에서 무엇이 살아 있다는 감각을 만들어낼까? 정말로 알고 싶었어요. 결코 모욕하려는 의도가 아니에요. 오히려 간절히 바랐죠. 그게 저를 구해줄 것 같았거든요. 이전까지 다른 사례를 몇 차례 조사했는데 진전이 크게 없어서, 혹시나 하는 마음에 단하 님께도 메시지를 보냈죠. 그런데 답장이 와서 정말 기뻤어요."

그렇게 말하며 단하를 보는 규은의 눈빛이 반짝였다. 하지만 지금까지 규은이 한 말대로라면, 규은이 단하를 향해 웃거나 놀라거나 미안해할 때 규은의 실제 내면은 겨울철 벌통처럼 텅 비어 있을지도 모른다. 그럼에도 규은은 그런 표정과 태도를 취함으로써 진짜 감각과 감정에 닿기를 바라고 있을 것이다.

"그럼 양봉장에서 답을 찾아냈나?"

"솔직히 잘 모르겠어요. 제가 부족해서 그런 거겠지만…… 그래도 몇 가지 추측을 확인했어요. 조사한 대부분의 사례에서, 단하 님을 포함해 현존감을 느끼는 사람들은 각자 소유한 시뮬레이션 자원이 내적인 감각에 많이 할당되어 있었어요. 그러니까 통증이나 배고픔, 혹은 근육이나 신경을 움직이는 감각에요. 다만 그것만으로는 설명이 불충분해요. 아무리 많이 할당해도, 분자 단위의 상호작용이 중요한 생화학 현상의 특성상 시뮬레이션은 극도로 피상적이니까요. 하지만 확신한 것도 있어요. 예를 들면······."

규은이 단하를 빤히 바라보며 말했다.

"어떻게 가능한지 설명할 수는 없다고 해도, 살아 있다는 느낌 자체는 진짜라는 거예요. 그렇지 않나요? 단하 님은 양봉장에 있을 때 살아 있다고 느껴요. 감정과 감각도 진짜라고 느껴요. 저 때문에 몰두가 깨졌다고 말하며 화를 낼 때, 단하 님은 정말로 화가 나셨잖아요. 제가 의도치 않게 훼방을 놓았지만, 화가 날 때의 감각과 감정 자체가 거짓이라고 느끼지는 않으셨을 거예요. 살아 있다는 느낌 자체는 훼손되지 않은 거죠. 그건 다른 사례에서도 비슷했어요. 일단 살아 있다고 느끼는 사람들은 그 감각이 일관적으로 유지됐어요."

"나도 그 얘기를 하려고 왔는데."

단하가 말을 끊으며 살짝 미간을 찌푸렸다.

"엄밀히 말하면, 훼손되지 않은 건 아니야."

규은이 단하의 말에 놀란 얼굴을 했다.

"그래, 나는 살아 있다고 느껴. 하지만 동시에 이젠 이 세계와 내가 큐비트로 구성된 시뮬레이션이라는 점을 의식하지 않을 수 없어. 얼마 전부터 감각이 겉돌기 시작했어. 네 표현에 의하면 내가 무의식적으로 대부분의 시뮬레이션 자원을 할당하던 내적 감각을 의식하게 되면서 이렇게 된 모양이지.

빨강이 빨강 같지 않고, 단맛이 단맛 같지 않아. 긴장하면 땀이 나거나 심장이 빠르게 뛰는 것도 기이하게 느껴지고."

규은은 단하의 말을 들으며 어쩔 줄 몰라 했다.

"으아, 죄송해요. 저 때문에……."

하지만 단하는 규은을 탓하려고 한 것이 아니었다.

"그러니까 내 요구는 말야."

단하가 딱 잘라 물었다.

"다음 연구 현장에 날 데려갈 수 있나?"

규은은 단하의 말을 전혀 예상하지 못한 듯했다. 잠시 아무런 반응이 돌아오지 않았다. 다음 순간 규은이 눈을 크게 뜨며 단하를 보았다.

왜 살아 있다고 느끼는가. 왜 이 세계에 현존한다고 느끼는가. 그 이유를 규은이 묻기 전까지 단하는 자신만의 고립된 세계에서 안락하고 평화로웠다. 세계에 깊이 몰두해 있었고, 살아 있다는 느낌은 질문의 대상이 아니었다. 하지만 일단 질문을 시작하자 그것이 더는 당연하지 않게 되었다.

단하는 이제 자신이 살아 있다는 것을 완벽하게 확신할 수 없었다. 그럼에도 자신이 살아 있다고 느끼는 이유를 알고 싶었다. 단하처럼 느끼는 다른 사람들을 만나보고 싶었다. 그러기 위해서라면 지금까지 고집해온 벌들의 세계를 벗어날 수도 있었다. 어쩌면 규은과 달리 단하는 살아 있다는 느낌을 알기 때문에, 자신과 비슷한 사람들을 만나면 이유를 알아차릴 수 있을지도 모른다. 단하는 그런 생각을 입 밖으로 내지는 않았지만, 규은은 침묵 끝에 그 의도를 짐작한 것 같았다.

규은이 단하에게 손을 내밀며 말했다.

"네, 좋아요. 같이 가주세요."

두 사람은 세계의 끝에서 끝으로 향했다. 몰두할 수 없는 세계에서도 여전히 살아 있다고 느끼는 사람들을 만나기 위해서였다.

규은의 말대로 현 세대의 인류는 현존감을, 살아 있다는 느낌을 잃어가는 중이었다. 그럼에도 많은 이가 살아 있다는 느낌을 갈망했기 때문에 공유 지역의 시뮬레이션 자원 상당 부분이 자극적인 도박에 할당되어 있었다. 슬롯머신들이 뿜어내는 휘황찬란한 빛을 피해 도박 지역을 벗어나자, 조각 블록으로 쌓아 올린 언덕이 나타났다. 데이터 더미가 만든 산이었다. 그곳에서 사람들은 고대인들이 남긴 낡은 오락거리를 발굴하려고 밤낮없이 더미를 파헤쳤다. 어떤 이들은 오래된 데이터를 들여다보며 흥미롭다는 듯 연신 고개를 끄덕여 댔지만 사람들 대부분은 표정이 텅 비어 있었다. 여기 상주하는 괴짜 역사학자가 있다는 소문을 들은 단하가 사람들에게 말을 걸려고 하자 규은이 말렸다. 이곳 사람들은 고대인들의 쓰레기 데이터에 중독되어서, 도박 지역에 있는 사람들과 별다를 바가 없다고 했다.

또 어떤 지역에서는 통증과 폭력에서 현존감을 찾으려는 사람들을 마주쳤다. 개인 시뮬레이션 자원을 정밀한 통증 구현에 모두 쏟아부은 사람들이 종교 공동체를 이루고 살았다. 그 마을에서는 타인에게 가장 기이한 방식으로 강렬한 통증을 가하는 사람이 높은 지위에 올랐다. 하지만 그들 역시 공허감에 시달린다고 호소하는 것을 보면, 아마도 살아 있다는 느낌을 통증에서 찾을 수는 없는 모양이었다.

여러 무익한 마주침 뒤에, 단하와 규은은 네트워크의 바다를 떠도는 외딴섬과 떠돌이 소행성을 조사하기 시작했다. 네트워크에 퍼진 수많은 생각 파편 중에서도 타인과의 상호 작용 없이 진공 속을 헤매는 조각들을 주요하게 살폈다. 규은이 예전에 그런 방식으로 단하의 양봉장 일지를 찾아냈다고 했다. 이런 세계에서 여전히 자신이 살아 있다고 느끼는 사람들은, 오래전 단하처럼 타인과 그 느낌을 공유하고 싶어 하지만 결국 실패하고 고립되어 있을 가능성이 높았다.

조사 대상을 선별한 다음에는 신중하게 접근했다. 단하가 몰두하지 않는 사람들을 싫어했던 것처럼 이번에 만날 이들도 그럴 수 있었다. 직접 만나기 전 최대한 정보를 수집하고, 그 사람이 얼마나 몰두해 있는지 먼저 파악했다. 대개는 몰두의 규칙을 구체적으로 언급하지 않고, 감각에 대한 책을 쓰기 위해 여러 현장을 조사하고 있다는 식으로 우회해서 표현하며 정중히 접근하면 만남을 거절하지 않았다. 현존감을 느끼는 사람들이 그 느낌에 대해 누군가와 공유하고 싶어 할 것이라는 두 사람의 추측이 틀리지 않았던 것이다.

단하와 규은은 등대지기와 전문 다이버를 만났다. 등대지기는 해안 절벽 위 등대에서 홀로 근무했고, 매일 등명기를 관리하고 장비를 보수하고 기상 상태와 선박들의 특이 사항을 기록했다. 뜻밖에도 선박을 타고 바다를 오가는 사람들이 꽤 있었다. 하지만 등대지기는 정작 바다로 나가거나 배를 타는 일 자체에는 별로 관심이 없었다. 그는 가장 좋아하는 일이 해안가에 찾아오는 철새 떼의 군무를 바라보는 일이라고 했다. 때로는 새 무리의 일부가 되는 느낌을 받는다고도 했다. 그는 그것이 어떤 느낌인지 자세히 서술했다. 무리와 방향 감각을 공유하는 느낌, 가야 할 곳을 온몸으로 아는 느낌, 이동의 축이 하나 늘어나며 3차원의 공간을 넓게 쓰는 느낌. 침착해 보이던 등대지기는 새들에 대한 이야기를 할 때 유독 말이 많아졌다.

등대지기가 차분하고 사색적이었던 반면, 절벽 아래 자갈밭에서 만난 다이버는 내내 무척 수다스러웠다. 단하와 규은을 만나자마자 10년은 수다를 참아온 사람처럼 이야기를 시작했다. 숨을 참고 물 아래로 깊이 내려가는 일이 얼마나 매력적인 일인지 열변을 토했고, 물고기 떼나 산호초 군집을 마주쳤을 때의 소름 돋는 느낌에 대해서도 한참을 말하더니, 곧장 단하와 규은에게 다이빙의 기초에 대해 강의하기 시작했다. 동료 다이버들도 만나보면 더 많은 이야기를 들려줄 거라면서, 당장 단하와 규은을 그들에게 소개할 겸 바다로 끌고 가고 싶어 하는 눈치였는데, 다이버의 수다에 질린 두 사람은 다음 일정이 급하다는 핑계로 겨우 그 자리를 빠져나왔다.

"고립이나 고독이 중요한 것 같지는 않네요……."

규은이 지친 채로 말했다.

얼마 뒤에 두 사람은 수족관을 관리하는 사람도 만났다. 앞서 다이버를 만나며 단하는 혹시 바다나 물이 중요한 역할을 할지 의문을 가졌는데 규은도 단하와 비슷했는지 수족관 안의 물을 유심히 살폈다. 수족관지기 역시 수족관 안에서 무리를 지어 움직이는 해양 생물들을 바라볼 때, 그 생물들 사이에 녹아든 듯한 느낌을 받으면서, 자신이 살아 있다고 실감한다고 했다. 하지만 그 느낌이 꼭 기쁨처럼 좋은 것은 아니라고도 했다. 그는 때로 살아 있는 것이 숨 막히고, 두렵다고도 했다. 그럼에도 그가 자신을 살아 있다고, 현존한다고 느끼는 것만은 확실해 보였다.

"어쩌면 생물들의 군집이 뭔가 중요한 역할을 하는 걸까요? 다른 사람들도 철새 떼, 물고기 떼, 산호초 군집을 언급했으니까요."

언뜻 단하도 자신이 벌떼를 바라볼 때 느꼈던 기이한 현존감을 떠올렸다. 그러나 그런 공통점으로 묶을 수 없는 사람들을 이후에 훨씬 더 많이 만났기에, 가설을 다시 폐기해야 했다. 이를테면 그다음에 단하와 규은이 만난 사람은 놀이공원에서 비눗방울을 만드는 일을 했다. 작은 비눗방울을 여러 개 잔뜩 만드는 것이 아니라 하나의 비눗방울을 아주 크게 만들어 유지하는 기술을 가진 숙련자였다. 그가 만들어 보여준 커다란 비눗방울이 둥실둥실 오랜 시간 허공에 떠서 날아가는 것을 보니 감탄이 나왔다. 보기보다 꽤 훈련이 필요한 기술이라면서, 그는 규은에게 고리를 건넸다. 규은도 따라 해보았지만 규은이 만든 비눗방울은 고리를 벗어나지도 못한 채 볼품없이 터지고 말았다. 그는 껄껄 웃으며 말했다.

"비눗방울의 표면이 참 신기하지 않습니까. 내가 바라보는 모든 순간에 다 다른 빛이 반사되고 있어요. 심지어 당신이 바라볼 때와 내가 바라볼 때의 색도 다르죠. 어떤 순간에도 그 색을 확정할 수 없습니다. 붙잡으려 들면 터져버리고요. 한참 들여다보고 있으면 가끔 제 자신이 비눗방울이 된 느낌이 듭니다. 그렇지만 쑥쓰러워서 남들에게는 한 번도 해본 적 없는 이야기지요."

 살아 있다고 느끼는 사람들은 모두 다른 현장과 일상에서 각자의 감각과 이야기를 품고 있었다. 단하와 규은은 그들의 말에 동화되었다. 때로는 살아 있다는 게 무엇인지 그들의 관점에서 얼핏 이해할 수 있을 것처럼도 느껴졌다. 하지만 그 현장을 떠나면, 즉시 혼란과 의문만이 남았다. 그들 모두에게는 살아 있다고 느끼는 것 외에는 아무런 공통점이 없었기 때문이다.

 내적 감각에 집중하는 사람도, 바깥의 보거나 듣거나 만지는 감각에 집중하는 사람도 있었다. 자연 속에 사는 사람도 있었고 철저히 인공적인 장소에 사는 사람도 있었다. 타인과 단절된 채 사는 사람도 있었고 타인과 적극적으로 교류하며 사는 사람도 있었다. 그들 모두가 현존감을 선명하게 느낀다는 점에서 이 세계의 소수였지만, 그것만으로 묶기에는 서로 너무 달랐다.

 그렇다면 살아 있다는 느낌은 그냥 우연에 불과한 것일까. 선물처럼 혹은 저주처럼 누군가에게 주어질 뿐, 얻지 못한 이들은 포기하고 살아가야 하는 걸까. 단하에게도 그런 생각이 언뜻 스쳤는데, 규은이라고 달라 보이지는 않았다. 단하는 규은의 체념을 느꼈다. 점점 표정을 잃어가는 규은을 보며 단하는 안타까웠고, 규은에게 그런 종류의 친밀감을 느끼는 스스로에게도 놀랐다. 현존감에 대한 실마리를 꼭 찾고 싶었다. 단하 자신뿐만 아니라 규은을 위해서라도.

만약 현존감이라는 것이 일상어로는 포착할 수 없는 것이라면, 언어가 아닌 다른 접근법을 찾아야 하는 걸까?

얼마 뒤 단하는 혼자서 어떤 장소를 다시 찾아가기로 결심했다. 처음에 지나쳤던, 데이터 블록들이 마구잡이로 쌓여 쓰레기 산을 이룬 지역이었다. 이전에 본 것처럼 텅 빈 표정의 사람들이 여전히 서성이고 있었다. 그들 대부분은 쓰레기 더미에서 고대인들의 오락거리를 찾아내 허겁지겁 소비하고 던져버리는 이들이었다. 하지만 단하는 그중 유독 침착하고 느긋해 보이는 남자를 찾아냈다. 이제 막 노년의 문턱에 들어선 나이로 보이는 그는 등받이가 반쯤 부서진 안락의자에 앉아 책을 읽고 있었다.

단하가 다가가 말을 걸기도 전에 그가 단하를 알아보았다.

"당신들 얘기 들었습니다. 대체 뭘 찾는지는 모르겠지만 뭔가를 찾아 세계 곳곳을 들쑤시는 두 여자가 있다고요. 그런데 오늘은 혼자 오셨군요?"

남자에게서는 현 인류가 탄생한 이후 단 한 번도 스스로를 삭제하거나 기억을 지우지 않은 사람 특유의 느릿느릿함이 보였다. 그는 자신이 '우연'이라는 이름을 쓰는 역사학자이며, 이곳 고대인들의 데이터 더미에서 사료를 찾는다고 했다. 단하가 묻고 싶은 것이 있다고 하자 그는 녹슨 안경을 고쳐 쓰며 단하를 빤히 보았다.

"말해보세요."

"자료를 하나 찾고 있습니다. 그러니까, 고대인들과 현 인류의 중대한 차이점에 대해서라고 할까요. 그들과는 다르게 우리가 존재하는 방식에 대한, 다시 말해……."

단하는 신중하게 단어를 골랐다. 상대가 사실을 외면할 수 없는 역사학자인 만큼 몰두한 사람일 가능성은 적었지만, 이곳은 공유 지역이었다. 그런데 역사학자가 단하의 말에 대뜸 끼어들었다.

"시뮬레이션의 원리를 묻는 거지요?"

단하가 놀라며 주위를 살펴보자, 역사학자가 히죽거렸다.

"여기서는 안전합니다. 무엇을 할 의욕조차 잃은 사람들만 득시글거려서 규칙 위반을 신고할 기력이 없어요."

"그렇습니까."

"그래도 너무 길게 말하면 감시국의 시선을 끌 테니, 어디 보자. 아주 간혹 그런 걸 궁금해하는 사람들이 있지요. 내가 설명하는 것보다는 이걸 좀 읽어보는 게 좋겠습니다."

역사학자가 보따리에서 두꺼운 교재 한 권을 꺼내 단하에게 내밀었다. 제목이 잘 보이지 않는 표지였다. 단하는 책을 받아서 조심히 살폈다. 부피나 질감은 책처럼 구현되었지만 실제 무게는 구현하지 않았는지, 솜덩어리처럼 가벼웠다. 단하는 책을 쭉 훑어보고 실망해서 바로 덮었다.

"이건 역사 기록 같지는 않습니다만."

"뭐, 찾아보면 좀 더 쉬운 책도 있겠지만. 결국은 수식을 보는 게 나아요. 그게 우리 본성의 언어니까. 정 모르겠으면 네트워크로 연락해요. 네트워크는 감시망에 걸리니 은유를 써야 할 겁니다."

단하가 책을 품에 안았다. 고맙다고 고개 숙여 인사하고 뒤돌아 떠나는데, 단하의 뒤통수에 대고 역사학자가 외쳤다.

"당신들이 찾는 게 우리의 본질 같은 거라면, 그런 건 없다고 생각하는 게 속 편해요."

집으로 돌아간 단하는 역사학자에게서 받은 책을 펼쳤다. 책은 도저히 뜻을 알 수 없는 Ψ와 δ 같은 기호와 수식으로 가득 차 있었는데, 규은의 관찰 기록이나 논문에서도 본 적 없는 기호였다. 단하는 역사학자가 자신을 놀리려고 한 게 아닌지 의심하다가, 다시 책을 앞뒤로 샅샅이 살피며 이해할 수 있는 설명들을 추려 읽었다.

동전 하나를 생각해보자. 동전에는 앞면과 뒷면이 있고, 바닥에 있는 동전은 앞면 혹은 뒷면으로 놓인다. 이것이 0 또는 1의 상태를 가지는 고전적인 '비트'다. 하지만 이 동전이 계속해서 회전하고 있다고 생각해보자. 회전 방향은 어느 쪽으로도 가능하다. 이 동전은 회전하는 순간에 앞면과 뒷면, 혹은 앞면도 뒷면도 아닌 상태가 무한한 가능성의 조합으로 겹쳐져 있다. 누군가 이 동전을 멈추기 전에는 모든 가능성이 중첩되어 있는 것이다. 그런데 이 동전은 특별하게도 누군가가 동전을 측정하려는 순간에 멈춰서 어떤 상태로 확정된다. 이것이 양자 시뮬레이션의 기본 단위, '큐비트'이다.

다음 날 단하와 규은은 즉흥 재즈 연주가를 만났다. 그는 두 사람에게 자신이 느끼는 연주의 즐거움과 짜릿함을 말하고 싶어서 안달이 나 있었다. 연주를 들려줄 수 있느냐는 부탁에는, 아쉽지만 즉흥 재즈는 반드시 함께 연주할 사람이 있어야 그 재미가 사는 거라며 피아노를 몇 소절 쳐주는 것이 다였다. 그런 다음에 그는 한참이나 자신의 일을 설명했다.

"즉흥 연주는 어떻게 흘러갈지 몰라요. 그게 묘미예요. 일단 내가 음을 내면, 파트너가 거기에 맞춰서 소리를 내죠. 매 연주가 달라요. 예측할 수 없죠. 불확정성 속에서 가능성을 따라가는 거예요. 확률 속에서 헤엄치는 것이죠. 그런데 때로는 이런 느낌도 들어요. 내가 음을 내는 순간, 파트너의 음도 결정된다는 생각. 하나의 음을 낼 때, 이미 파트너가 무슨 음을 낼지 알고 있는 것 같은 느낌. 그게 맞아떨어질 때는 소름이 끼쳐요. 그 순간의 이상한 느낌을, 정말 말로는 표현할 수 없을 거예요."

 더욱 기이해지는 건 여기서부터다. 이제 열 개의 동전이 동시에 돌고 있다고 상상하자. 이 동전들은 서로 '얽혀' 있다. 만약 한 동전을 멈춰서 어떤 가능성을 확정하면, 다른 동전들에는 전혀 손을 대지 않더라도 다른 동전들의 상태가 동시에 확정된다. 동전들을 가까이 놓아도, 점차 떨어뜨려 결국 아주 멀리 놓아도 이 동시성은 똑같이 적용된다. 이처럼 기묘한 방식으로 얽혀 있는 동전 여러 개에 이 동전들의 안정성을 지원하는 소자들을 함께 묶은 것이 큐비트 소결정이다. 양자 시뮬레이션에서는 여러 소결정을 결합해 하나의 양자 의식 객체, 큐비트 결정을 구성한다.

 그리고 단하와 규은은 유리 공예가를 만났다. 공예가는 뜨거운 가마에서 녹인 유리를 먼저 보여주었다. 그는 녹인 유리를 파이프로 불고 회전시켜 특정한 모양으로 만들었다. 유리를 녹이고 불고 부분적으로 다듬어 꽃병이나 유리잔 따위를 만드는 과정을 다시 말로 설명하면서, 그는 이 작업의 가장 신비로운 부분은 녹아 있는 유리 그 자체에 있다고 말했다.

 "이 유리는 지금 고체도 액체도 아닌 불확정의 상태이지요. 무엇이든 될 수 있지만 아직 무엇도 되지 않은 상태입니다. 겉으로 보기에는 제가 유리를 다듬어 뭔가를 만들지만, 실제로는 유리에 숨을 불어넣는 순간 그 가능성이 확정되고, 그래서 그때 유리가 무엇이 될지 이미 알고 있다는 생각도 들어요. 손을 대는 순간 아직 완성하지 않았는데도 이미 형태가 확정되는 거죠. 그럴 때면, 이상한 표현이지만, 나와 유리를 구분할 수 없어지죠. 나 자신이 바로 그 불확정 상태의 존재인 것처럼요."

이제 알 듯 말 듯 한 생각들이 단하의 눈앞에 둥둥 떠다녔다. 서로 관련이 없어 보이는 현상들 가운데 느슨한 연관성이 보였다. 하지만 그 모든 것이 '현존감'과 어떻게 연결되는지 알 수 없었다. 규은은 단하보다 더욱 큰 혼란에 빠진 것 같았다. 단하는 원래 알고 있던 감각이 불분명하고 와해되는 느낌을 받은 반면에, 규은은 이 여정을 계속하며 한 번도 겪어본 적 없는 느낌을 받았다고 했다. 그런데 그것을 설명할 말도, 동작도 없다고 했다.

"어쩌면 처음부터 풀 수 없는 문제였나 봐요. 그러니 초기 이주 세대도 결국 그런 길을 간 거겠죠……."

그렇게 말하며 한숨을 푹 내쉬는 규은은 지금껏 단하가 봐온 모습 중 가장 침울해 보였다. 설령 그 침울함이 내적인 감각이 없는 침울함이라고 해도, 단하는 규은의 겉으로 드러나는 마음에 동조되는 스스로를 느꼈다. 일단 이 여정을 중단할 필요가 있다고 단하는 판단했다. 지금까지 조사한 것을 돌이켜볼 시간이 필요했다.

마침 공유 계절이 바뀌고 있었다. 그동안 단하는 양봉장에 공유 계절이 자연스럽게 찾아오도록 내버려두었다. 단하와 규은이 여정을 시작했을 때는 가을이었고, 어느새 겨울을 지나 봄이 시작되려고 했다. 계절에 따라 단하의 벌들은 월동을 했다. 이제 봄이 온다면, 벌들도 봄철 활동을 재개할 것이다. 이대로 여정이 끝날지도 모른다는 불길함을 느끼면서도, 단하는 규은에게 한동안 양봉장의 벌들을 돌보러 가야 한다고 통보했다.

규은이 시무룩한 태도로 말했다.

"저도 따라갈래요."

"그러시든지."

이상한 안도감과 안쓰러움을 느끼며 단하가 대꾸했다.

규은과 함께 돌아온 단하의 양봉장은 여느 때와 같이 익숙하고도 평화로웠다. 눈이 쌓였다가 녹은 곳에 땅이 파여서 정비가 필요해 보였고, 벌들은 월동하는 동안 수가 많이 줄었지만 다행히도 큰 질병 없이 건강해 보였다. 평온한 양봉장을 천천히 둘러보면서 단하는 문득 지난 몇 달간 규은과 떠났던 여정이 아주 이상하게 느껴졌다. 왜 그렇게 먼 길을 갔을까? 단하는 이 세계 속에서 살아 있음을 실감했고, 가끔은 행복했고, 그래서 삶에 아무런 불만도 품지 않았는데. 어쩌면 그냥 살아가야 할지도 몰랐다. 아마 고대인들도 자신이 살아 있다고 느끼는 이유를 잘 몰랐을 것이다. 인간의 몸이 무엇인지, 영혼이라는 것이 있는지 그들 스스로 이해하기 전에도 그들은 그냥 살아갔다. 단하 역시 그래야 하는 것인지도 몰랐다. 하지만 그렇게 되면, 살아 있다는 느낌을 받지 못하는 사람들은 어떻게 되지? 규은의 감정이 피상적이라고 해도 규은은 여전히 그것을 원하고 바라는데. 그리고 이 바깥에는 살아 있다는 느낌을 갈망하는 수많은 사람이 있는데.

그런 생각을 하며 양봉장을 다시 돌아볼 때 단하는 과거에 바라보던 평온한 이 정경이 더는 자신에게 평온하지 않다는 것을 알았다. 단하는 이미 양봉장을 벗어나 너무 많은 세계를 다니고 보아버렸다. 단하의 개인 시뮬레이션 자원은 양봉장 하나와 벌들의 세계를 구현하기에는 충분했지만, 단하는 이제 그게 전부가 아니라는 생각을 떨칠 수 없었다. 벌들은 원래 벌들만으로 존재하지 않고, 그들이 관계 맺는 모든 다른 식물과 연관되어 있으며, 그 식물들은 여러 균류를 포함한 다른 생물 종과 관계 맺고, 이 끝없는 연결고리에 올라탄 모든 개체와 환경을 구현하는 것은 불가능하다. 그렇다면 단하의 양봉장 역시 완벽하게 구현된 닫힌 세계가 아니었다.

단하는 이제 몰두할 수 없었다. 이 세계가 거짓이라는 걸 알았다. 규은과 마찬가지로.

그런데도 왜 여전히 자신은 살아 있다고 느낄까.

두 사람 앞으로 꽃꿀 채집을 재개하는 거대한 벌떼가 날아올랐다. 수만 마리 벌들이 만들어낸 날갯짓의 윙윙거림은 고막을 뒤흔들 정도로 시끄러웠다. 규은이 작게 감탄했다. 단하가 규은의 시선을 따라 고개를 돌리자, 벌집 가까이에서 꿀벌 한두 마리가 팔자로 춤을 추고 있는 것이 보였다. 춤추는 벌 뒤로 다른 일벌들이 뒤따라 날아오르며 집단에 합류했다. 그동안 아주 오래 꿀벌들을 들여다본 단하도 아직 꿀벌의 춤을 정확히 해석할 수는 없었지만, 그 춤이 늘 집단 전체에 즉각적으로 정보를 전달하는 모습은 놀라웠다. 꿀벌들은 서로 얽혀 있었고, 각각의 개체이면서도 하나의 초개체처럼 행동했다. 벌떼의 비행은 언뜻 불규칙해 보이면서도 한 생명체처럼 같은 목적을 가지고 움직였다.

그때 어떤 생각이 단하를 스쳤다.

군집과 초개체. 불확정성과 중첩. 얽힘과 동시성. 측정되기 전까지는 무수한 가능성이 중첩되어 있고, 확정되는 순간 다른 얽힌 것과 동시에 확정되며, 작은 개체가 모여 하나의 초개체를 이루는 것. 혹은 그런 존재.

모든 단서가 앞에 있었다. 늘 여기 있는 것이나 다름없었다. 하지만 모두 제각기 다른 방향을 가리키고 있어서 깨닫지 못한 것뿐이었다. 단하가 중얼거렸다.

"전제가 틀렸던 거야."

규은이 의아한 얼굴로 고개를 돌렸다.

"몸이 없는 게 아니었어. 잘못된 전제에서 출발했어. 우리에게는 몸이 있어. 이 세계와 우리의 물리적 기반. 각각의 의식을 구현하는 양자 큐비트 결정. 그게 우리의 신체야."

"네? 그게 무슨……."

규은이 바로 이해하지 못한 듯 단하를 빤히 보았지만, 단하는 지금 자신을 스쳐 간 깨달음에 입을 다물었다. 그리고 멍하니 꿀벌들을 바라보았다. 벌떼가 빠르게 멀어졌고 윙윙거리는 소리는 어느새 작아진 지 오래였다. 이해의 순간은 귓가를 잠시 스쳤다 떠날 뿐이었다. 그럼에도 그런 순간이 존재했다. 그리고 단하는 도저히 이해할 수 없는 것의 끝자락을 붙들려 하고 있었다.

어떤 신체가 그 자신의 의식으로는 온전히 이해할 수 없을 만큼 기이하고 이상한 특징을 띠는 동시에, 이 자아가 살아 있기를 갈망하고 살아 있음을 이해하기를 바란다고 해보자. 아마도 이 자아는 환상 속에서라도 자기 몸의 그림자를 감지하려고 애쓸 것이다. 무수한 벌떼와 새들의 군무를 바라볼 때, 녹은 유리 속에서 아직 확정되지 않은 수많은 가능성을 목격할 때, 붙잡으려 하는 순간 터져버리는 비눗방울을 만들 때, 한 음을 연주하자 다른 음도 이미 확정된다는 사실을 깨달을 때, 단하와 그들은 자신이 존재하는 방식의 그림자를 스쳐 보았던 것이다. 그중 어느 것도 그들의 실제 존재 방식과는 다르다. 적절한 비유조차 아니다. 어느 무엇도 양자 큐비트로서 존재한다는 것의, 그 기이한 신체성의 한 단면조차 포착하지 못한다. 그럼에도 몸에 속하고 싶다는 갈망이, 현존하고 싶다는 바람이 이 불완전한 조각과 자신의 존재 방식을 겹쳐 보도록 만들었다.

마음이 거주하는 곳이자 마음이 구현되는 곳, 혹은 마음과 의식의 물리적 기반이며 동시에 마음 그 자체. 그것이 몸이라면, 단하라는 존재를 구성하는 물리적인 몸은 큐비트 결정이다. 큐비트 결정은 그 자체로 고유한 신체다. 과거에 어떤 인류도 가졌던 적 없는 몸이자 현재의 모든 인류를 구성하는 몸이다. 그것은 세포도 유기물도 아닌 광자 큐비트로 이루어져 있다. 그 몸은 중첩과 얽힘과 불확정성과 초개체성이라는 여러 겹의 신체성을 지닌다. 그중 어느 것도 과거의 인류는 지닌 적 없기에 오랫동안 그것은 몸으로 간주되지 않았다. 직관적으로 이해할 수도 없었다. 그러나 지금 이곳에 살아 있는 존재들에게 빛의 입자로 이루어진 이 몸은 자신과 타인과 환경이 존재하는 유일한 형태이자 존재 방식이다.

지금 단하가 느끼는 현존감은 인류가 지녔던 어떤 일상 언어로도 완전하게 서술될 수 없는 것이었다. 큐비트 결정으로 존재한다는 것은 벌떼나 새들의 일부가 되는 것과도 다르고, 비눗방울의 표면이 되는 것과도 다르며, 연주되기 전에 이미 정해진 음표가 되는 것과도 달랐다. 그러나 동시에 그 모든 것이었다. 이 모든 현상과 포착이 살아 있다는 느낌에 불완전하게 기여하고 있었던 것이다.

단하와 규은은 언덕에 앉아 오로라를 보고 있었다.

오로라를 마주한 건 극지방에서 순록을 기른다는 한 부부를 만나러 온 길에서였다. 정작 그 부부는 당일까지도 자신들의 정확한 좌표를 알려주지 않아서, 드넓은 툰드라를 헤매며 계속 연락을 시도하다 해가 지고 말았다. 찾고 있던 사람은 나타나지 않았지만 찾던 것은 다른 형태로 밤하늘에 모습을 드리우기 시작했다.

옅은 초록빛의 리본이 나풀거리다 하늘을 뒤덮으며 펼쳐졌다. 아마도 단하와 규은의 추정이 맞다면, 그 유목민 부부는 저 밤하늘을 보면서 그들 자신의 신체성을 감각하는지도 몰랐다. 그렇기에 살아 있다고 느끼는 것인지도 몰랐다. 그들이 이 툰드라에서의 삶에 얼마나 몰두하고 있는지는 아직 알 수 없었지만 적어도 단하는 눈앞의 오로라가 실재하지 않는다는 것을 알았고, 그러니 눈앞의 풍경은 한때 지구의 극권에서 관찰할 수 있었던 신비로운 자연현상의 모사에 불과하다는 것도 알았다. 하지만 이 오로라는 여전히 제법 그럴싸하게 구현되어 단하와 규은을 잠시 침묵하게 하기에는 충분했다.

말없이 오로라를 바라보던 규은이 한숨을 푹 내쉬었다.

"그 사람들, 자신들이 '세상의 끝'을 보여주겠다고 해서 일부러 찾아온 건데. 이 넓은 데서 어떻게 만나야 할지 막막하네요."

"우리가 생각하는 세상의 끝과는 다를지도 모르지. 말 그대로 북극점을 말하는 거였을지도. 그들이 이 북극이 정말로 존재한다고 믿고, 그 믿음에 깊게 몰두해 있다면 말야."

"그럼 역시 세상의 끝 같은 건 없는 걸까요?"

"글쎄. 아마도…… 있지 않을까? 어쩌면 사과의 표면이 아니라, 사과를 통과하는 구멍 같은 형태로."

단하는 그렇게 말하며 손을 들어 밤하늘을 쿡 찍듯이 내밀어보았다. 양자 큐비트 존재가 이 시뮬레이션 세계를 넘어 밖으로 향하거나, 그 바깥을 감지할 수 있을까? 가능하다면 그런 일이 벌어지는 곳이 바로 세상의 끝 지점일 것이다. 그렇다면 그건 익숙한 형태의 풍경이 아니라, 풍경을 가로지르거나 일그러뜨리거나 뚝 떼어낸 것과 같은 이상한 모습일 것이다.

두 사람은 여정을 다시 이어가고 있었다. 벌들을 바라보던 순간의 깨달음 이후로 기이한 신체성에 대한 희미한 단서를 찾았지만, 어디로 가야 할지 막막한 건 여전했다. 단하와 규은은 그동안 만났던 현존감을 느끼는 사람들에 대한 관찰 기록과 양자 큐비트 결정의 특성을 대조했고, 실제로 큐비트 결정의 양자역학적 특징을 알아차리는 것이 살아 있다는 느낌의 근원이 된다는 가설을 확인했다. 그렇지만 그것이 곧바로 해답으로 이어지는 건 아니었다. 규은은 현존감을 느끼고 싶어 했고, 이 세계의 사람들이 허무감에 잠식되는 상황을 해결하고 싶어 했다. 어떤 사람들은 단하처럼 아주 오랫동안 특정한 일과 현상에 몰두한 끝에 큐비트 몸을 가지고 살아 있다는 느낌을 스치듯 포착하지만, 그건 극히 일부의 사람들일 뿐이었다. 게다가 단하 역시 몰두가 깨어진 이후로 아슬아슬한 느낌을 받고 있으니, 아마도 모두에게 세계가 시뮬레이션이라는 것을 애써 잊어버리고 양봉이나 유리 공에 따위에 몰두하라고 권하는 건 가능한 해결책은 아닐 터였다.

아마도 시간이 필요할 것이다. 단하가 꿀벌들을 들여다보며 살아 있다는 느낌을 선명하게 발견하고 몸에 속해 있다고 느끼기까지도 긴 시간과 수고가 필요했다. 그렇다면 이 몸을 총체적으로 이해하고 인지하기 위해서는, 유기체 몸이 아닌 큐비트 몸으로부터 출발하는 감각과 감정과 언어를 규정하기 위해서는 또 얼마나 긴 시간이 필요할까.

"앞으로의 일들이 무척 막막하네요. 이 행성에 살았던 우리 아닌 대부분의 지성적 존재는 자신의 몸을 스스로 보거나 만질 수 있었잖아요. 그게 그들에게는 현존감의 중요한 근원이었고요. 하지만 스스로는 볼 수도 없고 만질 수도 없는, 오직 내적 감각의 그림자만 희미하게 인지하는 몸이라니……."

"하지만 고대인들도 비슷한 과정을 겪었겠지. 그들 역시 자신들이 어떤 방식으로 존재하는지에 대해서는 수없이 시행착오를 거쳐서 겨우 알아냈어."

"그럼 우리에게 필요한 것도 수만 년의 시간일까요?"

단하는 대답 없이 다시 생각에 잠겼다. 그렇게 긴 시간이 필요하지는 않을지도 모른다. 고전역학의 세계 속에 살았던 고대인들은 자신이 속한 규모의 현상을 직관적으로 이해했고, 양자 규모의 현상을 끝내 이해하지 못했다. 그들은 직관이 아니라 다른 언어를 빌려서 겨우 이해의 그림자에 닿았다. 하지만 큐비트 세계에서 탄생한 이 세계의 존재들은 그 의식 전체가 양자 규모에 속해 있다. 아직 고대인의 경험과 문화와 언어를 기반으로 이 세계가 시뮬레이션되고 있기에 깨닫지 못한 것뿐일지도 모른다. 어쩌면 물에서 태어나 수중 호흡을 해야 하는 생물에게 공기 중에서 호흡하기를 요구해 온 것이 지금 이 세계의 구조인지도 모른다.

"제 생각에는, 우리 자신을 살아 있게 하는 물리적 실재, 그러니까 시뮬레이션 서버 자체에 접근할 수 있는 방법이 필요해요. 고대인들은 이 서버를 관리하는 영역과 의식 객체들이 살아가는 영역을 분리해 설계했지만, 그 경계를 넘어야 할지도 몰라요. 우리가 느끼는 허무감은 어쩌면 아무것도 할 수 없다는 느낌에서 올 거예요. 살아가기 위해서 필요한 일을 스스로는 아무것도 할 수 없다는 느낌에서요. 지금 우리는 이 세계가 얼마나 유지 가능한지, 우리가 앞으로 얼마나 더 안정적으로 살아 있을 수 있는지조차 스스로 판단할 수 없어요. 그렇지만, 우리가 거주하는 몸이 큐비트 결정이라고 해서 우리 몸이 큐비트 결정에만 한정될 필요는 없어요. 고대인들에게도 확장된 신체가 있었잖아요? 도구, 연장, 기술 같은 것이요. 분명 이 세계의 물리적 기반을 유지하는 장비들이 있을 거예요. 그걸 찾아내서 접근해보는 거죠. 단하 님이 얼마 전 저 밖에 아직 꿀벌들이 살고 있는지 궁금하다고, 정말 유기체 인류가 전부 멸종했다고 해도 다른 생명체들은 새로운 모습으로 살아가고 있을지도 모른다고 했잖아요. 정말 그런지 알아낼 수도 있을 거예요. 음, 어쩌면 그 생명체들이 우리 서버를 위협할 수도 있지만……."

규은의 긴 말을 듣던 단하는 픽 웃었다. 조금 전만 해도 한숨을 푹 쉬어대던 규은이 갑자기 눈을 빛내며 앞으로의 계획을 마구 이야기하는 것이 재미있었다. 규은은 단하의 웃음에 잠시 당황하며 말을 멈추더니, 다시 입을 열었을 때는 조금 버벅거렸다.

"어, 그러니까…… 위험하죠. 신중해야 하고요. 세계를 변형할 도구에 접근할 수 있다고 해서 그걸 함부로 쓰면, 고대인들처럼 되겠죠. 자신들이 거주할 수 있었던 유일한 행성을 망가뜨린, 그렇지만……."

"네 말이 맞아."

단하가 고개를 끄덕였다.

"그 모순 속에 살아가야 하는지도 몰라. 살아 있다고 느끼고 싶은 갈망, 존재하는 방식을 이해하고 싶다는 마음이, 어떤 면에서는 우리의 존재 기반을 무너뜨릴 수도 있다는 모순 속에서. 하지만 알기 전으로 돌아갈 수는 없겠지."

규은이 단하의 말을 듣다가, 오로라를 향해 고개를 돌렸다.

"저도 그래요."

어디로 가야 할지는 아직 알 수 없었다. 그래도 한 가지는 알았다. 살아 있다는 감각에서 출발해야 한다는 것. 이 세계도 이곳의 사람들도 결코 거짓이 아니었다. 단지 다른 방식으로, 어떤 생물도 존재한 적 없는 방식으로 존재할 뿐이었다.

눈앞의 오로라가 색을 바꾸어 유백색으로 빛나자 단하는 자신이 특별히 아꼈던 노미아 벌들을 떠올렸다. 유백색 띠를 지녀서 햇살 아래 아름답게 빛났던 벌들을. 한때 사랑했고 마음을 주었던 세계가 있었다. 그리고 이제는 그 세계에 완전히 몰두할 수 없다는 것을 단하는 알았다. 과거의 감각과 느낌이 자신을 서서히 떠나가고 있었다. 벌들을 바라볼 때 느꼈던 살아 있음을, 생생함을, 그 감각의 파도를 다시는 이전과 같은 방식으로는 겪을 수 없으리라는 것을 단하는 예감했다. 그 감각들은 애초에 단하에게 온전히 속한 것이 아니었기에. 단하 자신의 몸을, 존재하는 방식을 생각하고 또 생각할수록 어떤 현상이나 비유로도 빗댈 수 없는 다른 감각들이 자꾸 생겨났다. 흩어지고 다시 모이며, 동시에 여러 곳에 존재하고, 그럼에도 서로 얽혀 있는 감각이. 이제 단하는 슬픔과 불안과 기쁨과 분노를 새롭게 발명해야 할 것이다. 유기체 몸에 속하지 않는, 그렇기에 한 번도 규정된 적 없는 종류의 감정에 새롭게 이름 붙여야 할 것이다. 그것은 여전히 슬픔과 같은 이름을 가질 수도 있겠지만, 이전과 같은 슬픔은 아닐 것이다.

그 자각이 이끌어낸, 아직은 정확히 설명할 수 없는 달고 미지근한 슬픔이 단하를 관통해 지나갔다.

존재하지만 그 존재를 충분히 설명할 수 없다는 슬픔.

어쩌면 영원히 모르는 것들의 경계가 있고, 그 경계를 알아내는 것조차도 불가능할 수도 있다는 깨달음에서 오는 슬픔.

하지만 그 슬픔에서는 여전히 달콤한 맛이 났다. 탐구할 가치가 충분한 슬픔이었다.

비구름을 따라서

초대장. 누군가의 악질적인 장난이라고 보민은 생각했다. 초대장은 아파트 현관문 앞에 보란 듯이 놓여 있었고, 추도식 초대장이라기에는 다소 색이 밝은 봉투에 담겨 있었다. *최이연의 추도식에 참석해주세요.* 날짜는 일주일 뒤. 보낸 사람은 최이연이었다.

죽은 룸메이트가 보낸 자신의 추도식 초대장.

보민은 이따위 장난을 친 사람을 찾아내야겠다고 중얼거리며 초대장을 바닥에 던져버렸지만, 다음 날 그 초대장 생각만 하다가 업무를 망쳤다. 오후에 중요한 미팅이 있었는데 가까스로 준비된 설명을 마쳤으나 평소 친하던 동기가 오늘 무슨 일 있느냐며 어깨를 두드리고 지나갔다. 그 초대장은 대체 뭘까? 정말 최이연의 추도식이 열리는 걸까? 하지만 누가 어떻게? 최이연의 이름으로 보낼 필요는 없지 않나? 보민과 이연 사이에는 함께 아는 지인이 거의 없었다. 돌이켜보면 딱 한 군데, 소모임 사람들 정도가 이연을 알 법도 했지만, 딱히 보민이 잘못한 것도 없는데 그들이 왜 그런 못된 장난을 친단 말인가?

그리고 또 다른 초대장들이 나타났다. 환장할 노릇이었다.

퇴근했더니 식탁 위에 초대장이 있었다. 쓰레기통 뚜껑 위에도 초대장이 있었다. 베개 밑, 옷장 안, 싱크대 옆에 또 다른 초대장이 있었다. 싱크대 옆에서 발견된 건 물에 젖어 글씨가 잔뜩 번져 있었다. 그리고 한동안 들어가보지 않았던, 최이연이 썼던 방에도 있었다. 보민은 그 문을 벌컥 열었다가 이런 미친, 하고 욕을 내뱉었다. 바닥에 잔뜩 널브러진, 대충 봐도 스무 장은 될 것 같은 봉투들. 겉면에 적힌 보낸 사람 이름은 전부 최이연이었다.

"이게 무슨…… 귀신이라도 있나?"

귀신을 믿지도 않으면서 보민은 중얼거렸다. 더 어이없는 건 초대장에 적힌 추도식의 날짜가 모두 달랐다. 제일 먼저 발견한 초대장의 추도식 날짜는 일주일 뒤, 그러니까 4월 30일이었다. 식탁 위와 베개 밑에 있던 것은 4월 29일이었다. 어떤 것은 4월 28일이었다. 심지어 4월 31일로 적힌 초대장도 있었다. 4월에는 31일이 없는데? 자세히 살펴보니 어떤 초대장은 겉면의 이름이 최'아'연으로 되어 있었다. 보민은 자신이 약을 제대로 먹었는지, 혹시 살짝 돌아서 일주일 치를 한 번에 먹은 건 아닌지 되짚어보다가, 흩어진 초대장들을 쓸어 모았다. 그러다 종이의 뾰족한 모서리에 손을 찔렸다. 그 성가신 통증에 문득 현실감이 밀려들었다.

보민은 바닥에 주저앉아서 초대장들을 헤아려보다가 아직 뜯지 않은 초대장을 하나씩 열어서 샅샅이 훑었다. 어떤 초대장에는 다른 초대장에 없었던 문구가 적혀 있었다.

정말 있어, 구름 관찰자도 녹색도.

보민은 초대장을 구겨버리려다가 말았다. 이연은 죽고 없는데 왜 이 초대장은 꼭 이연이 보낸 것처럼 수수께끼로 가득할까. 보민과 달랐고 멀리 있었고 어쩌면 그 때문에 가장 가까워진, 그러나 결국 가장 이해 불가능한 존재로 남은 이름. 최이연이 웃으며 말하는 것 같았다. 이 토큰을 뒤집어서, 이야기를 상상해보라고.

*

이연이 보드게임 모임에 처음 나타났을 때, 이 서글서글한 인상에 어딘가 희한한 말투를 가진 여자에게 모두의 눈길이

쏠렸다. 그도 그럴 게 이 모임은 고질적으로 성비가 안 맞는데다, 어쩌다 새로 오는 여성 회원들도 분위기에 잘 적응 못하고 한두 번 오다 떠나는 상황이었기 때문이다. 물론 멤버들이 보드게임 하러 와서 여자나 찾아대는 미친놈들이었다면 진작 보민이 그만뒀을 테지만, 그래도 이왕 제 발로 찾아왔으면 같이 잘 지내는 게 좋을 테니 다른 모임원들이 보민에게 좀 챙겨주라고 눈치를 주는 게 느껴졌다. 여자는 자신에게 쏠린 시선 같은 건 전혀 개의치 않는 태도로, 이름은 최이연이고 옆 동네에 산다고 짧게 소개했다. 그리고 꾸벅 인사하더니, 갑자기 이렇게 물었다.

"저기, 혹시 '노바 파우치' 아는 분 계세요?"

그러면서 기대에 찬 눈빛으로 둘러보는데, 보민은 물론이고 다른 멤버들도 전혀 그 게임을 몰랐다. 이연은 조금 아쉬워하고는 내일 노바 파우치를 가져올 테니 같이 하자고 했다. 알고 보니 수년 전 국내 회사에서 자체 개발 후 출시했다가 소리 소문 없이 묻혀 한 번 절판되었던 그 게임은, 지금은 어째서인지 보드게임 마니아들보다 학부모들 사이에서 더 유명했다. 주로 난도 높은 전략 게임 취향인 이 모임원들로서는 들어본 적 없는 것도 이상하지 않았다.

노바 파우치는 현실에 존재하지 않는 물건을 만들고 설명하는 게임이었다. 색깔이 다른 세 개의 주머니가 있다. 초반

라운드에는 빨간색, 파란색 주머니만 사용한다. 빨간색 주머니에는 '물건' 토큰, 파란색 주머니에는 '속성' 토큰이 있는데, 두 토큰을 뽑아 합쳐서 현실에 없는 물건을 만든다. 만약 토큰을 조합했을 때 현실에서도 흔한 물건이라면 다시 뽑아야 한다. 물건을 만들면 플레이어는 그 물건이 자연스럽게 쓰일 법한 가상의 세계나 사회를 지어낸다. 성공 여부는 다른 플레이어들이 판정한다. 설명을 받아들이면 살아남고, 실패하면 생명력을 하나 뺏긴다. 라운드가 진행되다 보면 고난도 주머니인 초록색의 '노바' 주머니가 열리면서 설명에 난해한 제약이 더해진다.

 정교한 전략이 필요한 게임은 아니었다. 각자 내놓은 이상하고 설득력 있는 상상을 즐기는, 굳이 분류하자면 파티게임에 가까웠다. 보민은 규칙을 확인할 겸 몇 안 되는 플레이 후기를 읽어보았는데, 판정 규칙에도 빈틈이 많아서 마니아들 사이에서는 평이 좋지 않았다. 기본적인 규칙은 단순하지만, 재미있게 플레이하려면 참여하는 모두가 진심을 다해야 하고 서로 대화도 잘 통해야 해서 소위 '멤버빨'을 심하게 탈 것 같기도 했다.

 그래서인지 다음 날 노바 파우치 룰을 숙지하고 나타난 사람은 보민뿐이었다. 사람이 열 명 가까이 모인 날인데도 그랬다. 플레이타임이 열 시간쯤 되는 전쟁 게임을 하기로 작정한 팀이 하나, 요즘 해외에서 인기 있다는 신작을 하겠다고 모인 팀이 또 하나였다. 보민은 이연과 눈을 한 번 마주친 다음 아지트의 구석 자리를 눈짓했다. 딱 두 명만 앉을 수 있는 작은 테이블에, 자칫 부담스럽다 싶을 만큼 가깝게 마주 보는 자리였다. 아무래도 같은 여자 회원인 보민이 이연을 챙기는 게 낫겠지만, 꼭 그 때문만은 아니었다. 보민은 이연에게 노바 파우치 박스를 건네받았다. 인터넷에서 찾아본 패키지는 알록달록한 어린이용 디자인이었는데 이연이 가져온 건 어딘가 미래적인 디자인에 번쩍번쩍한 금속 광택이 도는 상자였다. 보민이 박스를 테이블 위에 펼쳐놓으며 물었다.

"이거, 둘이서도 할 만해요?"

"다섯 명까지 되는데, 둘이서 해도 재밌대요."

이연이 생글거리며 말했다. 보민은 생각보다 단출한 주머니와 토큰들을 유심히 살폈고 타원형의 유백색 토큰 뒤에 점처럼 찍혀 있는 색깔들에 따라 토큰을 주머니에 분류해 넣었다. 솔직히 보민은 미리 살펴본 규칙만으로는 재미 요소를 알 수 없었고 취향이 아닐 것도 분명했지만 이연의 기대에 찬 눈빛을 피하기가 어려웠다. 그런데 이 사람, 어쩌다 이 게임에 꽂혔을까.

이연도 다른 사람과 하는 건 처음이지만 1인용 하우스 룰로 여러 번 플레이해보았다고 했다. 보민이 시작 턴을 잡았다. 먼저 빨간 주머니에서 '우산'을 뽑았다. 파란 주머니에서는 '그물망처럼 구멍이 뚫린'을 뽑았다. 그물망처럼 구멍이 뚫린 우산. 그야말로 쓸모없는 물건이었다. 이제 뭘 하면 되지?

멀뚱히 토큰을 들고 있는 보민을 향해, 이연이 웃으며 물었다.

"그물망처럼 구멍 뚫린 우산이 흔하게 사용될 법한 세계는?"

어떤 답을 해도 되고, 어느 것도 정답이 아니다. 보민이 딱 싫어하는 규칙이었다. 짧은 후회가 스쳤다. 보민은 정답을 향해 효율적인 루트를 찾아 착착 나아가는 게임이 좋았다. 그렇지만 자신을 가만히 보고 있는 이연을 마주하니 뭐라도 말해야겠다 싶었다.

"일단 구멍이 뚫려 있으니, 우산으로서는 쓸모가 없겠네요."

보민은 그럼 우산이 아니지 않느냐고 속으로 투덜거렸지만 그 생각을 입 밖에 내는 대신 신중하게 제안했다.

"우산이 비를 막는 용도가 아니라 장식품이면 어떨까요?"

이어질 말을 기다리는 시선이 느껴졌다. 판정 규칙에 물건의 용도와 존재 이유를 설명하기 위한 가상의 사회적, 문화적 근거를 제시해야 한다는 것이 있었다. 보민은 말을 이었다.

"어쩌면 귀걸이나 목걸이 같은 장신구를 몸에 직접 걸치지 못하는 곳일 수도요. 몸을 장식하는 것에 금기가 있거나, 혹은 심한 피부 알레르기가 흔한 사회? 그에 더해서 철저한 계급 사회일 수도 있겠어요. 장식용으로 우산을 들고 다니는 건 손 하나를 못 쓰게 되니 너무 번거로운데, 누군가가 장식품 우산을 들어줄 만큼 계급이 철저히 구분되어 있다든지."

말하면서도 너무 되는대로 막 지어내는 거 아닌가 했는데, 정작 이연은 만족했는지 활짝 웃었다. 보민이 사용한 토큰을 구석에 쌓으며 물었다.

"흠, 근데 이거 어디까지 나가도 되는 거예요? 예를 들어 사람 팔이 여덟 개인 세계…… 뭐 그런 것도 되나요?"

"상상이 합리적이면 멀리 나가도 괜찮대요."

팔이 여덟 개인 세계가 합리적일 수가 있나? 보민은 역시 구멍투성이 룰이라고 생각하며 이연에게 차례를 넘겼다. 주머니로 손을 뻗는 이연의 눈이 반짝였다.

'손목에 차는 한 묶음의 향수병.'

"감정을 냄새로 표현하는 곳이에요. 특정 감정을 표현하기 위해서는 어떤 향이나 향의 조합을 내뿜어야 하는 거죠. 안면 근육을 마비시키는 바이러스가 세상을 휩쓸어서, 감정을 표현하기 위한 다른 수단이 필요했던 거예요. 매일 아침 감정을 채워 넣어야 하는데, 깜빡하면 사람들에게 오해를 사기도 해요. 그날은 울적함을 표현하고 싶은데 너무 울적해서 향을 채워 넣는 것도 잊어버린 나머지, 실성한 것처럼 웃고 다닌다든지."

 보민은 자신의 차례를 대충 대답해서 넘기고, 다음 턴을 받는 이연을 지켜보았다.

 '예/아니오 표시가 된 노란색 청진기.'

 "상대의 심장박동을 읽어서 진실을 판별하는 것이 일상화된 거예요. 직장 상사가 부하를 질책하거나, 연인의 바람을 캐물을 때도요. 하필 노란색인 이유는, 노란색이 배신의 상징이어서일까요? 거짓말 탐지기의 진위를 알 수 없듯이, 사실 이 물건도 진위를 알 수는 없어요. 그런데도 다들 그냥 이 청진기를 믿는 거예요. 너무 당연하게 쓰여왔으니까. 그래서 사람들은 더 불신에 빠져들고요."

 '실시간으로 숫자가 표시되는 열쇠고리.'

 "한 사람의 사회 평판을 수치화해서 과시할 수 있는 사회예요. 너무 노골적으로 자랑하는 것도 평판에 나쁜 영향을 미칠 수 있으니, 그보다는 은근한 과시가 유행할 거고요. 열쇠고리나 지갑처럼, 슬쩍 꺼내 보여줄 수 있는 액세서리에 평판 수치가 연동되겠죠. 보여주는 순간에 평판이 올라가면 더 짜릿할 거예요."

 이연이 뽑은 물건들은 하나같이 이상했는데, 물건이 이상할수록 이연은 더 열의가 넘쳤다. 이런저런 세상을 떠올리는 거야 소설이나 영화를 많이 본 사람이라면 가능할 수도 있겠다 싶지만, 어쩜 저렇게 망설임이 없을까. 훈련이라도 받았나? 보민이 황당해서 물었다.

"미리 생각해 오신 거 아니죠?"

"네에, 이거 조합이 되게 다양해서……."

이연이 웃으며 다음 토큰을 집어 들었다.

중반부터는 속성 토큰이 서너 개로 늘어나고, 새로 열리는 노바 주머니에서 제약 토큰까지 등장해 설명을 더 어렵게 만든다. 이 제약이 꽤 까다로웠다. '이 세계는 중력이 약하다', '이 세계에는 금속이 존재하지 않는다'. 제약 토큰은 도저히 생각이 안 나면 두 번까지 버리고 다시 뽑을 수 있는데, 다시 뽑은 게 더 가관이었다. '이 세계의 사람들은 진동으로 소통한다.' 이쯤 되자 보민은 쥐어짜내는 일에 한계를 느꼈다. 반면 이연은 여전히 생기 넘쳤다. 저녁부터 시작했는데 어느새 늦은 밤이었다. 잠깐 휴식을 선언하고 보민은 의자에 등을 기댔다. 연휴가 아직 하루 남아서 오늘은 다들 밤새울 생각으로 왔는지 아지트에는 남은 사람이 꽤 있었다. 하지만 늦은 밤 특유의 피로가 공기에 섞여 있었고, 한참 왁자지껄하다가도 다음 순간에는 침묵이 공간을 채웠다.

"이연 씨는 집에 안 가도 돼요?"

"네, 첫차 탈래요."

느긋하게 대꾸하는 이연은 노트에 무언가를 그리고 있었

다. 뭘 하는 건가 보니, 아까 토큰으로 뽑은 물건들을 그리는 것 같았다. 보민은 말도 안 되는 물건이라고 생각했는데 이연의 손을 거치니 향수병 묶음이니, 거짓말 탐지 청진기니 하는 것도 실제로 어디서 파는 물건처럼 그럴듯했다. 혹시 전공이 그림 쪽인가. 자세히 보고 싶었지만 너무 빤히 보면 이연이 무안할 것 같아 보민은 시선을 슬쩍 돌렸다.

보민은 플레이를 되짚어보았다. 사실, 취향을 따지자면 취향은 아니었다. 새로운 게임을 할 때마다 조목조목 따져보는 보민의 성격상 거슬리는 부분도 많았다. 예상했던 대로 판정 기준이 모호했고, 게임 테마와 디자인도 잘 맞지 않았다. 노바 파우치의 게임 테마는 주머니 속에서 판타지 세계의 물건을 꺼내는 것을 의도한 듯한데, 패키지 디자인은 우주선에 실릴 법한 첨단 과학 장비처럼 해두었으니 영 딴판이다. 보민이라면 고풍스러운 판타지 느낌으로 겉면을 디자인했을 것 같다. 아니면 반대로, 안에 든 파우치를 좀 더 외계에서 온 것처럼 디자인하거나······.

하지만 그런 소소한 불만 사항을 제쳐놓고 생각하면, 보민은 이 플레이가 무척 즐거웠다. 아마도 노바 파우치 자체보다 노바 파우치를 같이 하고 있는 이연 때문인지도 몰랐다. 결국 보민은 이연과 밤을 새웠다. 나중에는 게임을 한다기보다 게임하는 이연을 구경하는 수준이었다. 비몽사몽인 와중에,

옆 테이블에서 전쟁 게임을 하던 멤버들이 우르르 일어나 창문 커튼을 걷었다. 햇빛이 실내로 쏟아졌다. 아지트를 돌아보니 다들 얼굴이 초췌했다. 이제 늦게까지 놀기도 힘든 나이인데. 게임으로 날밤을 새워본 건 오랜만이었다.

"아, 재밌었다. 너무 재밌었어요."

말을 많이 해서 목이 잠긴 이연이 말했다. 보민은 대꾸도 힘들 정도로 지쳤다. 심장이 빠르게 뛰는 건 밤을 새워서 그런 것 같았다. 이 밤샘의 후유증이 며칠은 가겠다 싶었지만, 어딘가 들뜬 기분으로 보민이 말했다.

"그러게, 재밌네요. 다음에 또 할까요?"

"네, 우리 또 해요."

서로 반대편으로 가는 지하철역에서 손을 흔들고 돌아선 다음에야, 보민은 이연의 연락처를 모른다는 걸 깨달았다. 그렇게 긴 시간을 같이 떠들어댔는데 이연에 대해 아는 것이 거의 없었다. 이연이 놀이공원 캐스트로 일한다는 것 정도가 다였다. 그래도 다음 모임에서 만날 테니 그때 번호를 물어봐야지. 보민은 대수롭지 않게 생각했다.

그런데 다음 모임에 보민은 가지 못했다. 중요한 미팅이 월요일에 급하게 잡혀서 주말 내내 회사에 있었다. 그다음 주에는 가기 싫은데 얼굴이라도 비쳐야 하는 결혼식 탓에 정신이 없었다. 결국 월말이 되어서야 보드게임 모임에 나타난 보민에게 누군가가 말해주었다.

"맞다, 보민 누나. 최이연 씨가 저번에 왔는데, 누나 없으니까 그냥 가시더라고요."

낭패였다. 오면 전화해달라고 말이라도 해놓을걸. 뒤늦게 후회하며 다른 멤버들에게 연락처를 받아둔 게 있냐고 물었지만, 다들 고개를 저었다.

"그냥 카페 글만 보고 오신 거라…… 아마 우리 모임 성향이랑 좀 안 맞았나 봐요."

확실히 이연은 보드게임을 좋아해서 찾아온 게 아니라 오직 노바 파우치를 하기 위해서 온 사람 같았고, 그래서 다른 멤버들은 미련이 없어 보였다. 그러니까, 아쉬움이 남은 건 보민뿐이었다. 혹시나 하는 마음에 보민은 다음부터 꼬박꼬박 모임에 갔다. 하지만 이연이 다시 모임에 나타나는 일은 없었다.

보민은 그 한 번의 만남에 대해서, 이연에 대해서 생각했다. 가끔은 노바 파우치를 인터넷에 검색해보았다. 플레이 후기는 대부분 아이들 교육에 관심이 있는 학부모였다. 성인 게이머들의 후기는 별로 없었고, 어쩌다 보이는 것들도 상세한 내용은 아니었다. 혹시 이 중 한 명이 이연일까? 하지만 고작 이 정도 단서로 사람을 찾는 것도 좀 징그럽지 않나.

그 무렵 보민은 소모임에 나가는 것이 지루해졌다. 원래 보민은 테이블 맞은편에 누가 앉든 관심이 없는 편이었고, 다른 멤버들의 이름을 자주 까먹었다. 그 모임은 보민과 비슷한 성향의 회원이 많았다. 일종의 농담 섞인 태도로 서로를 판마다 바뀌는 마커 색깔로 불렀다. 그런데 보민은 어느 날 테이블 맞은편에 앉은 사람의 표정이나 말투 같은 것을 무심코 관찰하다가, 자신이 무언가 중요한 걸 놓친 것 같다는 이상한 생각을 했다.

그리고 두 달 뒤에 보민은 정말로 생각지도 못한 곳에서 이연을 마주쳤다.

굉음과 먼지, 기계들 사이에서.

보민은 한 폐품 처리 업체의 현장에 나가 있었다. 어느 회사가 의뢰한 분류 최적화 컨설팅으로, 비교적 간단한 업무였지만 최적화 알고리즘을 짜기 전에 현장을 살펴보기로 했다. 도시 광산이라고도 불리는 이 작업장은 금속 폐기물에서 희귀 금속을 재회수해 사용할 수 있도록 분리하는 작업이 주였다. 온갖 금속 쓰레기가 몰려드는 곳이었다. 직원이 건네주는 안전모를 쓰고 작업장에 들어섰더니, 밖에서부터 들려오던 거대한 기계 소음과, 폐품 위에 또 폐품 더미가 쏟아지는 소리로 정신이 하나도 없었다. 담당자가 잠시 통화 좀 하고 올 테니 한번 둘러보라며 자리를 비운 사이, 보민은 현장을 혼자 살펴보았다. 온몸이 울릴 듯한 진동이 이어졌고 이 정도면 귀마개가 꼭 필요하겠다 싶었다. 차체 높은 트럭들이 오가며 시야를 가렸다. 폐품들이 밖에서부터 컨베이어 벨트를 타고 들어오는 입구에 직원들이 모여 있었는데, 그중 한 명이 고개를 돌리는 순간 보민은 저도 모르게 어, 하고 큰 소리를 내고 말았다. 안전모를 눌러썼지만 곧바로 알아볼 수 있었다. 어느 날 밤새 그 얼굴을 마주 봤던 탓에.

보민은 어리둥절해졌다. 최이연이 왜 이런 곳에 있을까? 분명 놀이공원에서 일한다고 하지 않았나? 가만 지켜보니 이연은 벨트에 실려 오는 폐품을 분류하고 있었다. 보민이 이연 씨, 하고 이연을 불렀다. 워낙 시끄러운 곳이라 어쩌면 못 들을지도 모른다고 생각했는데, 잠시 뒤에 이연이 고개를 살짝 돌렸다. 보민과 눈이 마주쳤다.

이연의 눈이 놀란 듯 커졌다. 몇 초쯤.

그러더니 곧 활짝 웃었다. 꼭 보민을 여기서 다시 만날 줄 알았던 것처럼.

이연이 옆 직원에게 뭐라고 말하고는 보민을 향해 걸어왔다. 보민은 약간 멍청해진 기분으로 가만히 서 있었다. 무슨 인사를 건네야 할까? 왜 여기서 일하냐고 물을까? 무례한 질문 같지 않을까? 어떻게 이런 우연이 다 있냐고 호들갑을 떨어야 하나? 아니면······.

"저기, 그때 재밌었는데······."

보민은 저도 모르게 내뱉은 말이 스스로 생각해도 너무 바보 같아서 당황스러울 지경이었다. 이연이 웃으면서 보민을 올려다보았다. 안전모에 짓눌린 앞머리와 땀자국이 보였다. 먼지 때문인지 이연의 눈은 충혈되어 있었다. 이렇게 시끄럽고 이렇게 정신없는 곳에서, 굉음과 분진과 금속 맞부딪히는 소리 한가운데에서, 이런 식으로 마주칠 줄은 정말로 몰랐는데. 보민은 초조해졌다. 이연이 입을 열어서 뭐라고 말했는데, 폐품들이 시끄럽게 쏟아지면서 목소리가 묻혔다. 주말에 또 할까요? 그런 말인가? 아니면 모임에 또 갈까요, 라는 말이었나?

 어쩌면 소음 때문에, 기계들 때문에, 먼지 때문에 잘못 들은 건지도 모른다고 생각하면서도 보민은 되묻는 대신 말했다.

 "그러면, 주말에 저녁도 같이 먹어요. 어, 음…… 둘이서요."

 이연이 잠시 멍한 표정을 짓더니, 웃으면서 대답했다.

 "좋아요."

 이번에는 보민도 분명히 들었다. 소음 속에서도 선명했다.

*

 초대장에 적힌 주소는 분명 여기가 맞는데, 도무지 확신이

서지 않았다. 보민은 건물 앞에서 한참을 두리번거렸다. 휑하고 넓은 부지에 덩그러니 있는 회색 건물은 창고처럼 보이는 단순한 형태였고 입구 쪽이 아케이드형 천장으로 비를 피할 수 있게 되어 있었다. 주위에는 복지관 명판을 단 낡은 건물들이 드문드문 있었는데, 허름한 외관을 살펴보니 지금은 운영하지 않는 듯했다. 사람이 살긴 할까 싶은 동네였다. 녹슨 울타리를 지나 입구로 갔더니 벽에 덕지덕지 붙은 종이가 보였고, 자세히 보니 지금까지 붙어 있는 것이 대단하다 싶을 정도로 너덜너덜해진 포스터들이었다. 내용으로 짐작해보건대 이곳은 교외의 버려진 창고를 개조해 소규모 전시니 공연이니 하는 것들을 열다가 지금은 다시 방치된 공간인 듯했다. 이런 곳에서 무슨 추도식을 연단 말인가. 보민은 미간을 찌푸렸다.

"저기요. 누구 있어요?"

철문을 쳐봐도 대답은 돌아오지 않았다.

보민은 조심스럽게 문손잡이에 손을 올렸다. 혹시 안에서 누가 나타날까 봐 경계를 늦추지 않고 주머니에 넣어둔 멀티툴 나이프를 확인했다.

철문이 삐걱거리며 열렸다. 실내는 어두웠다. 매캐한 먼지 냄새가 났다. 벽을 더듬어 전등 스위치를 찾았는데 작동하지 않았다. 창문에 쳐진 블라인드를 올렸더니 빛이 약간 들어왔지만 워낙 구름이 많이 낀 날씨여서 크게 소용은 없었다. 보민이 들어선 곳은 예전에는 공연장 안내 창구가 있었을 법한 작은 공간으로, 흩어진 상자와 잡동사니로 엉망이었다. 안쪽 공간으로 이어지는 문이 또 있었고 그 양옆은 온통 까만 막으로 덮여 있었다.

보민은 혹시나 해서 안쪽 문을 열어보려고 했지만 단단히 잠긴 듯했다.

배구공과 인형, 사무용품 따위가 널브러진 바닥은 어딘가 익숙했다. 예전에 이연의 방이 그렇게 지저분한 상태였던 적이 있었다. 보민은 발에 툭 차인 병 하나를 노려보며 생각했다. 진짜 여기 이연이 있는 건 아니겠지. 죽은 이연이 보민을 이곳으로 초대했을 리는 없고, 그렇다면 이연이 아닌 다른 누군가가 초대장을 보냈을 텐데.

인기척은 느껴지지 않지만, 안심할 수 없었다. 누군가 이런 외진 곳으로 보민을 일부러 유인한 거라면, 분명 미심쩍은 의도가 있을 테니까.

그때 갑자기 앞에서 쿵 하고 큰 소리가 났다.

잠시 뒤, 몇 미터쯤 떨어진 곳에서 문이라고는 생각지 못했던 벽 일부가 신경 거슬리는 쇳소리를 내며 열리더니 틈 사이로 빛이 들어왔다. 남자 한 명이 나타났다. 덩치가 크고 자세가 어딘가 구부정한 남자였다. 언뜻 40대쯤 되어 보였다.

보민은 주머니를 더듬어 나이프를 확인했다. 안을 살피던 남자가 뒤늦게 보민을 발견했는지 소스라쳤다.

"으악! 누, 누구십니까?"

보민도 놀라기는 마찬가지였지만, 태연한 척하며 물었다.

"제가 먼저 와 있었는데, 누구신가요?"

"그…… 초대를 받고 왔습니다."

"혹시 최이연의?"

"맞습니다."

남자가 허둥지둥 고개를 끄덕였다. 보민은 남자에게 다가갔다. 남자는 큰 체격에 어울리지 않게 몸을 움츠렸는데, 겁이 많든지 아니면 숨기는 게 있든지 둘 중 하나일 터였다. 보민은 남자를 찬찬히 살펴보다가 기분이 좀 상했다. 이연이 이런 중년의 남자를 알고 지냈는데도 보민에게는 완전히 초면이라는 것과, 추도식에 초대할 만큼 가까운 사이였으리라는 점이 거슬렸다. 보민이 퉁명스럽게 물었다.

"이연이랑 무슨 관계셨는데요?"

"죄송하지만, 그게 좀 답하기 곤란한데요……."

"왜요?"

"어어, 굳이 말하자면, 아무 관계가 아니어서요."

뜻밖의 말에 보민은 눈을 깜빡거렸다. 남자는 보민보다 더 난감해하며 서 있더니, 갑자기 서류 가방 안을 더듬어 명함을 꺼냈다. 이름은 정찬현. 명함의 회사 로고는 놀랍게도 보민에게도 익숙했다.

"작은 보드게임 회사에서 일합니다. 그냥 '정 실장'이라고 부르시면 됩니다. 다들 그렇게 부르니까요. 웬만한 업무는 다 합니다. 가끔 자체 개발도 하고요."

보민이 미간을 살짝 찌푸리며 입을 열었다.

"혹시, 노바 파우치라는 게임을……."

운만 뗐을 뿐인데 정 실장은 흠칫했다.

"엇, 어떻게 아십니까? 제가 개발한 게임입니다."

보민은 이연이 노바 파우치를 아주 좋아했다든지, 사실 자신이 이연과 가까워진 계기도 그 게임이었다든지 하는 이야기는 굳이 하지 않고 정 실장의 말을 기다렸다.

"기대를 걸었는데 대차게 망해서 아픈 기억도 있습니다만, 그래도 최이연 씨와 알게 된 건 그 게임 때문입니다."

"아까는 아무 관계도 아니라고 하셨는데요."

"초대장을 받기 전에는 본명조차 몰랐던 사이인 건 맞습니다. 사실, 정말 여기 와도 되는지 고민도 했습니다. 저는 그분을 닉네임으로만 알았거든요. 그렇지만 저에게는 무척 특별한 분이었습니다. 돌아가신 줄도 모르고 있었는데, 갑자기 추도식이라니요……."

정 실장의 목소리가 떨리기 시작해서 보민도 그쯤에서 추궁을 멈추었다. 뭐라도 좀 알고 있을까 싶었는데, 이 남자도 아무것도 모른 채로 무작정 온 것 같았다.

정 실장이 잠시 호흡을 가다듬는 동안, 보민은 창고를 둘러보았다. 플라스틱 상자 같은 것이 널려 있었는데 텅 빈 것이 대부분이었다. 보민은 그중 의자로 쓸 만한 것을 끌고 와 앉을 공간을 만들었다. 정 실장은 아주 심란해 보였다. 겁도 많아 보이는데 용케도 수상한 추도식에 참여하겠다고 이런 외진 곳까지 오다니. 보민은 말했다.

"일단 우리 말고는 아무도 없는 것 같아요."

"그렇습니까……."

"같이 한번 살펴보면 좋겠는데요, 문제가 있어요."

보민이 창고 안쪽으로 향하는 문을 가리키며 덧붙였다.

"저 문이 잠겨 있어요. 이 창고 자체는 지금 우리가 있는 공간보다 훨씬 커 보이니 아마 저 안쪽에 뭐가 더 있을 텐데 말이죠."

정 실장도 그 문을 열려고 해보았지만, 역시 열리지 않았다. 그리고 보니 문 양옆에 검은 커튼이 죽 늘어선 것도 좀 어색했다. 예전에 공연장이었을 때 소음을 줄이거나 가벽 틈새의 빛을 가리기 위한 용도였을까 싶었다.

문이 열리지 않는 것을 재차 확인한 보민과 정 실장의 시선이 동시에 바닥을 향했다. 바닥에는 동전, 너트, 리벳, 클립을 비롯해 정체를 알 수 없는 천 조각을 비롯한 온갖 잡동사니와 쓰레기가 나뒹굴었다. 대부분은 손대고 싶지 않을 만큼 지저분했다. 혹시 저기 열쇠가 있을까? 쪼그려 앉아서 저걸 다 뒤져봐야 할지도 모른다는 생각에 보민은 울적해졌다.

그때 아주 높은 톤의 소리가 들려왔다.

"이연 언니! 안에 있어요?"

이번에는 보민과 정 실장 둘 다 깜짝 놀랐는데, 거의 비명에 가까운 목소리여서였다. 아까 보민이 열어둔 정문 앞에 어떤 여자가 서 있었다.

보민이 가까이 다가가자 여자가 잔뜩 긴장한 얼굴로 보민을 보았다.

"이연 언니는요? 분명 언니가 초대했는데요."

"여기 없어요."

"그럼 제가 잘못 찾아온 건가요? 언니는 지금 어디에……."

"최이연은 죽었어요."

무심코 짜증 섞인 대답이 보민에게서 튀어나왔다.

"네?"

여자가 얼어붙자, 뒤늦게 보민은 아차 싶었다. 초대장을 받고 온 거라면 추도식이라는 말을 봤을 텐데도 여자는 예상하지 못한 것 같았다. 아니면 믿고 싶지 않았거나. 보민은 무슨 말이라도 덧붙이려 하다가 여자의 표정을 보고 입을 다물었다. 여자는 말도 안 돼요, 하고 중얼거리더니 대답이 없는 보민과 정 실장을 보고는, 갑자기 엉엉 울기 시작했다. 이 여자도 이연이 죽었다는 사실조차 모른 채 이연의 추도식에 초대된 건가. 그럼 무슨 생각을 하면서 온 거지. 보민은 한숨을 푹 내쉬었다. 어째 도움이 되는 사람은 없고, 아무것도 모르는 사람만 모여든 꼴이었다.

"아무래도 우리 셋뿐인 것 같네요."

보민의 말에 다른 두 사람이 고개를 끄덕였다. 한참을 울어서 코와 눈이 시뻘게진 다음에야 겨우 진정한 여자는 이름이 강승희, 이연과는 친한 대학 선후배 사이였다고 했다. 나이는 밝히지 않았지만 20대 중반 정도로 보였다.

"최이연의 죽음에 대해서 알았던 사람은 저밖에 없고요."

정말 하고 싶지 않은 일이었지만, 다른 것도 아니고 하필이면 추도식인데, 보민밖에 할 수 없는 일이었기에 마지못해 보민은 이연의 마지막을 설명해야 했다.

이연의 죽음은 미심쩍었다. 사고사와 의도된 죽음 사이에 있었다. 이틀째 폭우가 내리던 날이었고, 룸메이트인 이연이 하루 내내 연락이 되지 않아 보민은 실종 신고를 했다. 그 직후에 전화가 왔다. 이연은 호우주의보가 내린 날, 낭떠러지 도로에서 차를 몰다가 빗물에 미끄러져서 강에 떨어져 죽었다. 차량은 브레이크 자국 없이 그대로 떨어진 것처럼 보였지만 노면이 워낙 미끄럽기도 했다. 사고 현장에는 목격자도 카메라도 없었고 보민이 알기로 이연은 그날에 꼭 그 도로를 지나야 할 이유가 없었다. 심지어 이연은 운전을 아주 잘했고 늘 안전하게 운전했다. 보민은 도무지 이 모든 상황을 받아들일 수 없었다. 당시 쫓아오는 사람이 있었거나 누군가 협박해서 억지로 운전한 경우까지 상상했지만, 의무 부검 결과상으로는 음주도 아니었고 외상도 없었다. 보험 조사관이 나와 들쑤셔대자 유족들은 별로 사이가 좋지 않았던 이연의 죽음을 적당한 선에서 빨리 매듭짓고 싶어 했다.

보민은 자책했고 괴로워했고 나중에는 이연과 이연의 유족들을 원망하다가, 이 일을 비극적인 사고사였다고 받아들이기로 했다. 이연이 죽은 이유를 계속 파고드는 것보다는 나았으니까. 하지만 수시로 스치는 의문 때문에 미칠 것 같은 순간들이 있었다. 정말 만약에, 이연이 그 죽음을 선택한 것이라면 어떡하지? 그 의문들이 피부 위로 비집고 나왔고 한동안 보민의 팔다리는 긁어 생긴 상처에 딱지가 져서 엉망이었다. 끔찍한 기분으로 통과해온 시간을 지워내듯이, 보민이 결론지었다.

"미심쩍은 부분이 없진 않지만, 이연은 사고로 죽었어요."

승희가 머뭇거리다 입을 열었다.

"하지만 이연 언니가 스스로 추도식에 우리를 초대했다는 건……."

끝을 흐린 승희의 말이 무슨 의미인지 보민은 알 것 같았다. 보민도 초대장을 받은 순간부터 머리가 복잡했다. 만약 정말로 이 셋을 초대한 사람이 이연이라면, 이연이 자신의 죽음을 직접 계획하고 그 시점까지 정해두었어야 한다. 그래도 보민은 그 가능성을 외면하고 싶었다.

"글쎄요. 죽을 사람이 다음 해 날짜로 제 추도식 초대장까지 미리 발송해놓고 죽는 건 너무 이상하잖아요. 제가 아는 이연은 그렇게 극적인 자기 연출을 하는 사람도 아니에요. 그렇다고 이연이 죽은 이후에 우리를 초대하는 건 불가능하고요."

별다른 반응이 없어서 보민은 두 사람의 표정을 살폈다.

"설마 귀신이나 사후 세계 같은 걸 믿진 않으실 테죠."

정 실장은 말이 없었고, 승희는 생각에 잠겨 바닥을 내려다보다가 말했다.

"네, 확실히 이연 언니답지 않아요. 죽기 전 미리 계획했다는 건."

어떤 것은 이연답고, 어떤 것은 이연답지 않다. 희미한 짐작에 불과하지만 지금은 그게 유일한 단서였다. 보민은 자신을 괴롭히던 가설을 떨쳐내고, 가장 수상한 부분으로 넘어가기

비구름을 따라서

로 했다.

"우리가 받은 초대장, 좀 이상했죠?"

세 사람의 초대장을 전부 모아놓고 보니 분명 그랬다. 모두가 초대장을 여러 장 받았다. 정 실장은 회사 우편함으로 두 장, 승희는 오피스텔 우편함과 문 앞으로 네 장. 보민은 그보다 훨씬 많이 받았지만 다 가져오지는 않아 일부만 꺼냈다. 받은 초대장들은 대체로 비슷했는데, 날짜와 시간이 조금씩 달랐다. 오늘 날짜는 4월 28일이었는데, 초대장 전체를 모아보면 4월 29일로 기재된 초대장이 가장 많았고, 29일을 중심으로 종 모양의 분포를 이루었다. 심지어 4월 31일이라고 적힌 초대장도 두 장 있었다.

"4월에는 31일이 없잖아요?"

승희가 황당해하며 그 초대장을 살펴보았다. 시간은 대체로 오전이었다. 하지만 어떤 것은 오후 1시였고, 또 어떤 것은 오후 3시였다. 여기 모인 셋은 가장 이른 날짜와 시간에 맞춰서 왔다. 보민과 승희가 초대장의 날짜와 시간을 유심히 보는데, 정 실장이 헛기침하더니 말했다.

"혹시 다른 초대장에도 이런 말이 있었습니까?"

정 실장이 내민 초대장에는 *토큰을 또 발견했어요*라는 문장이 적혀 있었다.

"아뇨, 없어요."

보민이 대답했다. 승희는 뭔가 하고 싶은 말이 있어 보였지만 머뭇거렸다. 보민은 자신의 초대장에 적혀 있던 다른 문구, *구름 관찰자*와 녹색에 대해서는 말하지 않았다. 설명한다면 너무 개인적인 이야기가 될 것이고, 혹시나 두 사람의 초대장에서도 같은 단어를 발견한다면 괴로울 테니까.

정 실장이 가방에서 무언가를 꺼냈다. 보민에게는 무척 익숙한 물건이었다. 납작한 타원형의, 언뜻 보면 유백색 보석 같기도 한 플라스틱 토큰.

"노바 파우치의 속성 토큰이네요."

보민의 말에 승희가 의아한 표정을 지었다. 보민은 노바 파우치를 해본 적 없는 승희에게 토큰의 쓰임새를 간단히 설명했다. 안 해봤으면 이해가 어려울 법도 했는데 승희는 곧바로 알겠다며 고개를 끄덕였다. 정 실장이 말했다.

"그런데 이 토큰, 좀 이상합니다. 보민 씨도 아시겠습니까?"

보민은 토큰들을 살펴도 보고 여기저기 만져도 보았지만 특별히 이상한 점은 없었다. 뒷면에 적힌 속성도 보민에게는 그럭저럭 익숙했다. '달력이 없는 세계', '이 물건은 한 사람이 하나씩만 소유할 수 있다', '이 세계에서는 각자 보는 빨간색이 다르다'. 그러고 보니 이 속성들로 플레이한 기억은 없었다. 보민이 토큰들을 정 실장에게 돌려주며 말했다.

"잘 모르겠네요. 제가 보기엔 평범한 노바 파우치 토큰인데요."

"제작자인 제가 보기에도 그렇습니다."

"그럼 어떤 점이 이상하죠?"

"문제는 우리 회사에서 이런 토큰을 만든 적이 없다는 겁니다."

보민은 아, 하면서 토큰을 다시 한번 보았다. 그럼 누군가 자체 제작한 토큰일까. 보드게이머들이 부품을 직접 만들어 쓰는 경우는 흔하지만, 이렇게까지 원본과 동일한 것은 아직 본 적 없었다. 이연과 셀 수 없이 많은 플레이를 했던 보민에게는 이 토큰의 질감과 미묘한 굴곡 같은 것이 완벽하게 친숙했다. 사용된 플라스틱 재료도 거의 같아 보였다. 정 실장은 잠시 뒤 어떤 결심이 선 듯 입을 열었다.

"이연 씨가 저에게 이 토큰들을 가져왔습니다. 그러면서 아주 이상한 이야기를 해주었지요. 어쩌면, 그게 제가 이 추도식에 와야 했던 이유일 겁니다."

정 실장이 복잡한 표정으로 이야기를 시작했다.

*

음, 어떻게 말하면 좋을까요. 최이연 씨와 이 토큰들에 대해서요.

일단 저에게는 최이연보다 '비구름'이라는 이름이 익숙합니다. 비구름 님이 곧 최이연 씨라는 것은 추도식 초대장을 받고 나서야 알았습니다. 잘못 온 줄 알고 우편함에 도로 두려다, 어디선가 본 적 있는 이름인 걸 기억해냈어요. 메일함을 한참 뒤지다가 비구름 님과 주고받았던 메일을 찾아냈지요. 메일 주소가 '최이연'을 영어로 쓴 것이더군요.

이연 씨는 제가 만든 게임을 처음으로 좋아해주셨던 분입니다. 그러니 특별한 사이라고 할 수는 있지만, 정확히 무슨 사이인지 묻는다면 대답하기 어렵습니다. 보드게임 개발자와 게이머. 현실에서는 크게 교류가 없는 사이니까요. 그렇지만, 네, 분명 무슨 일이 있었지요. 설명해보겠습니다.

노바 파우치는 제가 처음으로 정식 출시한 보드게임이자, 제 어린 시절이 담긴 게임이었습니다. 어렸을 때 저는 사람들과 눈을 마주치는 게 싫었어요. 그냥 눈매가 사납게 타고났을 뿐인데 어른들에게는 노려본다고 혼이 났고 또래 아이들은 저를 경계했지요. 그래서 늘 물건들로 시선을 돌렸습니다. 저 자판기 버튼을 누르면 외계에서 온 음료 캔이 나올까? 저 로봇 장난감은 혹시 살아 있을까? 의자나 책상 아래, 볼트와 조임쇠 하나까지 들여다보면서 정작 사람과는 도통 대화를 하지 않는 저를 아버지는 병원에 데려가 온갖 검사를 받게 했지요. 어찌저찌 자라서 사회인으로 살아가고 있습니다만 여전히 사람들을 마주하는 건 겁이 납니다. 하지만 물건들은 가만히 그 자리에서 저에게 이야기를 들려주지요. 우리가 어디서 왔을까? 정말 네가 상상하는 그게 전부일까? 그렇게 묻는 것 같습니다. 자라면서 저는 보드게임에 푹 빠졌는데 비디오게임보다 손에 잡히는 물성이 좋았던 탓이지요. 언젠가는 그 유년기를, 이상한 물건들로 가득 차 있던 어린 시절을 보드게임으로 풀어내고 싶었습니다.

보드게임 마니아들은 대부분 전략가입니다. 목표를 향해 전진하고 승리 조건을 달성하거나 점수를 따내는 게임을 선호합니다. 한편, 가볍게 즐기는 사람들에게는 복잡한 규칙보다는 같이 웃을 수 있는 편안한 시스템과 테마가 중요하지요. 제가 만든 노바 파우치의 프로토타입은 마니아도 대중도 만족시킬 수 없는 애매한 형태였습니다. 지금보다 세계를 설명하는 기준은 더 촘촘한데, 정작 승리라는 개념은 모호했던 겁니다. 그래도 저는 그 게임을 꼭 많은 사람에게 보여주고 싶었습니다. 먼 길을 돌아서라도 해보는 수밖에 없었지요.

보드게임 회사에 입사해 해외 게임을 수입해 오는 일을 하면서 제 작품을 만들 기회를 기다렸습니다. 회사에 자체 개발 팀이 생겼을 때는 환호했지만 쉽지는 않았습니다. 신뢰하던 사람에게 아이디어를 뺏기기도 하고, 파티게임을 크라우드 펀딩으로 제작했는데 공장에서 엉망진창인 물건이 와 환불해주느라 큰 손해를 보기도 했습니다. 그런 와중에도 노바 파우치를 다듬고 발전시켜나갔습니다. 규칙과 세부 사항, 속성 하나하나까지 제 손이 닿지 않은 부분이 없었지요. 그러니 정식 출시 결정이 났을 때 얼마나 심장이 터질 것 같았는지 짐작하실 수 있을 겁니다.

하지만 세상에 나온 노바 파우치는 처참하게 망했습니다. 마니아들에게는 모든 면에서 평가가 좋지 않았고, 파티게임으로도 진입 장벽이 있었고, 아이들 대상으로는 너무 난해하다는 평이 많았지요. 회사에서도 예전의 펀딩 성과가 있어 기대작으로 밀었던 탓에 실패가 더 고통스러웠습니다. 팔리지 않아 쌓인 은색 상자들이 조각난 꿈의 파편 같았습니다. 좋아하고 사랑하는 것을 사람들에게 설득하는 데에 실패했다는 좌절감이 밀려왔습니다. 사람의 눈을 피하며 늘 잡동사니들만 들여다보던 유년기의 제가 슬픈 얼굴로 저를 응시하는 것 같았습니다. 그때도 지금도 외로운 건 마찬가지였지만, 이제는 제 외로움에 책임을 져야 할 나이가 되어 있었지요.

그러다 어느 날 비구름이라는 사람에게 메일이 왔습니다.

비구름 님은 대뜸 노바 파우치와 같은 놀라운 게임을 어떻게 만들었냐는 질문으로 메일을 시작했지요. 이어지는 문장은 전부 노바 파우치에 대한 감탄이었습니다. 작고 사소한 물건들이 각각의 세계를 품고 있다는 설정이 매력적일 뿐만 아니라 진짜 현실을 그대로 담고 있는 것 같다고, 토큰 조합을 이용한 게임 시스템이 너무나 적절하게 낯선 소품들을 만들어내고 있다고도 하셨죠. 저는 그 메일을 받고 너무 기뻐서 열 번은 넘게 다시 읽었습니다. 노바 파우치를 플레이해서 행복하다는 사람을 처음 만난 것이었거든요.

이후에도 비구름 님은 저에게 여러 번 메일을 보내주셨습니다. 혼자서도 플레이할 수 있는 하우스 룰을 만들었던 후기와, 인터넷에 리뷰를 올렸더니 관심을 갖는 사람들이 늘어나 익명의 채팅방을 만들었다는 이야기, 그리고 다른 게이머들과 창작 속성 토큰을 만들기 시작했다는 이야기도 있었지요. 저는 비구름 님의 메일을 읽으며 오랫동안 바랐던 소망이 실현되는 느낌을 받았습니다.

네, 분명 특별한 인연이었습니다. 고마운 분이었고요.

하지만 이 정도로는, 그렇게 놀라운 인연까지는 아니라고 생각하실지도 모르겠습니다.

솔직히 말하면 그렇습니다. 비구름 님의 메일은 저를 무척 기쁘게 했지만, 그것만으로 영화 같은 일이 벌어진 건 아니었습니다. 한 사람의 응원으로 기적처럼 다시 일어서기에는 제 상황이 좋지 않았지요. 노바 파우치의 판매량은 여전히 미미했고, 제가 내놓은 차기작 프로토타입은 전부 퇴짜를 맞은 데다가, 굳이 만들고 싶다면 아름다운 테마나 컴포넌트로 승부를 보아야 하는데, 저조차도 그럴 바에는 더 가능성이 있는 다른 해외 게임을 수입하는 게 낫다고 현실적으로 판단한 겁니다.

그렇게 끝날 수도 있었습니다. 특별한 추억으로요. 설령 다음 보드게임을 만들지 않더라도, 보드게임을 평생 좋아했던 사람으로서 직접 게임을 출시하고, 누군가에게 최고의 게임이라는 말을 들어본 것만으로도 더없이 의미 있는 일이었지요.

그런데 일은 다른 방향으로 흘러갔습니다. 아니, 이상한 방향이라고 할까요.

어느 날 비구름 님에게 메일이 왔습니다. 짧고 다급한 내용이었습니다. 보여줄 것이 있다고 했지요. 잠깐이어도 좋으니 시간을 내달라고, 업무 시간 이후에 회사로 오겠다고 하셨습니다. 다음 날 저는 비구름 님, 그러니까 최이연 씨를 처음 만났습니다. 어째서인지 저는 비구름 님을 남자라고 생각했기 때문에, 젊은 여성이라는 사실에 당황했습니다. 하지만 직접 마주하고 인사를 나누자 늘 활기찬 어조로 메일을 보내오던 비구름 님이라는 걸 금세 알 수 있었습니다. 비구름 님은 저를 보자마자 오늘의 습한 날씨나 여기까지 오는 길에 대한 두서없는 수다를 잠시 늘어놓았는데, 저는 그게 마치 감당하기 힘든 본론을 이야기하기 전에 뜸을 들이는 것처럼 느껴졌어요. 그러더니 비구름 님이 가방에서 무언가를 꺼냈지요. 그게 바로 이 토큰들이었습니다.

순간 소름이 돋았습니다. 그 토큰들 뒷면에 적힌 속성들을 저는 이미 알고 있었거든요.

그것들은 노바 파우치 토큰과 완전히 똑같았지만, 단 한 번도 제작된 적 없는 토큰이었습니다.

비구름 님이 들뜬 어조로 계속 말했습니다. 노바 파우치의 확장판이 나온 게 분명하다고, 엄청나게 많은 사랑을 받았다고, 그러니 꼭 후속작을 만들라고요. 귀에 잘 들어오지 않았습니다. 도저히 이해할 수 없었지요. 도대체 노바 파우치의 확장판이 언제 어디서 나왔다는 뜻일까요? 상상 속에서? 비구름 님은 미래에 다녀온 걸까요? 아니면 저도 모르는 사이에 제가 확장판을 출시했다는 것일까요? 현실과 환상과 시간과 공간이 마구 뒤섞여 있는 비구름 님의 말들을 저는 멍하니 들었습니다. 그리고 넋이 나간 채로, 비구름 님에게 이렇게까지 원본과 같은 토큰을 직접 만드셨다니 정말 대단하다고, 손재주가 뛰어나신 것 같다고 말했지요. 비구름 님은 그게 아니라며 손을 내저었어요. 당황한 저를 향해 비구름 님이 무어라고 말했습니다.

그 말을 저는 지금도 잊을 수 없습니다.

비구름 님을 실제로 만난 건 그날이 마지막이었습니다. 저는 이 토큰들에 대해 다시 묻지 않았습니다. 그건 감당하기에 너무 거대한 진실처럼 느껴졌거든요. 비구름 님은 이 토큰들을 꼭 제가 가져갔으면 좋겠다고 했고, 저는 그렇게 했습니다. 하지만 한동안은 그것들을 거실 한구석에 놓아두고 쳐다보지도 않았습니다. 제가 알던 세계가 쪼개지고, 그 틈으로 이해할 수 없는 것이 와르르 쏟아지는 듯한 기분이 들었으니까요.

이후에 노바 파우치의 판매량은 아주 천천히 늘어났습니다. 그리고 언젠가부터 학부모들 사이에서 입소문을 타기 시작했습니다. 아동용 패키지로 재디자인해서 출시하자 판매량이 확연하게 늘었습니다. 아동용으로 룰을 단순화하지 않은 것이 좋은 평가를 받은 이유 중 하나였습니다. 엄청난 성공은 아니었습니다만, 제가 보드게임 개발자로서의 경력을 이어가기에는 충분했습니다. 하지만 막상 그런 일들이 일어났을 때 저는 담담했지요. 이미 그 일들을 겪어본 것처럼요. 그리고 저는 비구름 님이 그날 한 말을 계속해서 생각했습니다.

—이 토큰들은 세계의 반투막을 건너온 거예요. 다른 세계에서 왔죠. 우리가 노바 파우치를 통해서 하는 일이 바로 그거잖아요? 작은 물건에서 그 세계 전체를 추론하는 일이요. 실장님은 이미 알고 계셨던 거 아닌가요?

프로토타입 개발 초기에, 노바 파우치가 크게 성공할지도 모른다는 꿈에 부풀었을 때 저는 확장판에 넣을 속성들을 구상했습니다. 작업 노트에 빼곡하게 속성들을 기록했지요. 바로 그 구상의 일부가 실제로 손에 잡히고 만져지는 사물이 되어 나타났던 겁니다. 그러나 맹세컨대 저는 한 번도 그 작업 노트를 누군가에게 보여준 적이 없습니다. 그렇다면 이 토큰들은 어디서 온 걸까요?

한동안은 그 토큰이 미래에서 왔다고 생각하기도 했습니다. 비구름 님은 저에게 노바 파우치의 시스템이 실제로 일어나는 현상 그 자체라고 여러 번 단서를 준 셈이었지만, 정작 노바 파우치를 개발한 저는 그것이 현실임을 받아들이기 어려웠거든요. 다른 세계가 정말로 있다니, 그걸 믿기보다는 차라리 토큰이 미래에서 왔다는 게 더 납득하기 쉬웠지요.

하지만 막상 시간이 흘러 정말로 이 세계에서 노바 파우치의 확장판을 출시하기로 했을 때, 저는 그 토큰들을 만들지 않았습니다. 일종의 실험이었던 겁니다. 인과관계가 뒤틀리면 어떻게 될지 보려고 한 것이지요. 그리고 확장판이 나오고 나서, 아무 일도 일어나지 않는 것을 확인했습니다. 어떤 문제도 없었어요.

그 토큰들은 정말 다른 세계에서 왔던 겁니다. 어딘가, 노바 파우치의 확장판이 먼저 나왔던 다른 세계에서요. 남들이 들으면 비웃을 이야기였지만, 토큰들의 속성 하나하나까지 기억하는 저로서는 믿을 수밖에 없었지요.

비구름 님에 대해 자주 생각했습니다. 연락해볼까도 생각했지만 용기가 없었지요. 정말로 다른 세계에서 물건들이 건너온다면, 비구름 님은 어떻게 이 진실을 감당했을까요? 비구름 님은 노바 파우치의 개발자인 제가 이 현상을 알고 있다고 확신했던 걸까요?

그럼에도 저는 비구름 님이 저를 만나러 오기까지 긴 시간 망설였을 거라고 생각합니다. 오래전, 물건들이 다른 세계에서 왔다고 상상했던 어린 시절의 저는 무척 외로웠습니다. 세상에 나온 노바 파우치의 콘셉트도 많은 사람에게 외면받았지요. 어떤 낯선 생각은 품는 것만으로도 그 사람을 외롭게 만드는 것 같습니다. 그러니 물건들이 정말로 세계의 반투막을 건너온다는 것을 발견했던 비구름 님 역시 외로웠던 게 아닐까요. 저에게 이 토큰들을 직접 건네기까지 아주 큰 호의와 용기와 결단이 필요하지 않았을까요.

그렇게 생각하면 정말로 후회스럽습니다. 만약 그때 제가 도망치지 않았더라면, 작은 물건들이 다른 세계를 품고 있다는 걸 알았던 유년기의 저를 조금만 더 믿어주었더라면. 그랬다면 비구름 님에게는 이 세상의 아주 낯설고도 중요한 진실을 공유할 한 사람이 더 있었을 텐데요. 추도식 초대장의 이름이 누구인지 확인했을 때 마음이 무너졌습니다. 그 후회가 저를 이곳으로 오게 했습니다.

비구름 님이 건넨 토큰들은 지금도 거실 장식장에 놓여 있습니다. 그것들은 작고 사소한데, 엄청난 존재감으로 다른 세계 전체를 투사하지요. 노바 파우치가 많은 사랑을 받은 세계. 확장판이 계속해서 출시된 세계. 반투막 너머에 있는 수많은 세계. 제가 구상했고 기록했지만 결코 만든 적 없는, 그러나 그곳에 실재하는 토큰들은 자신의 질량 전체를 동원해 말하는 것 같습니다. 다른 세계는 정말로 있다고, 이 토큰이 품고 있는 허구는 분명 현실이라고요.

*

삼투. 서로 다른 농도의 두 용액 사이에 반투막이 놓이면, 용질 농도가 낮은 쪽에서 높은 쪽으로 용매가 이동하는 현상. 작은 크기의 용매 분자는 반투막을 통과할 수 있고, 용매에 둘러싸여 크기가 커진 용질 분자는 반투막을 통과할 수 없다. 반투막 양쪽을 오갈 수 있는 것은 용매뿐이다.

그날 이연이 보민에게 삼투현상에 대해 물어온 일을 보민은 그다지 이상하게 여기지 않았다. 같이 살기 시작한 이후로 보민은 이연에게 희한한 관심사도 많고 이상한 취미도 많다는 걸 알게 됐다. 어디선가 뜬금없이 삼투현상에 대한 유튜브 영상이라도 봤겠지. 아니면 갑자기 과학책을 읽는 취미라도 생겼거나. 보민이 화학을 마지막으로 배운 건 거의 10년 전, 대학 신입생 때였지만 간단한 설명이라면 문제없었다. 보민은 냉장고 옆 메모지를 한 장 뜯어냈다. 그런 다음 볼펜으로 메모지를 반 나누는 선을 그었다. 한쪽에는 '설탕물 A', 다른 한쪽에는 '설탕물 B'라고 쓰고, 메모지를 나누는 선에는 '반투막'이라고 적었다. 보민은 설탕물 안에 크고 작은 동그라미를 여러 개 그렸다.

"작은 동그라미가 물 분자, 큰 동그라미가 설탕 분자. 설탕은 원래도 물보다 크고, 물에 녹으면 물 분자가 주위를 둘러싸서 더 커지거든. 그래서 설탕은 반투막을 못 지나가고, 작은 물 분자만 자유롭게 막을 넘을 수 있어. 이렇게 놔두면, 두 용액이 평형을 이루려는 경향을 따라서 연한 설탕물에서 진한 설탕물로 물이 이동해. 그러면 진한 쪽의 물이 높아지면서, 양쪽의 농도 차이가 줄어들지."

이연이 보민의 설명을 가만히 듣더니 물었다.

"설탕은 반투막을 통과 못 한다고 했잖아."

"그렇지."

"정말 통과할 확률이 아예 없어? 완전히 0이야?"

"희한한 걸 묻네."

보민은 픽 웃으며 메모지를 하나 더 뜯었다. 설명은 조금 복잡해졌다. 설탕이 반투막을 통과할 확률이 완전히 0이냐고 한다면 엄밀히 말해 0은 아니다. 화학에서 '일어나지 않는다'라는 말은 보통 통계상으로 관측하기 힘들다는 것이고, 확률이 너무 작은 수치여서 0이나 다름없다는 것이다. 화학이 다루는 분자 수는 인간의 직관을 넘어설 만큼 많기 때문이다. 만약 이상적인 반투막이라면 설탕이 통과할 구멍이 아예 없겠지만, 실제 현실의 반투막은 자세히 들여다보면 흠집도 있고 미묘하게 더 큰 구멍도 있다. 그러면 드물게 설탕 분자가 몇 개쯤 막을 넘어가는 일도 생길 수 있다.

"하지만 이 설탕물에는 분자가 너무 많아. 고작 한 컵에도 자릿수가 스물세 개를 넘어가는데, 그중 겨우 몇 개. 그 정도로 희박한 일은 어쩌다 일어나도 결과적으로 아무 의미가 없지."

이연은 그렇구나, 대꾸하고는 입을 다물었다. 방금 설명을 납득한 건지 이연의 표정만으로는 알 수 없었다. 보민은 샌드위치를 마저 먹으려는데, 이연이 식탁 위의 과일 바구니로 손을 뻗으며 말했다.

"확실히 삼투현상과 꽤 비슷해."

"뭐가?"

"작고 사소한 물건들이 세계 사이의 막을 건너오거든. 평행 세계들 사이에 반투막이 놓여 있는 것 같아. 머리끈이나 양말 한 짝이나 볼펜 같은, 흔하고 아무도 눈여겨보지 않는 것들이 자주 건너와. 아마도 돌멩이, 마른 나뭇가지 같은 건 더 흔하겠지. 그게 네가 말하는 용매 분자, 물 같은 건가 봐. 너무 흔하거나 사소해서 존재감이 희박하고, 세계와 상호작용을 덜 하고, 그래서 이쪽과 저쪽을 쉽게 오갈 수 있는 것들."

보민은 태연히 말하는 이연을 물끄러미 보았다. 이연에게는 이런 습관이 있었다. 일어날 수 있는 일, 일어나지 않은 일, 허구의 일을 이미 일어난 일처럼 이야기하는 것. 보민은 그런 이연의 습관마저도 좋아했지만 때로는 물에 빠진 사람을 볼 때처럼, 이연을 그 허구에서 건져 현실의 뭍으로 데려다 놔야 한다는 충동을 느꼈다.

"가끔 사소하지 않은 물건도 건너온다는 뜻이네?"

"맞아. 그런데 그쪽에서는 없어졌다고 해도 누가 눈치채지 못할 물건들이거든. 그리고 건너온 이쪽에서도, 누군가 그럴싸한 이야기를 부여하기 전까지는 아무것도 아닌 것처럼 보이고."

"뭐야, 마음대로네. 그런 건 현상이 아니라 공상이지."

보민 딴에는 빈정거리는 말이었는데, 이연은 무척 진지했다.

"나도 궁금해. 왜 어떤 것들은 막을 건너고 어떤 것들은 못 건널까? 지금까지 막을 건너온 것 중 살아 있는 건 아무도 본 적이 없다는데, 생물은 주위 환경을 거슬러 살아남고 퍼져 나가려는 본능이 있어서겠지? 하지만 정말 사소한 생물이 있다면 또 어떨까. 증식하지도 않고, 자기 자신의 영향조차도 최소화하려는 생물이라면? 좀 이상한 말이지만, 살아남기 위해 애쓰지 않는 생물이라면?"

말도 안 되는 가설을 늘어놓는 이연을 보면서 보민은 불안해졌다.

다른 세계에 매료된 사람. 다른 세계가 있다고 확신하는 사람. 그 세계를 말할 때 눈이 빛나고, 당장이라도 그곳의 공기가 손끝에 만져질 것처럼 말하는 사람.

그런 사람은 다른 세계로 건너가려고 할까? 무슨 수를 써서라도?

보민은 대화를 멈추고 싶어서 과일을 더 가져오겠다는 핑계로 자리에서 일어났다가, 식탁 옆에 떨어진 양말 한 짝을 발견했다. 빨래 바구니에서 떨어진 것 같았다.

"여기 있네. 다른 세계로 못 넘어간 양말."

보민이 의기양양하게 양말을 주워 내밀며 말했다.

"이거, 내가 눈여겨봐서 못 건너갔나 봐."

시간이 흐른 뒤에 보민은 그날의 대화를 곱씹곤 했다. 그 양말을 내려다보던 이연의 표정이 어땠더라. 어두웠나. 아니면 슬펐던가. 반투막에 대해서 이연이 물을 때, 그때는 또 어뗐더라. 혹시 바라는 답이 있지는 않았을까. 아니면…….
생각하고 생각할수록 고통스럽게 하는 기억들.

*

먼지와 소음 사이에서 이연과 마주친 이후, 보민은 이연을 자주 만났다. 보드게임을 하고 저녁을 먹고, 또 보드게임 없이도 같이 커피를 마시고 영화를 보고, 그러다 밖에서 만나는 날보다 자신의 집으로 초대하는 날이 많아졌다. 이연과 점점 가까워지면서도 보민은 왜 자신이 이연을 이렇게 궁금해하는지 잘 몰랐다. 좋아하는 것을 말할 때 반짝이는 눈과 상기된 뺨에 시선이 갔고, 어떤 사람은 왜 그렇게까지 다른 세계에 매료되는지, 별처럼 멀기만 한 세계를 손에 닿을 것처럼 이야기하는지 알고 싶었다. 그 호기심이 보민을 이연으로 끌어당기는 중력이었다. 종종 보민은 헷갈렸다. 그냥 새로 사귄 친구라기에는 어딘가 들뜬 느낌이었다. 우정인지 아닌지 확인해보기에는 자신이 없었다. 그러는 동안 둘 사이의 침묵이 점점 익숙해졌고, 언젠가부터 주말을 늘 함께 보냈다. 운동 매트만 깔아놨던 방에 이연의 짐이 늘어났다. 욕실에서 이연의 칫솔을 세 개쯤 발견했을 때, 보민은 제안했다. 어차피 방이 하나 남으니 같이 사는 건 어떠냐고. 내심 거절당할까 조마조마했는데 이연은 당황한 기색 없이 보민을 보더니 말했다. 응, 좋아. 그러고는 웃었다.

이연과 같이 사는 건 좋았다. 주말이면 언제든 보드게임을 할 수 있었다. 드라마나 영화보다 이연의 이야기를 듣는 것이 더 재미있었다. 가끔은 보민이 읽다 포기한 소설책을 이연이 가져가 끝까지 읽고 결말을 들려주었다. 보민은 이연을 위해 퇴근길에 디저트를 포장해 왔고, 이연은 아침마다 냉장고에 쌓인 재료들로 도시락을 싸주었다. 둘 다 집안일은 며칠 내버려뒀다가 몰아서 하는 성향도 잘 맞았다. 비 오는 휴일에는 거실 소파를 한자리씩 차지하고 창밖의 빗소리를 듣다가 낮잠을 잤다. 보민은 어느 날 문득, 이연이야말로 자신이 이전에는 가까워질 리 없다고 생각했던 사람이라는 것을 떠올렸다. 아득한 세계에 속해 있어서, 보민처럼 현실에 딱 발을 붙여야 안심하는 사람에게는 먼 곳의 구름처럼 느껴지기도 하는. 타인에 대해서 이렇게 깊이, 자주 생각하는 스스로가 보민은 낯설었다.

가까워진다는 건 그림자까지 시야에 들어오는 것이었다. 보민 앞에서 잘 웃는 이연은 자주 혼자 방에서 울고 나왔다. 사이가 나쁜데도 정기적으로 돈을 부쳐주는 가족이 있었다. 예전에는 꽤 오래 죽고 싶어 한 적이 있었다. 다니던 대학을 자퇴했고 지금은 전공과 상관없는 일만 했다. 보민은 이연이 죽고 싶어 한 이유를 몰랐고, 이제 혹시 살고 싶어졌다고 해도 그 이유 역시 몰랐다. 그래도 살고 싶은 이유를 같이 찾아낼 수 있다면 좋을 텐데.

보민은 이연이 툭하면 일을 그만두는 걸 가장 이해할 수 없었다. 이연은 특별한 이유도 없이 계속 일을 옮겨 다녔다. 처음 만났을 때 이연은 놀이공원 캐스트였는데, 보민과 우연히 마주친 그 시점에는 아직 놀이공원이 주된 일터이고 일주일에 한두 번쯤 부업으로 폐품 처리 일을 했다. 그런데 함께 살기 시작할 무렵 캐스트 일을 그만두고 폐품 처리 작업장으로만 출근하더니, 또 두 달 뒤에는 작업장을 그만두었다. 잠시 일을 쉬나 싶었는데 갑자기 이사 업체 보조 일을 한다고 했다가, 한 달도 채 지나지 않아 그 일을 그만두고 호텔 청소 일을 시작했다.

계속해서 그런 식이었다. 딱히 적성에도 맞지 않고 돈도 되지 않는 일들을 계속 바꿔서 다녔다. 이유도 좀 이상했다. 힘들어서, 지루해서, 하다가 질려서, 다칠 것 같아서, 사람들과 다툼이 생겨서. 평소에는 보민보다 어른스럽게 굴기도 하면서, 일에 대해서만 그런 철없는 이유를 둘러댔다. 일을 제대로 해내지 못해서 잘린 곳들도 있었는데, 보민이 보기에는 애초에 그 업종에 맞을 것 같지도 않은데 굳이 지원한 거였다.

보민은 같이 쓰는 생활비, 공과금, 대출 이자 따위를 이연에게 받기로 한 것보다 일부러 적게 받았다. 생각보다 관리비가 덜 나와서, 집에서 요리해 먹었더니 식비가 덜 들어서, 그때그때 적당한 이유를 댔다. 그런데도 이연은 늘 낡은 옷을 입고 다녔고 집 밖에서는 대충 인스턴트로 끼니만 때우는 것 같았다. 이상하게 돈은 늘 부족해 보였다. 보민은 이연이 미래를 생각해서 전망이 있는 일에 정착하기를 바랐지만 그 이야기를 꺼내면 이연은 늘 말을 돌렸다. 자신에게는 미래라는 게 있지도 않은 것처럼.

1년 사이에 이연은 일을 여섯 번 갈아탔다. 그다음 번 구한 일은 당분간 숙소 생활을 해야 한다고 했다. 주말에나 돌아올 테니 잘 지내고 있으라는 문자를 받고, 보민은 진심으로 이연이 걱정되었다. 혹시 가족에게 돈을 너무 많이 보내고 있나? 아니면 모르는 사이 사기라도 당했나? 보민은 닫힌 방문을 보았다. 지난주부터 이연이 당분간 방에 들어가지 말라고, 지저분하니까 나중에 자신이 직접 치우겠다고 했던 것이 생각났다. 어차피 보민은 이연이 불편해할까 봐, 혼자 울고 있을 때 방해할까 봐 이연의 방에 잘 들어가지 않았다. 그런데 이연이 굳이 그런 말을 한 것이 마음에 걸렸고, 그래서 망설이다 문을 열어보았다.

보민은 놀라서 그 자리에 멍하니 서 있었다.

쓰레기장이 떠오르는 방이었다. 분명 지난달까지만 해도

이렇지 않았는데. 들어가지도 못한 채 보민은 방 안을 살펴보았다. 자세히 보니 생활하며 나온 쓰레기가 아니었다. 시계, 농구공, 책, 금속 벨트, 인형, 우산, 의미 모를 장식품들. 보민은 유튜브에서 극심한 우울증 때문에 집을 쓰레기장처럼 만든 사람들을 본 적이 있었다. 하지만 이건 그런 게 아니었다. 보민은 물건들 사이에서 청동 조각품을 들어 올렸다. 바닥에 가격표가 붙어 있었다. 값이 비쌌다. 보민은 잡동사니의 산더미에서 또 다른 가격표가 붙은 물건들을 발견했다. 다 해진 옷을 입고 다니던 이연. 늘 피곤해 보이던 이연. 다른 세계에서 물건들이 넘어온다고 말하던 이연. 이연은 자신을 돌봐야 할 돈으로 이런 것들을 사들이고 있었던 건가.

보민은 먼저 화가 났고 다음에는 무서웠다. 이연이 허구와 현실을 구분하는 능력을 잃어버린 것일까 봐. 허구에 너무 깊이 빠져서 익사할까 봐. 끝내 현실에서 도망치려고 할까 봐 겁이 났다. 이연은 현실이라는 게 수백 페이지 소설의 낱장 단면밖에 안 되는 것처럼 굴고 있었다. 이 물건들로 뭘 하려는 거지? 이걸 다 어떻게 하려고?

이연이 전화를 받기를 기다리는 수십 초 동안, 보민은 겪어본 적 없는 불안이 요동치는 것을 느꼈다. 냉정하게 말해야 할까. 화라도 낼까. 제발 정신 차리라고, 이런 것들이 너를 구해주지 않는다고, 적어도 같이 사는 나에 대한 책임감을 가져달라고 할까. 정작 휴대전화 너머에서 응, 보민아, 하는 목소리가 들려왔을 때 보민은 아무 말도 하지 못했다. 이연의 목소리는 조금 피곤한 듯 갈라졌지만 여전히 다정했다. 보민은 심호흡을 크게 한 다음 말했다.

—돌아오면 어디 멀리 여행 갈까? 열흘 정도, 나 휴가 내고.
—갑자기? 넌 연차 써도 나는 일해야 하는데.
—어차피 너 그 일도 곧 그만둘 거잖아.

짧은 정적 뒤에 이연이 웃었다. 정말 너는 나를 다 알아, 하고 이연은 키득거렸다. 이상하게 그 웃음소리가 보민을 안심시켰다.

돌아온 이연에게 보민이 아무것도 묻지 않고 그저 방을 정리해달라고 말했을 때, 이연은 대수롭지 않은 듯 알겠다고, 대신 시간이 조금 필요하다고 했다. 그런 다음 실제로 시간을 들여서 물건들을 정리해나갔다. 의자와 책상, 침대 위까지 온갖 잡동사니로 난잡했던 방은 점점 깨끗해졌고 한 달쯤 뒤에는 다시 보민이 기억하던 말끔한 모습으로 돌아왔다. 떠나기로 했던 여행 계획은 계속 나중으로 미루어졌다. 이연은 뜻밖에도 금방 일을 그만두지 않았고, 보민은 한동안 연차는 엄두도 못 낼 정도로 아주 바빴다.

그리고 모든 게 문제없이 제자리로 돌아왔다고 생각했던 날에 그 일이 일어났다.

어느 비 오는 날에, 전조도 직감도 없이.

갑자기 일어난 일이었다. 폭우가 쏟아졌지만 그런 날들은 수도 없이 있었다. 이연이 떠나버릴 거라는 보민의 불안도, 익숙한 세계가 뒤틀릴지도 모른다는 두려움도 그 무렵에는 옅어져 있었다. 그렇지만 돌이켜보면 이연은 늘 떠날 준비를 하고 있었고 모든 것이 다 전조였는지도 모른다.

이연의 사망 원인이 사고로 결론 난 후에도 보민은 왜 사람이 스스로 죽는지를 한참이나 검색했다. 상실. 실패. 무기력. 중독. 통증. 실연. 충동. 이어지는 끝없는 목록. 그 무엇도 이유가 될 수 있어서, 무엇이 이연을 죽였는지는 결국 알 수 없게 되었다. 이연은 그 모든 것을 던져놓고 가버렸다. 이제 상실과 실패와 중독은 보민의 것이 되었다. 말없이 소파에 기대 웃고 있는 이연의 꿈을 꿨다. 그때 왜 그랬을까, 말이라도 해주지. 보민은 '만약에'로 시작하는 말들로 이연이 죽지 않는 경우의 수들을 헤아렸다. 그리고 '어차피'라는 말로 일어날 일은 일어났을 거라고 그 가능성들을 폐기했다. 이연과 달리 보민의 상상은 빈약했고 멀리 뻗어나가지 못해서, 보민은 이연이 죽지 않은 세계를 구체적으로 그려볼 수도 없었다.

*

그리고 이제 눈앞에 있는, 다른 세계에서 온 토큰들.

정 실장이 내민 토큰들이 보민의 죄책감을 헤집었다.

보민은 이연의 주장을 끝내 믿지 않았다. 작고 사소한 물건들이 세계의 반투막을 건너온다는 것. 어쩌면 그게 너무 사소한 진실이기 때문에 보민은 이연의 말을 흘려들었다. 이연의 이야기를 항상 듣고 있었으면서도 단지 꾸며낸 이야기라고, 재미있지만 중요하지는 않은 허구라고 여겼다.

하지만 만약 이연의 말이 사실이었다면, 이연은 어떤 것들은 왜 막을 건너고 또 어떤 것들은 건너지 못하는지 그 산더미 같은 물건들을 통해 알아내려 했던 것인지도 모른다. 막을 건너간 생물을 찾아내고, 어쩌면 이연 자신이 이 세계를 떠나 다른 세계로 영영 건너가려고 한 것인지도 모른다. 아주 사소해짐으로써. 자신의 존재감까지 지워 없애버려서.

다른 세계로 넘어가지 못한 양말 한 짝을 내려다보던 이연을 보민은 떠올렸다.

보민은 죽은 이연을 목격했다. 이연은 다른 세계로 가지 못한 채로 이쪽 세계에서 죽었다. 어쩌면 보민이 이연을 지켜보아서, 소중히 여겨서, 사소해질 수 없었던 것이다. 보민이 이연을 이곳에 붙들어버렸다. 그러면서도 정작 보민은 이연의 말을 끝까지 믿지 않았다. 이연이 원한 것은 아무것도 해주지 않았다.

"저, 죄송한데. 잠시만요."

토할 것 같은데 당장 갈 곳이 없었다. 정문 쪽에 화장실 표지가 있었지만 버려진 창고에 물이 나올 리 없었다. 보민은 비틀거리다가 다급히 밖으로 나갔다. 바깥에는 공터뿐이었다. 망할 창고. 보민은 비참했고 먹은 것도 없는데 속이 울렁거렸다. 정 실장이 보민을 따라 나왔다.

"괜찮습니까?"

보민은 맨땅에 주저앉아 한참이나 숨을 몰아쉰 다음에야 정신을 차렸다. 조금 부끄러웠다. 아까 승희가 한참 울 때 짜증을 낸 건 보민 자신이었는데.

정 실장과 승희는 보민이 진정할 때까지 기다려주었고, 보민은 약간 차가워진 양손을 만지작거리며 방금 떠오른 과거의 일들과 추측을 두 사람에게 공유했다. 만약 세계의 반투막을 물건들이 통과해 오는 게 사실이라면, 이연은 직접 세계를 넘어가는 방법을 찾고 있었는지도 모른다고. 하지만 동시에 더 많은 의문이 생겨났다. 보민은 이 세계에서 죽은 이연을 봤는데, 그렇다면 이 초대장은 누구에게서 온 걸까? 평행세계의 이연에게서? 보민이 두서없이 추론을 늘어놓는데, 가만히 듣고 있던 승희가 입을 열었다.

"저는 아니라고 생각해요."

"뭐가요?"

"이연 언니가 다른 세계로 넘어가려고 했다는 것이요."

보민은 순간 울컥해서 목소리를 높였다.

"그럼, 뭔데요? 망할 최이연, 무슨 생각으로 그랬냐고요."

"어, 그게……."

승희는 눈을 크게 뜨더니 갑자기 딸꾹질을 시작했다. 보민은 아차 싶어 입을 다물었다. 방금은 승희가 아닌 이연에게 화가 난 거였지만, 잘못한 것 없는 승희에게 화를 낸 꼴이 되어버렸다.

"죄송합니다. 제가 지금 좀 정신이 나갔나 봐요."

딸꾹.

결국 승희가 진정할 때까지 잠시 기다렸다. 정 실장이 승희에게 생수를 건넸고, 보민은 자신의 성질머리와 인내심을 자책하다가 밖에 나가 찬 바람을 한 번 더 맞았다. 고개를 들어보니 아까 도착했을 때보다 하늘이 약간 더 어두워져 있었고 공기가 축축했다. 주위에는 여전히 아무도 없었고 멀리서 풀벌레 소리만 들려오다 그마저도 끊겼다. 적막한 풍경을 보자 머리가 식었다. 생각해보면 이연은 자기 입으로 세계의 막을 건너가고 싶다고 말한 적은 단 한 번도 없었다.

"저, 제가 언니의 대학 동기라고 했잖아요."

승희가 입을 열었다.

"사실 아니에요. 실은 놀이공원에서 일하다 알게 된 사이에요. 그러면 좀 말이 길어질까 봐 아까는 둘러댔는데……."

어쩐지 그럴 것 같았다. 이연은 대학에 다니는 둥 마는 둥 하다가 자퇴했다고 했으니까.

"언니랑 그 일을 했어요. 둘이서요. 원래는 시간이 지나면 무조건 폐기해야 하거든요. 그런데 둘이다 보니 다른 사람들 눈을 피하기가 더 쉬웠어요."

"저기, 뭘 했다는 거예요?"

어리둥절해진 보민이 물었다. 승희가 당황한 표정을 하더니, 한숨을 쉬고는 말했다.

"다른 세계에서 온 물건들이요. 우린 그걸 같이 찾아다녔거든요."

*

지금 이 이야기를 하려면, 저의 부끄러운 점을 드러내야 해서 망설여지지만…… 그래도 하는 수 없겠죠. 언니와의 일들을 이야기하려면요.

언니랑 저는 놀이공원 캐스트 일을 하다가 친해졌어요. 놀이공원에 가면 뺨에 별 스티커를 붙인 직원들 있잖아요. 캐스트라고 부르거든요. 저는 기념품숍에서 일했는데, 하루는 이연 언니가 우리 매장으로 새로 들어왔어요. 인사말을 들어보니 원래 인기 있는 어트랙션 담당인데 자원해서 MD 파트로 왔다는 게 좀 특이했죠. 보통은 반대로 가고 싶어 하거든요. 언니의 첫인상은 동글동글하고 착해 보이는데 어딘가 멍하고 붕 떠 있는 느낌이었어요. 친해지고 싶다고 생각했지만, 오후에는 다른 사건이 터져서 그럴 틈도 없게 됐죠.

음, 그러니까…… 제가 휴게실에서 뭔가 훔치다가 걸린 거예요.

고치려고 정말 많이 노력했는데, 저에게는 도벽이 있었어요. 다른 사람들의 작은 소지품을 훔치는 버릇이요. 휴대폰 충전 케이블이나, 머리끈이나, 화장품 같은 거 말이에요. 필요해서 훔친 것도 아니고, 훔쳐서 잘 쓰는 것도 아니고, 그냥 그 행위 자체가…… 저에게 주는 어떤 자극이 있었던 것 같아요. 원래는 매장 휴게실에 다들 자기 파우치를 편하게 가져다 놓고 썼어요. 그런데 제가 한동안 참아왔던 그 짓을 또 시작해버렸고, 자잘한 소품 같은 게 없어지니까 다들 신경이 예민해지더니, 결국 저를 현장에서 적발한 거죠. 하필 이연 언니가 온 그날 오후에요. 훔치다 걸린 건 동료 캐스트의 선크림 샘플 팩이었어요.

공용 물품인 줄 알았다는 말도 안 되는 거짓말을 해가면서 사과했지만, 그런 거짓말이 통할 리 없잖아요. 매장에서 없어진 상품들도 혹시 승희 네가 훔친 거 아니냐고 동료들이 묻더라고요. 맹세컨대 그런 일은 안 했지만, 그렇게 몰려도 할 말이 없어서 괴로웠어요. 동료들은 다들 화가 나서 우르르 야외 가판으로 나가버리고, 저는 혼자 매장을 청소하고 있는데 자꾸 눈물이 났어요. 늘 이런 식으로 모든 걸 망치는 제가 너무 싫었거든요. 하면 안 되는 걸 알면서도 충동적으로 일을 저질러서 엉망으로 만들었어요. 거짓말로 수습해보려다 더 부끄러워지고요. 비참했고, 지금까지의 이 모든 비참한 상황이 제 탓이라는 것 때문에 더욱 비참했어요. 제가 미친 것 같고 한심했어요.

계속 울고만 있을 수는 없어서, 휴게실 세면대에서 찬물을 받아 빨개진 얼굴을 식히고 다시 나오는데, 이연 언니가 제 앞에 서 있었어요. 저는 초면인 언니 앞에서 망신을 당한 게 부끄럽기도 하고 또 무슨 말이라도 하면 울게 될까 봐 고개를 숙인 채 지나가려는데, 언니가 아무 말 없이 저에게 손수건을 내밀었어요. 제가 고개를 드니까 언니가 안 돌려줘도 된다면서 제 손에 쥐여주더라고요. 그거 아세요? 안 울려고 하는데 누가 휴지 챙겨주면 눈물이 걷잡을 수 없이 나잖아요. 그 작은 호의 때문에, 그 손수건 때문에 눈물이 또 안 멈춰서, 나중에는 언니가 원망스러울 지경이었어요.

그래도 저를 그렇게 대해준 게 너무 고마워서 다음 날부터 언니한테 매장 일을 제가 아는 한에서 정말 하나하나 처음부터 다 알려줬어요. 혹시 저랑 친하게 지내면 안 좋은 눈길을 받을까 봐, 다른 캐스트들 앞에선 무시해도 된다고도 했죠. 그런 일이 있었으니 곧 잘릴 줄 알았는데 사람이 많이 필요한 시즌이어서였는지 잘리지는 않더라고요. 매니저님에게 혼이 나긴 했어요. 다른 캐스트들은 저를 노골적으로 싫어했고요. 그렇지만 이연 언니는 늘 저를 보면 반갑게 인사해주었죠.

그런 이연 언니를 보면서 궁금했어요. 도벽이 있는 애. 구질구질한 애. 처음 본 날 모두에게 망신을 당하던 애. 보통은 엮이기 싫을 텐데, 언니는 왜 나를 피하지 않고 손수건을 건네줬을까. 그냥 착해서일까.

언니에게도 비밀이 있다는 건, 조금 나중에 알게 됐죠.

저는 곧 이연 언니와 가까워졌어요. 야외 가판도 상품 검수도 둘씩 짝지어 하는데, 선크림 사건 이후로 동료들이 다들 저를 피하니 늘 이연 언니와 짝이 됐죠. 점심도 같이 먹으러 가고요. 스케줄이 비슷해서 나중에는 출근하며 유니폼 받으러 의상실에 들렀다가 퇴근할 때까지 언니랑 붙어 다녔어요. 언니는 항상 호기심 어린 눈으로 주위를 관찰했는데, 말수도 많지 않고 수줍음도 있는 것 같아서 어쩌다 놀이공원에서 일하게 된 건지 궁금했죠. 하루는 가판대에서 비눗방울을 시연하는데 언니가 갑자기 묻더라고요. 퇴근하고 시간이 남으면, 분실물 센터에 같이 가지 않겠냐고요.

웬 분실물 센터, 뭘 잃어버린 건가 생각하며 언니를 따라갔죠. 데스크 대신 후문으로 갔는데 들어가는 건 쉬웠어요. 상품 파트는 유니폼이 공통 복장이어서 놀이공원 전체를 헤집고 다녀도 별로 눈에 안 띄거든요. 그냥 어디 직원이겠거니 하니까요. 언니는 익숙한 듯 분실물 센터로 들어가더니 구석에 '폐기 예정'이라고 붙어 있는 물건함에서 뭔가를 꺼냈어요.

—이 시계, 뭔가 좀 이상하지 않아?

그건 첫눈에는 아주 평범해 보이는 손목시계였어요. 언니의 말을 듣고 좀 속물적이지만 브랜드부터 확인했는데, 사려면 만 원에도 살 수 있는 시계였어요. 아마 너무 흔해서, 잃어버리고도 찾을 생각을 하지 않아 폐기함까지 오게 된 시계인 것 같았어요. 하지만 언니는 자세히 보라고 했어요. 그랬더니 뒤늦게 보이더라고요. 하루가 열두 시간이 아니라, 열네 시간으로 되어 있는 것이요. 제가 눈을 크게 떴더니 언니가 웃었죠. 언니는 그 시계를 다시 폐기함에 돌려놓았는데, 저는 그걸 슬쩍 주머니에 집어넣었어요. 분실물 센터를 나오면서 언니가 태연하게 말하더라고요.

─분명 다른 세계에서 온 거야. 하루가 스물여덟 시간인 곳에서.

그 말이 이상하게 들려야 하는데, 제가 그 말을 곧바로 받아들였다고 하면 두 분은 믿으실 건가요? 저는 주머니에서 슬쩍한 시계를 언니에게 보여주었고, 언니는 조금 놀란 얼굴을 하더니 키득 웃고 말았어요. 그때 언니도 저와 비슷한 사람일 거라는 확신이 들었죠. 이 현실이 나에게 맞지 않다고 생각하는, 어딘가 내게 맞는 다른 세계가 있을 거라고 믿는 사람이요.

그리고 언니가 저를 꺼림칙해하지 않았던 이유도 알 수 있었죠. 언니의 마음은 다른 세계에 살고 있는 거예요. 이 현실이 아니라 어떤 다른 차원에. 그래서 이곳의 사소한 문제, 사람들의 사소한 흠결 같은 건 언니에게는 아무것도 아닌 거예요.

─같이 할래?

언니도 제가 동족인 걸 알아본 게 분명했죠. 이연 언니의 웃는 얼굴에는 마법 같은 설득력이 있어서, 길게 잴 것 없이 고개를 끄덕이게 되고요. 그렇게 저는 언니의 비밀에 휘말렸어요.

저 사실은, 물건들이 반투막을 건너온다는 것을 안 순간부터 방법을 찾고 있었어요. 다른 세계로 넘어갈 방법이요. 하필이면 놀이공원에서 일한 건 그곳이 그나마 저를 바깥 현실과 단절시켜주기 때문이었는데, 결국 나쁜 버릇도 못 고치고 사람들 앞에서 망신까지 당했더니 모두 버리고 도망가고 싶어졌어요. 어딜 가든 제가 망쳐버린 것투성이였거든요. 정말 다른 세계가 있다면, 아예 막을 넘어가면 다를지도 모르잖아요. 망치지 않은 곳이, 아직 기회가 남은 곳이 있는 거잖아요.

이연 언니도 그걸 원할 거라고 생각했죠.

자라온 환경이나 가정사 같은 건 서로 묻지도 않았어요. 도망치고 싶은 게 당연하다고 생각했거든요. 특별한 불행의 연쇄가 아니어도요. 다들 그랬던 적이 있지 않나요? 눈 감았다가 뜨면 다른 곳이기를 바란 적이요. 지금 여기만 아니면 좋겠다고, 제발 숨을 쉬게만 해달라고요.

언니와 물건들을 찾기 시작했을 때, 처음에는 다른 세계가 정말 있다는 것만으로도 들떴어요. 전엔 그런 물건들이 곳곳에 숨어 있는 줄도 모르고 살았는데, 낯설다는 걸 인식하자 자꾸 눈에 들어왔죠. 이런 걸 도대체 어디 쓰나 싶었던 물건들이 자기 세계를 찾아주면 다 쓸모가 있었던 거예요. 그게 이상하다는 건 어디까지나 이 세계의 기준이었던 거죠. 이연 언니는 물건을 잘 찾아내기도 했지만 무엇보다 그 물건에서 세계 전체를 추론해내는 일을 잘했어요. 가끔은 물건 자체보다 세계를 지어내는 데에 더 이끌리는 것 같았어요. 어떻게 그리 가뿐하게 해내는지 물었더니, 언니가 무슨 보드게임을 하면서 연습했다는 거예요. 보드게임에 관심이 없어서 그땐 농담인 줄 알았는데 지금 생각해보니 그게 노바 파우치였나 봐요.

하지만 저는 그것만으로 만족할 수 없었어요. 그래봤자 저는 여전히 이 세계에 묶여 있고, 이 삶은 바뀌는 게 없잖아요? 좀 더 대단한 걸 원했어요. 저를 구원해줄 무언가를요. 큰돈이 될 만한, 만병통치제 같은 걸 찾아내도 좋겠죠. 그렇지만 무엇보다 저는 막을 건너고 싶었어요. 사람이 양말이나 머리끈 따위보다는 훨씬 크지만, 그조차도 세계 전체에 비하면 어마어마하게 작은 거잖아요. 세계 사이의 반투막이라는 게 정말 있다면, 인간이 그걸 못 지날 만큼 크겠어요?

그 무렵 언니와 저는 쓰레기 집하장을 서성이다 마주친 우리 같은 사람들에게 얻은 정보와, 예전이라면 괴담 취급했을 온라인 포럼의 토막글을 참고해 한 골동품 가게를 찾아갔어요. 장사를 할 생각이 없는 것처럼 먼지 낀 문은 불투명했지만, 무작정 문을 열고 들어가자 주인아주머니는 우리 얼굴을 보더니 한숨을 쉬며 우리를 안으로 들여보내줬어요. 시계와 나침반, 지도 같은 도구들이 많았는데 자세히 보니 전부 다른 세계에서 온 것처럼 이상한 모양새였죠. 카운터

앞 의자를 드르륵 끌어당겨 앉은 아주머니는 시큰둥하게 말했어요.

—딱 보니 초심자들인데, 이거 하나만 기억해. 대단한 물건은 애초에 못 건너와. 무슨 불로불사약이라도 찾아낼 것처럼 떠들썩하게 다니던 사람들, 지금은 다 손 뗐어.

아주머니는 우리 둘 중에서도 하필 저를 빤히 보더니 또 덧붙였어요.

—쓸데없는 생각은 하지도 말아. 사람은 당연히 못 건너가니까.

저는 울컥했어요. 아주머니가 뭘 잘못 아는 거라고, 애초에 사람들 대부분은 이런 현상이 있는 줄도 모르는데 어떻게 거기까지 아냐고 따져 묻고 싶었지만, 그 가게에 켜켜이 쌓인 먼지와 천장까지 가득 진열된 물건들이 제 입을 다물게 했어요.

물건들을 제대로 살펴보지도 않고 가게를 나오는데 이연 언니는 의외로 무덤덤한 표정이었어요. 딱히 싫지도 좋지도 않은, 그럼 그렇지, 하는 얼굴.

—언니는 눈치채고 있었어요?

—응, 그럴 거 같았어.

—억울해요. 난 이 세계와 털끝만큼도 엮이고 싶지 않은데. 그냥 막 너머로 사라지고 싶은데. 태어났다는 이유만으

로, 여기 묶여서 건너갈 수도 없다니.

—맞아. 나도 그런 생각 많이 했었지.

이연 언니는 담담하게 대꾸하고는, 잠시 침묵했다가 말했어요.

—이상한 일이지만…… 우리가 반투막을 통과할 수 없다는 건, 우리가 이 세계에 책임이 있다는 뜻인지도 몰라.

그땐 화가 나서 대답하지 않았는데, 하루가 지나도 그 말이 머리를 떠나지 않았어요. 언니가 생략한 말들이 자꾸 어깨에 들러붙었죠. 인간은 살아가는 매 순간 너무 많은 것과 상호작용하고, 그래서 너무 많은 것을 상처 입히는 존재라고. 살기 위해 발버둥 치는 움직임마다 이 세계 전체가 몸에 감겨든다고. 누구도 원해서 태어나지는 않지만, 태어난 순간부터 이미 이 세계에 연루되기 시작한다고.

돌멩이처럼 사소해지면 건너갈 수 있는 게 아니라, 애초에 돌멩이가 될 수 없기 때문에…….

며칠은 울면서 지냈어요. 길가 화단에 놓인 자갈을 부러워하면서요. 어찌저찌 버티던 놀이공원 캐스트 일도 그때 그만뒀고요. 그러다가 갑자기 머리가 맑아졌죠. 한참을 울고 나면 머리도 아프고, 더 나올 눈물도 없고, 갑자기 이제 점심 뭐 먹지, 하고 정신 확 들 때 있잖아요. 꼭 그런 느낌이었어요.

저는 이연 언니에게 전화했어요. 반투막을 건널 수 있는 것은 세계와 아주 미미하게 영향을 주고받는 것들. 큰 쓸모가 없는 것들. 그걸 확인해버린 지금 언니는 뭘 하려는 걸까. 이연 언니는 뜬금없이 폐품 처리 업체 아르바이트를 시작했다고 하더라고요. 그리고 그곳에서 재미있는 금속 배지를 발견했는데, 자신이 예전에 발견한 '녹색 세계'에서 넘어온 것 같다고 했죠. 햇볕을 쬐면 적힌 수치가 올라가고, '잘하고 있습니다' 같은 글자가 희미하게 뜬대요. 언니는 아직도 그 물건들을 통해서 뭔가를 하고 싶은 모양인데 그게 뭔지는 알 수 없었죠. 제가 물었어요.

―있잖아요. 언니는 앞으로 뭘 할 거예요?

이연 언니가 뭐라고 답했더라. 잘 기억이 안 나요. 아마도 두서없는 말이었겠죠. 언니도 그때는 생각이 잘 정리되지 않았나 봐요.

그래도 그건 기억해요.

보여주고 싶어, 하고 언니가 말했던 것이요. 이제 일해야 한다며 전화가 끊겨서 무엇을 누구에게, 어떻게 보여준다는 건지는 들을 수 없었지만요.

이후로 저는 서서히 물건 탐색에 흥미를 잃었어요. 이연 언니도 일주일 내내 놀이공원과 폐품 처리 작업장으로 출근하니 언니랑 만나는 날도 적어졌죠. 전 이제 놀이공원 캐스트도 아니었고, 다니던 대학에선 진작 잘렸고, 당장 취업을 하려 해도 아무런 경력도 없는, 여전히 폭탄처럼 도벽증을 숨기고 다니는 형편없는 백수였어요. 그런데 정말 이상하게도 저 밖에 있는 세계들이 저를 현실에 붙들어주더라고요. 늘 여기가 아닌 저곳, 지금이 아닌 다른 시간을 갈망해왔는데, 그런 도피처는 없다는 사실이 저에게 얼음물을 끼얹은 것 같았죠. 가능성의 세계들이 있는데 그 세계들은 구원이 될 수 없고, 가능성을 실현하는 건 제가 살아가는 여기여야 했던 거예요. 그거 아세요? 얼음물 목욕을 하면 너무 고통스럽고 온몸이 덜덜 떨리는데, 그러고 나면 기분이 좋아진대요. 우린 어떻게든 고통에 적응해 살아갈 방법을 찾는 이상한 몸을 가졌나봐요. 그 사실이 지긋지긋한데 또 저를 살게 했어요.

　언니와 함께 물건 탐색을 다니던 시절에 나누어 가졌던 물건들을 하나씩 골동품점에 팔거나 버리면서 문득 이상하다고 느꼈어요. 놀랍고 빛나는 것처럼 보였던 물건들이 더는 그렇게 놀랍지 않다는 것이요. 그 너머의 세계와 이야기를 상상하지 않으면, 평범한 소품점에 놓인 기이한 오브제와 별반 다를 바 없는 것들이었죠.

　집 앞 편의점 야간 아르바이트를 시작하고, 병원에 가서 상담을 받고, 이연 언니에게 전화를 걸어 말했어요. 당분간 약물 치료를 받으려고 한다고, 언니랑 폐품 더미를 헤집고 다니는 건 더는 하면 안 될 것 같다고요. 언니가 어쩐지 그럴 것 같았다고 웃으며 말했죠.

―승희 네가 전에 물어봤잖아. 앞으로 뭘 할 거냐고. 그래서 나도 생각해봤는데…….

언니는 새로 하고 싶은 일이 생겼다고 했어요. 지금까지는 하나의 물건에서 하나의 세계를 추론했는데, 요 몇 달간 '녹색 세계'라는 곳에서 넘어온 것으로 보이는 물건들을 여럿 발견했대요. 당분간 물건과 다른 물건들을 연결해서 하나의 세계를 구체적으로 그려나가는 일을 해보려고 한대요. 그건 너무 머리 아픈 계획 아니냐는 제 말에 언니는 또 웃었죠. 아, 그때 언니가 그런 말도 했던 것 같아요. 물건들을 보관해둘 만한, 버려진 공간 하나를 사들일지 고민하고 있다고. 언니 성격에 분명 관리도 안 될 거라며 저는 말렸었는데…….

―정리되면 초대할게. 꼭 와야 해.

전화를 끊고 나서 알게 됐어요. 건너온 물건들에 의미를 깃들게 했던 건, 그 사소한 물건들이 커다란 세계를 품게 했던 건 이연 언니였구나. 언니가 부여한 세계와 이야기가 아니었다면 그것들은 반투막을 건너왔더라도 아무런 의미가 없었겠구나. 그리고 어쩌면 땅에 발을 못 붙이고 풍선처럼 떠다니던 이연 언니를 이 세계에 붙들어주었던 것도, 그 이야기들이었을지 모른다는 생각을 했죠. 저는 지금까지 허구인 줄 알았던 진짜를 발견하고 있다고 믿었는데, 사실은 그 발견조차도 허구의 이야기에 기댄 것이었고, 우리가 발견하고 때로는 사랑했던 그 세계들이 정말로 있는지 없는지는…… 결국 영원히 확신할 수 없는 것이겠구나.

그게 어쩐지 좋았어요. 정말로 있거나 없는, 둘 중 하나인 것보다는요.

있잖아요. 저는 이연 언니가 정말 우연한 사고로 죽은 건지, 스스로 다 계획한 건지, 실수였는지 충동이었는지 그런 것까지는 잘 모르겠어요.

어떤 죽음은 명확하게 해명될 수 없는 건지도 몰라요.

진짜인지 아닌지를 영원히 알 수 없을 그 세계와 이야기들처럼요.

살고 싶었던 언니, 하고 싶은 일이 있었던 언니, 세상에 속한 느낌을 받지 못했던 언니, 잘 웃던 언니와 잘 울던 언니 전부 다 우리가 알던 최이연이잖아요.

지금 우리가 알 수 있는 건 딱 하나뿐이에요.

이연 언니가 우리를 이곳으로 불렀다는 것 말이에요.

*

'비가 오는 날만 켜지는 라디오.' 그건 노바 파우치의 주머니에서 뽑은 조합이었다. 그 토큰들을 뽑고 나서 이연은 꽤 오랫동안 생각에 잠겨 있었다. 빗소리가 들렸고 보민은 꾸벅 꾸벅 졸면서 이연을 기다렸다. 시간이 지나 그냥 오늘은 이대로 까무룩 잠이 들어도 괜찮을 것 같다고 생각했을 때 이연이 이건 예전부터 상상했던 세계인데, 하며 말문을 열었다.

—그곳 사람들은 열두 살이 되면 '녹색'이 될지를 결정해야 해. 녹색은 먹지 않아도 살아갈 수 있는 사람들이지. 광합성을 할 수 있게 엽록소를 피부에 심거든. 먹을 것도 부족하고, 전력 수급도 어렵고, 모든 게 엉망이 된 세상에서 녹색은 스스로 자신을 먹일 수 있는 자유로운 존재인 거야. 녹색들이 많이 모여 있으면 꼭 숲처럼 보일 거야. 녹색들은 햇볕을 따라 이동하지. 해가 뜰 때 눈을 뜨고, 해가 지면 잠들 거야. 그리고 비 오는 날에는, 비가 오는 날만 켜지는 라디오를 들으며 낮잠을 자겠지.

보민은 오늘 같은 날에 제법 어울리는 이야기라고 생각하고는 곧 잠들어버렸다. 그 이야기마저도 금방 잊었다. 아마도, 낭만적이지만 어떤 세계가 그렇게 낭만적이기만 할 리는 없다고 생각했던 것 같다. 다시 그때를 떠올린 건, 나중에 이연이 뺨이 잔뜩 상기된 채로 밤늦게 집에 들어온 날이었다. 이연은 자신이 물건 하나를 주웠는데, 그게 꼭 예전에 상상한 녹색들이 사는 세계에서 온 것 같다고 말했다. 물건에서 세계를 발견하기도 하지만, 가끔 세계를 먼저 그려놓고 나면 그 세계의 물건들이 뒤늦게 눈에 들어오기도 한다고.

이연은 여러 달에 걸쳐서 이상한 물건들을 계속 가져왔고, 그중 일부에 대해서는 보민에게 이야기를 들려주었고 또 몇 개는 직접 보여주기도 했다. 햇볕 아래 오랜 시간 놔두면 초록색 웃는 얼굴이 뜨고, 그늘에 놔두면 빨간색 화난 얼굴이 뜨는 반투명한 배지. 물에 젖었을 때와 말랐을 때 무늬가 다른 망토 같은 것들. 언뜻 보면 재미있지만 쓸데없는 물건을 파는 온라인숍에서 판매할 법한 소품들이었다. 보민은 이연이 또 자기만의 공상에 잠겼구나, 하고 이연의 말을 들었을 뿐이다. 당연하게도 녹색 세계가 존재한다고 생각한 적은 없었다. 그런데 보민이 이연의 말들을 흘려듣는 동안 이연의 세계는 점점 구체화되었고 긴 이야기가 되어갔다.

─그러니까, 사실은 평화롭고 낭만적인 곳이 아니었던 거야. 그곳에는 구름 관찰자도 있고 광합성 감시인도 있어. 녹색은 단순히 자신을 먹여 살릴 수 있는 사람들이 아니라 전력을 만들 의무를 가진 계급이고, 원하지 않아도 살아남기 위해 전환해야 했던 사람들이야. 그 지역의 미기후를 관찰하는 구름 관찰자들의 조언을 따라 햇볕을 부지런히 따라다녀야 하고. 이 배지도 녹색들이 제대로 일하는지, 쓸모를 증명하고 있는지 확인하기 위한 감시 배지였겠지.

이연의 이야기를 들으며 보민은 때로 묻고 싶었다. 이연은 수없이 많은 세계를 상상하는데, 왜 그런 세계들에 매료된 걸까? 그곳들은 유토피아도 아니고, 이곳보다 더 아름답거나 더 낭만적이지도 않고, 약한 사람들에게 특별히 더 상냥하지도 않고, 여기와 같은 고통과 억압과 불행이 존재하는데. 그곳에 사는 사람들에게는 그 세계 역시 벗어나고 싶은 새장일 텐데. 단지 지금 이곳이 아니기만 하면 되는 건가? 보민은 이연이 흩어지고 달아날까 봐 무서웠고, 붙잡고 싶었다. 또 말하고 싶었다. 다른 세계 말고, 그 세계의 빛과 그림자 말고, 지금 여기 있는 네 얘기를 하라고. 그래서 보민은 물었다.

—만약 이연 네가 그 세계로 가면, 녹색이 될 거야?

이연이 잠시 생각하더니 대꾸했다.

—선택의 여지가 없지 않을까?

—그래도 선택할 수 있다면?

—음, 나는……

이연은 의자에 등을 기댄 채 오랜 시간 고민하다가 말했다.

—녹색이 될래.

—왜, 광합성을 하려고?

—아니. 구름 관찰자를 만날 거야.

—그런 다음엔?

—비구름이 다니는 곳을 알려달라고 할 거야. 그래서 온

종일 비 오는 곳만 졸졸 따라다닐 거야. 광합성은 안 할 거야. 내가 숨 붙어 있을 만큼만 몰래 할 거야. 비가 아주 잠깐 갤 때만.

―진짜 어이없네. 왜 굳이 그러는데?

―음, 그건 아마도⋯⋯.

이연이 진지한 표정을 하더니 곧 장난기 어린 웃음을 지었다.

―쓸모를 증명하라고 말하는 세계에 저항하려고.

그 이유가 너무 철없고 황당해서 보민은 나 참, 하고 고개를 내저었다. 이연은 깔깔 웃었다. 정말로 심각한 일은 하나도 없는 것처럼. 모든 것이 농담인 것처럼. 녹색 세계도 구름 관찰자도 모두 가볍게 지어낸 상상인 것처럼. 이연이 그러는 걸 보니 애초에 지금까지 들려준 이야기도 전부 하나의 농담이었구나 싶어 보민은 픽 웃으며 소파에 기대 누웠는데, 갑자기 이연이 자세를 고쳐 앉으며 물었다.

―보민 너도 거기 있을까?

―글쎄.

―있잖아, 만약 우리가 거기서 만나면 말야.

―응.

―너도 동참해야 해.

―나도?

―우리 같이 비구름을 따라가자.

보민은 이연의 얼굴을 빤히 보았다. 순간, 이연이 진심인지 장난인지 알 수 없었다. 보민은 이연이 자신과 너무 다른 사람이어서 좋았고 또 슬펐다. 그런 이연을 붙잡을 수 없어서 괴로웠고, 그래도 이연이 아직은 여기에 있어서 안도했다. 보민은 무어라고 말할까 망설이다가 입을 다물고, 또 망설이다 입을 다물었다. 비구름을 따라가는 게 무슨 의미가 있느냐는 질문은 필요 없겠지. 녹색이 되어서 비구름만 따라다니면 녹색 몸은 더 짙게 물들고, 더 쓸모를 잃겠지만, 분명 자유롭겠지. 언젠가 이연이 말했었다. 어떤 세계에든 거기 속하지 못한 사람들이 있는 거야. 밤하늘만 올려다보는 사람들이 있는 거야. 그러니 서로 닿을 수 없어도 먼 곳의 별처럼 말해줄 수는 있겠지. 다른 가능성이 있다고, 그곳이 전부가 아니라고.

보민은 이연의 눈을 들여다보았다. 깊이 보고 있으면 녹색을 발견할 것 같았다.

―알겠어, 꼭 그럴게.

낮게 대답하고 보민은 눈을 감았다. 녹색 잔상이 남았다.

*

어디선가 축축한 비 냄새가 느껴졌다.

약간 서늘해진 공기에 보민이 고개를 들었을 때, 투둑툭 하는 빗소리가 들리기 시작했다. 보민은 빗소리에 귀를 기울였다. 그러자 조금 이상하게도 그 툭툭 건드리는 소리 사이에 작은 말소리가 섞인 것처럼 들렸다. 정 실장과 승희도 그 소리를 들은 건지는 알 수 없었다. 두 사람은 각자의 이야기를 마치고 입을 다문 채였다. 빗소리가 들리는데도 실내는 아까보다 그다지 어두워지지 않았다. 가끔은 비구름 사이로 해가 비치는 일도 있으니까. 보민은 시선을 아래로 내리고 이곳의 냄새를, 공기를, 소리를 짚어보았다.

여전히 긴 침묵이 세 사람 사이에 있었다.

그렇다면 이 소곤거림은 어디서 오는 걸까.

"건너편 세계의 이연 언니가 우리를 여기로 불렀을 거예요."

승희가 말했다. 보민이 그 말에 고개를 들었다.

"저는 다른 세계에 이연 언니가 살아 있을 거라고 생각해요. 지금 이곳이 아닌 다른 세계에, 사고를 당하지 않은, 아니면 어떤 이유에서든 사고에서 살아남은, 어쩌면 살기로 결심한 언니가 있는 거예요. 그리고 그 건너편 세계의 언니들이…… 우리에게 초대장을 보낸 거예요."

그건 보민도 믿고 싶었던 바였다. 하지만 여전히 마음에 걸리는 것이 있었다.

"어떤 물건을 일부러 막을 넘겨서 보낼 수는 없다고 했잖아요. 아주 사소하고, 눈여겨보지 않을 정도로 흔해야 건너 갈 수 있다면서요."

보민의 말에 승희가 고개를 끄덕였다.

"맞아요. 그래서 언니는 아주 많은 초대장을 써야 했을 거예요. 정말 너무 많아서, 그중 한두 장쯤은 막을 건널 만큼 흔하고 사소해질 정도로 수없이 썼을 거예요. 그래서 겨우 막을 건너온 거죠. 봐요. 우리가 가진 초대장, 날짜와 시간이 비슷하지만 다 달랐잖아요. 이곳 세계와 막을 사이에 둔 무수히 많은 세계에서, 이연 언니가 초대장을 썼을 거예요. 자신이 죽고 떠난 이 세계의 우리를 초대하려고요. 그러니까 언니에게는 여기로 우리를 꼭 불러야만 했던 이유가 있었던 거예요."

"그럼 그게 뭘까요?"

보민은 아직도 승희의 말이 잘 믿어지지 않았다. 그 모든 이야기를 듣고 모든 일들을 겪었는데도 보민은 여전히 현실에 묶인 사람이었다. 그럼에도 지금 할 수 있는 것은 믿는 일뿐이었다. 사소한 것들이 세계의 막을 건너온다는 것을, 저 너머에는 죽지 않은, 살아가기로 결심한 이연들이 있다는 것을. 그리고 그 이연이 세 사람을 이곳으로 초대했다는 것을.

보민이 자리에서 일어났다.

"저기, 두 분도 빗소리가 들려요?"

"네. 비가 오기 시작했나 봐요. 그런데 왜……."

의아해하는 승희의 시선이 보민을 향했다. 보민은 잠겨 있던 문을 향해 걸어갔다.

이곳이 정말로 이연이 사들이려고 했던 그 버려진 공간이라면.

세 사람에게 이연이 꼭 보여주고 싶은 것이 있었다면…….

보민은 문 앞에 섰다. 이번에는 문이 아니라 문 옆을 짚어보았다. 검은 막의 질감이 먼저 손에 닿았고 그 뒤의 벽이 느껴졌다. 톡톡, 두드려보니 벽에서 빈 것 같은 소리가 났다. 정 실장이 보민의 행동을 보면서 말했다.

"가벽이라면 장비를 가져와서 부술 수 있지 않을까요?"

"뒤에 뭐가 있는지 모르잖아요. 게다가 이연 언니의 공간이라면 부수고 싶지 않아요."

"그렇지요. 무엇보다 여기가 이연 씨의 공간인지도 확인을 해야 하고요."

등 뒤에 따라붙는 정 실장과 승희의 말을 흘려들으면서 보민은 계속 검은 막을 툭툭 쳐보았다. 그러면서 옆으로 조금씩 향했다. 가벽에 한 사람 넘어갈 정도의 구멍만 낼 수 있는지에 대해 토의하던 두 사람은 보민이 똑같은 행동을 반복하자 입을 다물었다. 보민을 바라보는 두 사람의 시선이 느껴졌다.

보민은 계속해서 옆으로 향했다.

이연이라면 어떻게 했을까?

보민은 검은 막 가까이에 귀를 가져다 대었다. 빗소리가 들려왔는데, 바로 이쪽 너머에서 들려오는 것 같기도 했다. 빗소리에 작은 소곤거림이 섞여 있었다. 보민은 막을 건드리고, 또 건드려보다가 어느 지점에서 멈추었다.

한순간 막 일부분이 반투명해 보였다. 밖에서 비추는 희미한 햇빛 때문인지도 몰랐다.

"어렵게 생각했어요."

보민이 말하며 벽을 향해 걸어갔다.

"문이 아니라 막이었는데."

보민이 망설임 없이 벽으로 몸을 밀어붙였을 때 뒤에서 승희가 놀라는 소리를 냈고, 길고 검은 장막이 보민의 몸을 휘감았다. 막 너머에 뭐가 기다리는지, 디딘 발밑에 땅이 있는지 없는지도 모르지만 때로는 그렇게 무작정 내디뎌야만 했다. 감긴 장막에 숨이 막혀 답답해질 때쯤이었다. 막이 걷히면서, 보민의 눈앞에 다른 풍경이 나타났다.

창고의 안쪽이었다.

부서진 구석 천장을 통해 희미한 빛이 들어왔다.

바닥에는 물이 고여 곳곳에 풀들이 자라 있었다. 낡고 녹슨 선반들이 줄지어 서 있었고 그 위에는 다른 세계의 물건들이 놓여 있었다. 보민은 그 물건들을 알아볼 수 있었다. 한때 이연의 방에 쓰레기 더미처럼 그저 쌓여 있었던 잡동사니들. 하지만 이제 그 물건들은 전혀 다른 방식으로 배치되어 있었다. 질서와 맥락을 가지고 이야기와 세계를 형성하며 놓여 있었다. 이연이 상상했던 세계가 이 공간에 가득했다. 건너온 물건들과 그 물건들의 연결이 만들어내는 세계가 선반마다 깃들어 있었다.

가볼 수도 없는 너머의 세계들이 누군가를 구할 수 있을까?

보민은 아직도 대답할 수 없었다. 그러지 못한다는 게 답일 수도 있었다. 그 세계들이 있는데도 이쪽 세계의 이연은 떠났다. 그럼에도 저 너머 세계의 이연이 보민을 이곳으로 초대했다. *보여주고 싶어.* 이연을 붙들어주었던, 이연을 살게 했던 그 세계들을 보여주고 싶어서.

뒤돌아보니 막을 건너온 정 실장과 승희가 있었다. 둘 다 놀란 얼굴이었다.

구석을 응시하던 정 실장이 천천히 선반 하나를 향해 다가갔다. 노바 파우치의 또 다른 토큰들이 선반에 놓여 있었다. 승희는 시계와 나침반이 놓인 선반 앞에 멈춰 섰다. 아마도 승희가 이연과 함께 물건을 찾아다니던 시절에 모은 것들일 터였다. 언젠가 이연은 보민에게 건너온 물건들이 너무 사소하기 때문에, 다시 원래 있던 세계로 반투막을 통과해 가버리기도 한다고 말했었다. 하지만 이 물건들은 돌아가지 않고 여기 남았다. 이연이 발견했고, 소중히 여겼고, 그 물건들에 이야기를 부여했기 때문에. 그래서 다시는 사소해질 수 없었던 것이다.

모든 물건에 이연이 사랑했고 이연을 붙잡아주었던 이야기가 담겨 있었다.

왜 어떤 사람들은 가볼 수도 없는 너머의 세계에 매료되고, 그 세계들에 기대어 일생을 살아갈까. 보민은 물건들 사이를 걸었다. 그러면서 생각했다. 어쩌면 갈 수 없어서. 별들처럼 닿을 수 없지만 빛을 내고 있어서. 이야기로 진공을 채워 넣을 수 있어서. 그러나 그 이야기가 진짜인지 아닌지는 영원히 알 수 없을 것이어서.

빗소리에 섞여 들리던 희미한 말소리가 아까보다 선명해졌다. 라디오 소리였다.

보민은 소리가 들리는 쪽으로 가까이 다가섰다. 오래된 라디오에서 지지직거리는 소음과 드문드문 끊긴 말소리가 들렸다. 바닥을 뚫고 자라난 덩굴줄기가 선반을 칭칭 감고 있었다. 보민은 잠시 말문이 막혔다. 녹색들은 *비가 오는 날만 켜지는 라디오를 들으며 낮잠을 자겠지*. 구름 관찰자와 녹색들의 세계였다. 이연의 이야기가 시작되었던 배지와 망토 같은 물건들이 선반에 놓여 있었다. 정말 어딘가에 그 세계가 있을까? 그곳에도 이연과 보민이 있고, 두 사람은 만났을까? 함께 비구름을 따라다닐까?

알 수 없었다. 막을 건너온 것은 사소한 물건들, 그 너머에 존재하는 것은 거대한 세계와 사람들. 할 수 있는 것은 오직 상상하는 일뿐.

보민의 어깨에 물방울이 툭 떨어졌다. 발 앞 물웅덩이에 잔물결이 일었다. 약한 바람이 불어와 몸을 감쌌다. 부서진 창고 천장으로 바깥 공기가 들어오고 있었다. 내일도 여기 오려면 지금보다 더 도톰한 겉옷이 필요하겠다고 생각하면서, 보민은 고개를 들어 위를 올려다보았다.

그곳에 있었다. 비구름과 햇볕이.

작가의 말

나는 다른 작가가 쓴 '작가의 말'을 읽는 걸 좋아한다. 하지만 직접 쓰는 건 골치 아픈 일이다. 여기에 쓴 말이 작품을 해석하는 데 불필요하게 영향을 줄까 봐, 어쨌든 뭔가 멋진 말을 써야 감상을 해치지 않을 텐데, 등등의 고민으로 머리가 복잡해진다. 심지어 어떤 독자들은 작가의 말부터 먼저 정독하고 본문을 펼치기도 한다는데…… (내가 바로 그런 독자다).

이번에는 소설을 읽는 데 큰 영향이 없을 만한, 작은 뒷이야기들을 남겨보려고 한다.

〈수브다니의 여름휴가〉는 흰솜깍지벌레 때문에 쓰게 된 소설이다. 혹시 전생에 열대 숲의 원숭이였는지, 야자나무처럼 생긴 것만 보면 반해서 집으로 데려오던 때가 있었다. 거대한 드라세나 화분은 그렇게 나의 집으로 오게 됐는데, 얼마 뒤

열대 숲과는 비교도 되지 않게 열악한 환경에 시달리다 흰솜깍지벌레의 공격을 당했다. 드라세나는 흰솜깍지벌레가 숨어들 곳이 매우 많은 식물로, 그 박멸 과정을 상세히 묘사하고 싶지는 않다. 나는 흰솜깍지벌레에게 소설로라도 복수하고 싶었다. 흰솜, 솜솜, 따위의 글자를 노트에 쓰며 노려보다가 뜬금없이 솜솜 피부관리숍과 솜 인형이 되고 싶었던 현이를 떠올렸다. 비운의 드라세나는 결국 몇 달 뒤 내 집을 떠나서 정글과 흡사한 환경의 울산 부모님 댁으로 갔고, 현재는 아주 건강하게 잘 지내고 있다.

〈양면의 조개껍데기〉가 표제작이 될 줄은 한 달 전만 해도 예상하지 못했다. 어떤 소설들은 쓰는 중에 퍼뜩 제목이 떠오르고, 소설을 다 쓴 후에도 왜 그런 제목을 붙였는지 스스로 설명할 수가 없는데 〈양면의 조개껍데기〉도 그런 소설이었다. 조개껍데기는 원래 안과 겉이 다른데, 그러니까 원래 양면인데…… 왜 이런 제목을 붙였지? 어쨌든 이상하게도 그 제목은 소설에 잘 어울렸다. 그리고 여전히 제목을 잘 설명하지는 못하는 채로, 편집팀과 내 친구들(소수)의 지지를 받아 소설집의 표제가 되었다. 이 소설을 쓰면서 언젠가 수영을 배워보려 했는데, 여전히 그 다짐은 '언젠가'로만 남아 있다.

⟨진동새와 손편지⟩는 한국타이포그라피학회와의 협업 작품이다. 짧은 소설 하나를 문장마다 나누어 참가자들이 각각의 타이포그래피 작품으로 만드는데, 참가자들은 소설의 전체 내용을 모르는 채로 작업한다. 작업이 끝난 후 모든 작품을 다 이어 붙이면 하나의 이야기가 된다. 이와 같은 기획과 함께 제안받은 '시간'과 '디자인'이라는 키워드, 그리고 당시에 읽고 있던 촉각 경험에 대한 책에서 발견한 것들을 접목해 진동 문자의 타이포그래피에 대한 이야기를 쓰기 시작했다. 각 문장을 타이포그래피로 구현한 한국타이포그라피학회 전시 작품은 지금도 온라인에서 볼 수 있다.

⟨소금물 주파수⟩는 울산문화관광재단과 문화도시 울산 캐릭터 기획을 함께하며 작업한 소설이다. 고향에 대한 이야기를 쓴 것은 ⟨캐빈 방정식⟩ 이후 두 번째다. 울산에서 나고 자란 내 또래라면 '고래도시 울산'이라는 이름이 (주입식으로) 각인되어 있으면서도 확 와닿지는 않고 상당히 막연한…… 느낌을 품고 있을 가능성이 있는데, 그 마음을 솔직하게 담아보려고 했다. 어쩐지 고향에 대해 쓸 때면 '좋게만 쓰지는 않을 거야' 같은 마음이 되지만, 재밌게도 그렇게 가감 없이 쓰고 나면 울산이 조금 더 좋아진다.

〈고요와 소란〉은 리움미술관에서 필립 파레노 전시 '보이스(Voices)' 도록에 실을 작품을 의뢰받아 쓴 작품이다. 조금 특이한 조건으로, 전시를 직접 보지 않고 전시에 대한 내용도 미리 알지 못한 채로 '보이스'라는 키워드만 참조해 써달라는 제안을 받았다. 아이디어 노트에서 놀고 있던 머리카락이 뺨에 달라붙는 느낌, 차원의 거미줄, 필드 레코딩 등의 메모들을 조합해 구상하다가 어느 날 사물들이 목소리를 가지고 말하기 시작했다는 서두가 떠올랐다. 생태음향학자 버니 크라우스가 쓴《자연의 노래를 들어라》, 그리고 게임 작곡과 사운드 디자인을 하는 막냇동생과의 대화에서 많은 도움을 받았다.

〈달고 미지근한 슬픔〉은 '신체성'이라는 주제로 묶이는 앤솔러지에 참여하며 쓴 소설이다. 내가 좋아하는 작가 다이앤 애커먼은《휴먼 에이지》(김명남 옮김, 문학동네, 2017)에서 로봇의 감각과 의식을 연구하는 연구실을 취재하며 '다른 종류의 감정들'이 가진 매력에 관해서 쓴다. "나는 외계 생명체의 내면이 (또한 외면이) 궁금한 것처럼 미래의 로봇 종이 어떤 종류의 집착, 성찰, 감정의 근육들과 씨름할지가 너무 궁금하다." 수년 전에 이 대목을 읽은 이후로 나 역시 그 개념에 매료되었다. 감정과 감각은 인간 아닌 다른 몸에도 깃들 수 있을 것이다. 하지만 '이런' 방식으로 깃들지는 않을 것이다. 그건 도대체 어떤 종류의 감정일까?

〈비구름을 따라서〉는 소설집에 묶을 마지막 작품을 구상하던 중에, 우연히 읽은 앤서니 던과 피오나 라비의 《스페큘러티브 디자인》(강예진 옮김, 안그라픽스, 2024)이라는 책이 단초가 되었다. 스페큘러티브 디자인은 상상적 디자인, 사변적 디자인이라고도 옮길 수 있는데, 가능한 미래 혹은 평행우주를 상상한 다음 그 세계가 실제로 있는 것처럼 그곳의 무언가(소품, 패션, 집, 혹은 자동차)를 디자인하는 것이다. 매력적인 작업이지만 이걸 어떻게 소설로 만들까 고민하다가, 세계를 상상하고 소품을 디자인하는 순서를 반대로 뒤집어 '노바 파우치'라는 보드게임을 만들었다. 평소에도 보드게임을 좋아해서 쓰는 동안 즐거웠다. 물론 '노바 파우치'가 실제로 출시된다면 망할 거라고 확신하지만.

출간을 준비하는 동안 최고의 파트너가 되어주신, 위대한 최지인 편집자님께 감사드린다. 제작과 디자인과 판매를 위해 애써주신 분들 덕분에 이 책이 독자를 만날 수 있었다. 추천사를 써주신 애정하는 작가님들(이름을 듣더니 친한 작가님이 '그리스 신전 같다……'며 감탄한), 소책자의 긴 작가론을 집필

해주신 심완선 평론가님께도 큰 감사와 독자로서의 응원을 전해드리고 싶다. 한 권의 책을 마무리할 무렵에는 후련해진 마음의 빈 공간으로, 이제는 다음 이야기를 준비해야 한다는 긴장과 설렘이 밀려든다.

다음을 향해 나아갈 수 있도록 밀어주시는 독자분들께도, 언제나 고맙습니다. 계속 열심히 쓸게요.

2025년 8월
김초엽

추천의 말

김초엽의 세계는 감싸안는다. 받아들인다. 공감한다. 가장 이해받지 못하고, 낯설거나 불합리하거나 쓸모없다 여겨지는 이들이 실재함을 안다. 너는 실재한다, 그러니 여기에 있어도 좋아, 라고 속삭인다. 그녀의 수용은 부드러운 감성만이 아니라 단단한 논리와 함께 온다. 온화함만이 아니라 날카로운 탐구와 지적인 성찰과 함께 온다. 그렇기에 이 위로는 공허하지 않으며 실체를 가진다.

세계와 타인에 대한 그녀의 탐구와 사유는 이제 자기 자신에게도 향한다. 몸과 자아를 해체하고 합치며, 다른 존재를 꿈꾸는 동시에 근원과 본질을 돌아보다가, 종내에는 이 모두를 받아들인다. 너는 있는 그대로도 좋다고. 한편으로 네 갈망과 나아감, 변화를 격려한다고. 깨어지고 망가지는 과정 또한 변화라고. 네 삶 전체를 응원한다고.

— 김보영(소설가)

어째서인지 첫 책부터 이미 완성되어 있던 작가는 그 후로도 연구를 게을리하지 않았고, 요즘 그가 건네는 질문의 깊이를 보면 결말을 읽기도 전에 벌써 가슴이 설렌다. 이 시대 한국인이 삶과 세계를 어떻게 이해했는지 알아보기 위해 김초엽의 소설을 찾아 읽는 것은 너무나 자연스러운 일이다. 그것이 미래인의 즐거움이라면, 동시대인의 기쁨은 또 다른 데에 있다. 지금 이 순간에도 이 작가가 꾸준히 새 길을 내어 다음 단계로 나아가고 있다는 사실! 덕분에 우리는 어리석지 않을 것이다. 정상이라 믿어 의심치 않는 한정된 감각의 동굴에 갇혀서도 우리는 모든 공간과 모든 시간을 넘나들며 자아와 우주를 탐색할 수 있을 것이다. 여기에 이토록 파괴적인 질문이 있고, 그에 대한 답이 담담하게 펼쳐져 있으므로.

―배명훈(소설가)

김초엽이 이끄는 곳이라면 어디든 가고 싶다. 관찰의 마술사가 우리에게 남긴 고요와 소란의 문장을 따라 함께 지도를 완성해간다. 연결됨이 동반하는 고독의 인장은 김초엽이 우리에게 남기는 각인. 이 책을 이제 읽기 시작할 당신에게 말하고 싶다. "정말 있어." 끝내 환대를 포기하지 않을 우리를 위하여.

―이다혜(작가, 《씨네21》 기자)

김초엽의 책을 읽을 때마다 하루만 김초엽이 돼서 나도 이런 눈으로 세상을 바라보고 이런 상상을 할 수 있었으면 좋겠다는 생각을 한다. 그는 인간이 어떤 환경에서 어떤 일을 겪더라도 근본적인 인간성을 언제나 간직할 수 있다는 희망을 제시한다. 김초엽의 주인공들은 아주 평범하고 다정하면서도 가장 강인하다. 이들은 인간성을 (재)발견하고, 주고받고, 키워나간다. 시뮬레이션 안에서 살아가더라도, 안드로이드로 태어나 인공의 하드웨어가 씌워졌더라도, 어떤 존재 방식 속에서든 자신의 필멸을 바라보며 존재의 의미를 스스로 찾아간다. 김초엽은 정밀한 과학의 언어로 이 변하지 않는 실존적 인간성을 이야기한다. 그렇기에 그가 말하는 인간성은 언제나 단단하고 따뜻하게 빛난다.

— **정보라(소설가)**

김초엽은 감각과 인지를 꾸준히 탐구한다. 이 책을 읽으며 나는 나에게 없던 날개를 진동하고, 나에게 없던 녹슨 피부를 바닷물에 담그고, 나에게 없던 지느러미로 물살을 갈랐다. 어떤 감각은 익숙하고 지루한 내 인간의 몸에서 새삼스레 발견된다. 어떤 감각은 지금 내 몸에서는 그 출발점도 도착점도 잡을 수 없지만, 이 소설집을 읽는 순간 분명히 내 안 어딘가에 존재하게 된다. 그 새로운 감각과 이를 인지하는 순간 찾아오는 어떤, 아득하게 그리운 느낌. 김초엽이 창조하는 것은 이야기인 동시에, 결코 사라지지 않을 감각적 경험 그 자체다.

— **정소연(소설가)**

양면의 조개껍데기
김초엽 소설집

초판 1쇄	2025년 8월 27일
초판 14쇄	2025년 9월 29일

지은이 김초엽

발행인 문태진
본부장 서금선
책임편집 최지인　　　　래빗홀 이은지 김수현

기획편집팀 한성수 임은선 임선아 허문선 이준환 송은하 김광연 송현경 이예림 원지연
마케팅팀 김동준 이재성 박병국 문무현 김은지 이지현 전지혜 조용환 김화정 천윤정
저작권팀 정선주
디자인팀 김현철
경영지원팀 노강희 윤현성 정헌준 조샘 이지연 조희연 김기현
강연팀 장진항 조은빛 신유리 김수연 송해인

펴낸곳 ㈜인플루엔셜
출판신고 2012년 5월 18일 제300-2012-1043호
주소 (06619) 서울특별시 서초구 서초대로 398 BnK디지털타워 11층
전화 02)720-1034(기획편집)　02)720-1024(마케팅)　02)720-1042(강연섭외)
팩스 02)720-1043
전자우편 books@influential.co.kr
홈페이지 www.influential.co.kr

ⓒ 김초엽, 2025

ISBN 979-11-6834-310-8 (03810)

- 이 책은 저작권법에 따라 보호받는 저작물이므로 무단 전재와 무단 복제를 금하며, 이 책 내용의 전부 또는 일부를 이용하려면 반드시 저작권자와 ㈜인플루엔셜의 서면 동의를 받아야 합니다.
- 잘못된 책은 구입처에서 바꿔 드립니다.
- 책값은 뒤표지에 있습니다.
- 래빗홀은 ㈜인플루엔셜의 문학 전문 브랜드입니다.
- 래빗홀은 독자를 환상적인 이야기로 초대합니다. 새로운 이야기가 있으신 분은 연락처와 함께 letter@influential.co.kr로 보내주세요.